ro
ro
ro

Frank Schulz, Jahrgang 1957, lebt als freier Schriftsteller in Hamburg. Für die Romane seiner »Hagener Trilogie« (*Kolks blonde Bräute*, 1991, *Morbus fonticuli oder Die Sehnsucht des Laien*, 2001, *Das Ouzo-Orakel*, 2006) wurde er u. a. mit dem Förderpreis zum Kasseler Literaturpreis für grotesken Humor (1999) sowie mit dem Hamburger Hubert-Fichte-Preis (2004) und dem Hamburger Irmgard-Heilmann-Preis (2006) ausgezeichnet.

»Schulz' Kurzgeschichten, Schnurren und Novellen sind – und das ist das Beste, was man über Literatur sagen kann – von einer genialen Süße: leicht, locker, reif und humorvoll.« *(NDR)*

»Er ist jetzt, ja doch, Humorist und ernsthafter Schriftsteller.« *(Welt)*

»Einen anderen Erzähler, der mehr oder auch nur annähernd so viel Takt, Finesse und Sprachpracht zu bieten hätte, wird man so leicht nicht finden.« *(FAZ)*

»Spannungsreich und traurig-schön sind sie, diese Erzählungen von ergehender Liebe, nagender Eifersucht, vergeblicher Anhimmelei und ausdauernder Schwärmerei.« *(Der Spiegel)*

»Es ist einer der Glücksmomente in den Büchern der deutschen Literatur dieses Frühjahrs.« *(FAS)*

»Frank Schulz pinselt, was ich nach wie vor für ziemlich einmalig halte, mit dicker Borste wundersam feine Striche.« *(Titanic)*

Frank Schulz

Mehr Liebe

Heikle Geschichten

Rowohlt Taschenbuch Verlag

Veröffentlicht im Rowohlt Taschenbuch Verlag,
Reinbek bei Hamburg, August 2011
»Mehr Liebe« erschien 2010 im Verlag Galiani Berlin
Copyright © 2010 by
Verlag Kiepenheuer & Witsch GmbH & Co. KG, Köln
Umschlaggestaltung any.way, Barbara Hanke/Cordula Schmidt
Umschlagabbildung Felix Eckardt
Druck und Bindung CPI – Clausen & Bosse, Leck
Printed in Germany
ISBN 978 3 499 25608 0

Inhalt

Die meisten Menschen brauchen mehr Liebe,
als sie verdienen.

Marie von Ebner-Eschenbach

Seele mit Käse

Seit Wochen schon holte Brinkmann seine Brötchen nicht länger von Jensen, sondern aus der *BackBord*-Filiale. Die lag auf dem direkten Weg zur U-Bahn, buk die Schrippen knuspriger und preiswerter und bot mehr Auswahl. Doch nichts *davon* gefährdete Brinkmanns jahrzehntelange Treue zu Jensen, sondern »Fr. Lammers«.

Das Namensschildchen trug sie am Träger ihrer signalroten Schürze mit dem *BB*-Emblem. Schwarzer Samt bändigte ihr falbes Haar, und auf ihren niedergeschlagenen Lidern lag unfehlbar ein Engelshauch von grünem Schatten. Sie trug keinen Ehering. Trotzdem, sie war bestimmt nicht mehr Ende Dreißig, wiewohl sie mitunter wirkte wie Anfang Dreißig. Anfangs unmerklich, begann Brinkmann, über ihre dauernde Traurigkeit zu grübeln.

Den ganzen Oktober lang fast jeden Morgen das Rauschen des Regenwassers auf dem Asphalt, das der beleuchtete Autoverkehr aufpeitscht; die fuchtelnden, kohlschwarzen Zweige der Linden; die darüber hinfliegenden, dreckigen Riesenschwämme der Wolken ... Doch sobald Brinkmann gegen sechs Uhr zehn um die Ecke des Blocks bog, erstrahlte schräg gegenüber in Gelb- und Rottönen die Fensterfront der *BackBord*-Filiale, und von der ewigen Frage, ob Fr. Lammers Dienst hatte, leierten seine Knie aus – zumindest fühlte es sich so an. Wochenlang war Brinkmann so vernarrt in Fr. Lam-

mers, daß er, als sie einmal ganz allein hinterm Verkaufs-
tresen stand, am offenen Eingang vorbeistakste – nur um
sich selbst zu beweisen, daß er so vernarrt noch gar nicht
war. Seit seiner Scheidung hatte ihn keine Frau mehr
verwirrt. Wenn nicht besessen, so doch beseelt war er
von dem Gedanken, sie lächeln zu sehen. Wochenlang
schlief er nicht eher ein, bis daß er einen Dialog entworfen hatte, der witzig genug für sie wäre.

Dann jener Morgen Anfang November. Er hatte gut
geschlafen und unter der Dusche beschlossen, es heute
zu wagen. Schließlich war er kein Jungspund mehr. Einem Plakat an der Tür zufolge lief die »Aktion Schwa-
bentage«. Eine Schlange hatte sich gebildet. Es duftete
nach Kaffee. Brinkmann öffnete seinen Parka. Seine
Brille war beschlagen, so daß er sie abnehmen mußte
und beim Warten in die Zeitung schaute, die er aus dem
Ständer gezogen hatte; irgendwas über Hartz IV. Doch
er nahm gar nicht wahr, was er las. Er rekapitulierte
stumm den Spruch, den er aufsagen wollte. Er litt: Sie
bediente allein, die Schlange verlängerte die Frist, sie betrachten zu können – und ausgerechnet dann beschlug
seine Brille, ohne daß er ein geeignetes Putztuch dabei-
gehabt hätte! Schemenhaft schwebte Fr. Lammers zwischen den großen Körben mit den Brötchensorten und
der gläsernen Theke voller Zuckerguß und Nougat hin
und her. Er sättigte sich an ihrer Stimme.

In gleichbleibender Trübsal rupfte sie der Schlange die
nachwachsenden Köpfe ab. Schließlich wurden Brinkmanns Brillengläser wieder durchsichtig; wegen der blei-
benden Nebelränder fühlte er sich dennoch tölpelhaft.
Doch es kam ohnehin anders.

Der letzte vor ihm war ein Recke in einem grünen Overall, mit schwarzgrauen Schafslocken und klafterbreiten Schultern. Um die Taille trug er einen Gurt mit leeren Karabinerhaken.

»Bitte«, sagte Fr. Lammers.

»Ich hätt' gern 'n Kaffe to go, schwarz, und –«, er deutete auf einen langen Laib Weißbrot aus Dinkel, »– so 'ne ›Seele mit Käse‹. Und 'n Lächeln.«

Brinkmann verschlug es fast den Atem von der Salve der widersprüchlichen Impulse: Frustration, schlichter Ärger, jungenhafter Wettbewerbsstreß, aber auch geschlechtssolidarische Einfühlung, ja ein Hauch Anerkennung ... Ohne Stocken, ohne die tiefe Stimme zu erheben, hatte der Kerl das vorgebracht. Von ihm zu sehen bekam Brinkmann nur perückenartigen Hinterkopf und breites Kreuz. Frontal jedoch erlebte er mit, wie Fr. Lammers aufblühte.

Ja, aufblühte. Aufblühte wie eine Rosenblüte in extremem Zeitraffer. Noch verschlossen, hatte sie gestutzt, aber nicht länger als Brinkmann gebraucht, um zu verstehen, was da passierte, und nach anderthalb Wimpernschlägen platzte ihre anmutige Schwermut auf, und mit einem verlegen übertriebenen *Ha!* entfaltete sie ein Antlitz mit Grübchen, strahlenden kleinen Zähnen und Brauenspiel. Trug sie heute Rouge? Während sie die Kanne aus der Kaffeemaschine nahm und einschenkte, sagte sie mit aufgehellter Stimme: »Stehen Sie hier mal den ganzen Tag, da würde Ihnen das Lachen auch vergehen!«

»Wir können ja tauschen«, sagte der Kerl, freundlich, sportlich.

»Was haben Sie denn zu bieten?«

»Gebäudereinigung.«

»Ach du Schande, nee!« schmetterte Fr. Lammers, glücklich entsetzt, mit der Unverschämtheit ihrer unverhofften Schönheit. »Das machen Sie man selber, da hab' ich keine Lust zu!« Sie reichte ihm eine Tüte, in der die Seele mit Käse steckte, und strahlte an ihm vorbei, durch den Nebel direkt in Brinkmanns Pupillen.

»Seh'n Sie?« sagte der Kerl und fügte, da sie nichts erwiderte, so schwach wie das Echo eines Echos hinzu: »Seh'n Sie.«

»Vierfuffzig«, sagte Fr. Lammers.

Brinkmanns Bestellung kam fast wie ein Raunzen heraus, doch Fr. Lammers' Lächeln hielt mit nahezu unverminderter Energie; als sie ihm das Wechselgeld reichte, strahlte sie bereits seinen Nachfolger an. Noch als er von draußen durch die Scheibe hineinblickte in die rotgelbe Sphäre, bevor er seinen Weg zur U-Bahn fortsetzte, war ihr Lächeln unverändert. Ein paar Schritte hielt er Ausschau nach dem Kerl im grünen Overall, vergeblich. Er hätte ihm im Vorbeigehen auf die Schulter geklopft oder so.

Das Gefühl der Demütigung und Erleichterung hielt den ganzen Arbeitstag an. Aber es war ihm ja nicht fremd, und was konnte man schon tun? Die Brötchen wieder bei Jensen holen.

Männertreu

Die gelben Kronen der Ahornbäume leuchten, obwohl der Himmel über Poppenbüttel aussieht wie das Röntgenbild eines Brustkorbs. Der lange Altweibersommer ist an dem Tag zu Ende gegangen, als Lothar nach Bad Kissingen abreiste. Dörchen schlurft, um das Laub zum Rascheln zu bringen. Sie hat ihre Schuhe zwar frisch geputzt, aber seit dieser Geschichte mit dem Sparclub und dem Zündholzbriefchen ist ihr alles ein bißchen egal. Der aufsteigende Duft nach Kompost, Torf und Leder erinnert sie an den Rotwein, zu dem Gitti sie einlud, nachdem sie Lothar zum Hauptbahnhof gefahren hatten. »Ganz schön bitter«, sagte Dörchen nach dem ersten Schluck, und Gitti sagte: »Du weißt eben nicht, was gut ist.« »Ja, ja«, sagte Dörchen, »deine doofe alte Mutter hat eben von nix 'ne Ahnung«, und Gitti verdrehte die Augen, und Jeannette sagte zu Gitti: »Mach Omi nich' an«, und gab Dörchen einen Kuß.

Um auf den S-Bahnsteig zu gelangen, muß Dörchen Treppen überwinden, und am Ende rast ihr Herz. Bis zum Einsteigen beruhigt es sich, einigermaßen, und solange sie nicht an das Zündholzbriefchen in ihrer Handtasche denkt, bleibt der Puls auch während der Fahrt ruhig, einigermaßen. Beim Umsteigen geht's jedoch wieder los, und als sie die Treppen zur Reeperbahn hinaufackert, klopft es im Hals so stark, daß sie, oben angekommen, ihr Seidentuch lockern und eine Weile am Geländer verschnaufen muß. Es ist ihr alles ein bißchen egal geworden seit dieser Geschichte mit dem Sparclub und dem Streichholzbriefchen, aber eben nur ein bißchen; aufgeben wird Dörchen deswegen noch lange nicht. Aufgegeben hat ein Dörchen Possehl noch nie, nicht im Winter 1961, als sie die querliegende Gitti auf die Welt preßte, und nicht in den siebziger Jahren, als Lothars Lütt-un-Lütt-Doppelschichten überhandnahmen, nicht nach Günnis schwerem Unfall beim Barras und ebensowenig, als sie selbst lebensmüde zu werden drohte, nach diesem Zeckenbiß in Tirol.

Lothar hatte vierzig Jahre für eine Baufirma gearbeitet, und wiewohl bereits auf Rente, war er letztes Jahr zu deren Jubiläum eingeladen worden. Nach der offiziellen Feier war er mit den ehemaligen Kollegen noch über die Reeperbahn gebummelt. Wie Dörchen war er zuvor an die dreißig Jahre nicht mehr auf St. Pauli gewesen; wenn die Sauerländer oder Münchner Bekannten zu Besuch kamen, machten sie mit ihnen eine Alster- oder Hafenrundfahrt, besuchten Hagenbecks Tierpark oder bestenfalls den Fischmarkt. Gediegen, wie viele Menschen hier heutzutage unterwegs sind. Sie nestelt das Zündholzbriefchen aus der Handtasche, guckt noch einmal nach der Hausnummer und kämpft sich den Gehsteig aufwärts; der Leutestrom drängt ihr entgegen, teilt sich an ihr oder stockt, um sich jedoch gleich wieder aufzulösen und, ihren Popelinemantel streifend, weiterzufließen; zweimal wird sie angerempelt. Das Geschwätz und Gelächter, das Getöse von der vierspurigen Straße und die muskulösen Sprüche der Koberer rauschen quer durch

Dörchens Kopf hindurch. Sie späht nur nach Hausnummern aus und, indem sie den Hut festhält, nach den Schildern der Etablissements; all die regenbogenfarbigen Bilderbogen in den Schaufenstern, all die blinkenden Neonstreben an den Gesimsen, die Säulen von Schwarzlicht und ultravioletten Lichthöfe in den Eingängen blendet sie aus, und schließlich findet sie, was sie gesucht hat. Da steht es, in derselben schwungvollen, leuchtendroten Schrift wie auf dem Zündholzbriefchen: *Moulin Rouge*.

Einen Schritt vorm Windfang postiert, spielt eine kräftige Frau mit einer Art Tambourstab. Zu ihrer Pförtneruniform gehört ein niedriger Zylinderhut. Gediegen geschminkt ist sie. »Na Muddi, has' dich verlaufen?«

»Nee, ich will man bloß –«

»Äy, ihr Altrocker«, grölt die Pförtnerin plötzlich über Dörchens Hutfeder hinweg und schiebt Dörchen beiseite, »kommt ma rein hier, daß der Sack ma' wieder leer wird!« Sie berührt einen aus dem Grüppchen mit dem Stab, als wollte sie ihn verzaubern, und hinter ihrem Rücken witscht Dörchen in den Windfang, verheddert sich in der Portiere und befreit sich wieder.

In dem Salon ist es warm wie im Hühnerstall. Die Wände sind mit rotem Brokat tapeziert, rechts und gegenüber Zweierabteile, getrennt voneinander mit Samtvorhängen in Altrosa. Eigentlich ganz gemütlich. Fast wie früher im *Tivoli*. Komisch, daß ihr das jetzt einfällt. Dörchen nimmt gleich die erste Nische. Sie ist mit zwei Sitzbänkchen möbliert, und auf den beiden Konsolen an der flachen Brüstung stehen je ein Lämpchen mit pergamentenem Schirm und ein Glas mit einem Strauß pa-

pierverhüllter Strohhalme, ein Halter mit einer Getränke-
karte und auf einem Untersetzer aus Papier ein sauberer
Aschenbecher. Darin liegt das gleiche Zündholzbriefchen wie in Dörchens Handtasche. Unter der schwarz-
lackierten Decke rotiert gemächlich eine Diskokugel;
über dem schummerigen Boden kreisen Lichtblüten,
ähnlich denen von Männertreu oder Vergißmeinnicht.
In den Kurven verzerren sie sich wie in einem Alptraum.

Die Bühne ist so flach wie die zwei übereinandergesta-
pelten Bierkästen daneben, und vor der verspiegelten
Wand, zu einer Popmusik, wie Jeanette sie gern hört,
tändelt ein junges Ding mit seiner eigenen blonden
Mähne. Es hat nur einen winzigen neongrünen Bikini-
schlüpfer an und stelzt in seinen Hackenschuhen auf
und ab. Es wirft Dörchen einen Blick zu und schickt
noch einen langen, erstaunten hinterher, tanzt an den
seidenen Fäden dieses Blicks. Und als Dörchen das Gesicht dieses Mädchens sieht, da passiert etwas mit ihr, sie
kann gar nicht genau sagen, was; es ist, als erschreckte sie
vor etwas Bekanntem. Doch bevor sie ergründen könnte, was genau es ist, kommt aus der mit Fransenstores
geschmückten Bar-Grotte eine schlanke Brünette in
schwarzem Hosenanzug auf Dörchen zu.

»Guten Abend. Was darf's denn sein.«

Was für eine Stimme. Dörchen bestellt einen Piccolo.

»Kommt da *noch* wer?«

Dörchen verneint. Wieder klopft ihr Herz unten links
im Hals.

»Na denn man viel Spaß.«

Wer's hier reingeschafft hat, reimt sich Dörchen zusammen, wird wohl auch egalweg bedient.

Das Mädchen auf der Bühne beobachten zwei Männer. Hingelümmelt in der Sitzgruppe vor der Bühne, werden sie von zwei weiteren halbnackten Mädchen begöscht. Der eine Mann hat sich schon bei dem Wortwechsel nach Dörchen umgedreht, macht nun eine Bemerkung zu dem anderen Mann, und während sich auch der und die beiden Mädchen nach Dörchen umdrehen, steht er auf und kommt zu ihr herüber. »Na Muddi, has' dich verlaufen?« Er paßt hier gar nicht recht rein. Er trägt ein weißes Hemd, gebügelte Hosen, ein ordentliches Jackett und eine Brille, wie sie manchmal kluge Leute im Fernsehen tragen. Er grinst, aber Dörchen weiß nicht, was sie sagen soll.

Er schnipst mit den Fingern zu der Brünetten hinüber, die in der Bar-Grotte einen Piccolo öffnet, und setzt sich grinsend zu Dörchen in die Nische, auf das andere Bänkchen. »Na, erzähl ma. Was has' denn hier verlor'n.« Er grinst immer noch. Dörchen erkennt, wenn ein Grinsen bösartig ist; dieses ist neugierig. Es ist ja auch nicht viel los hier, noch jedenfalls nicht. Vielleicht geht's erst nach Mitternacht richtig los.

Na gut, denkt Dörchen. »Ich wollt' bloß ma' sehn«, sagt sie, »was *Lothar* hier verlor'n hat.«

Die Brünette serviert den Piccolo samt Flöte Dörchen und dem Mann mit der Brille ein braunes Getränk, in dem die Eiswürfel klirren. »Lothar?« sagt er, »welcher Lothar?«

Zu Ende des vergangenen Winters war Dörchen eines Nachts von Lothars Geächz wach geworden. Er sagte, er sei schon sechs-, siebenmal zum Klo gewesen, doch der

Harndrang lasse nicht nach, sondern werde immer schlimmer. Am nächsten Morgen zeigte er ihr seinen Handrücken, auf dem, wie von einer Prellung, ein gelblichbrauner Fleck prangte. Es war die Stelle, gegen die er seine Stirn drückte, wenn er sich bei seinen Versuchen, Wasser zu lassen, an der Wand abgestützt hatte. Dörchen begleitete ihn zum Urologen. Es schien eine schwere Prostataentzündung zu sein. Um ein Haar wäre er *da* schon ins Krankenhaus eingeliefert worden, an den Tropf gehängt. Er kriegte was zum Einnehmen und vorübergehend einen Katheter gelegt. »Jetzt ist aber endgültig Sense mit Angeln«, sagte Dörchen, »du holst dir noch den Tod.« Doch im Frühjahr stand er wieder nachts um drei auf und fuhr los, obwohl der Dingsbums-Wert nicht sank, und kam gegen sieben zurück. Die ganze Zeit stand er immer wieder mal nachts um drei auf und fuhr los, auch noch, nachdem eine Gewebeprobe hatte entnommen werden müssen. Einmal hörte Dörchen, wie er am Telefon zu seinem Vereinskameraden sagte, er habe Blut »eka... juliert, verstehs' du«, und wiederum ein paar Wochen später wurde er dann operiert. Gitti, Günni und Dörchen telefonierten täglich mehrmals miteinander.

Als die Kur anstand und Dörchen Lothars Koffer packte, entdeckte sie in der Tasche seines besten Sakkos das Zündholzbriefchen. Obwohl sie sich schon vorher mal gewundert hatte, wieso die Jacke nach Rauch stank – rauchen tat Lothar doch schon seit dem Neujahrstag 1978 nicht mehr –, dachte sie sich erst gar nichts dabei. Und die Streichhölzer stammten ja vielleicht noch von dem Reeperbahnbummel nach der Jubiläumsfeier. Trotzdem; einer Eingebung folgend, rief Dörchen Horsti an, den Kassenwart des Sparclubs, und erkundigte sich unter einem Vorwand nach ihrem Kontostand, und als Horsti sich in Widersprüche verwickelte, drohte sie ihm mit einem Skandal, spätestens beim traditionellen Grünkohlessen an Weihnachten.

»In fünf Jahre feiern wir goldene Hochzeit«, sagt Dörchen zu dem Mann mit der Brille, »und das war weiß Gott nich' alles Gold, aber saufen tut er seit dreißich Jahre nich' mehr, und so was hier«, sagt sie und nickt in den Salon, »hat er sowieso noch nie gemacht. Das hätte ich gemerkt. Hat er noch nie gemacht, und hätte er auch nich' notwendich gehabt.«

»Der hat nie was Schlimmes gemacht hier, Muddi«, sagt der Mann mit der Brille. Inzwischen weiß er, welcher Lothar. Er hatte eine Ahnung gehabt und das blonde Mädchen von der Bühne hergewunken. »Der hat immer nur Selter getrunken, immer nur 'n bißchen geschäkert und den ein' oder annern Piccolo geschmissen, Feuer geben und charmant sein und so, und immer nur mit Chantal – nech, Chantal?«

Als es so vor ihnen stand, das Mädchen, mit der Hüfte an die flache Brüstung gelehnt, und Dörchen offen ins Gesicht schaute, kriegte Dörchen wieder dieses komische Gefühl.

Nach einer Stunde macht sie sich auf. »*Was* kost' der Piccolo? Fümmundreißich Euro? Da krich ich bei *toom* zehn *große* Flaschen für!«

Der Mann grinst. »Denn sach dein' Mann ma', daß er demnächst zu toom gehn soll ...«

»To'm Dübel soll er gehn«, murmelt Dörchen.

Am nächsten Nachmittag, Sonntag, ruft sie nicht, wie sonst jeden Tag, als erstes Lothar an. Statt dessen sagt sie Gitti ab. »Ich hab das mit'n Darm«, sagt sie. »Kann kein' Kaffe vertragen, und deinen komischen Karottenkuchen schon gar nich'.«

Den ganzen Nachmittag pusselt sie in der Küche herum, dann flust sie die Wohnzimmerlampen mit dem Staubwedel ab und klopft die Sitzecke aus. Unterdessen legt sie eine Platte von Carl Bay auf den Zehnerwechsler. Lothar hat sich immer gewehrt gegen Günni und Gitti, wenn sie die alte Musiktruhe auf dem Flohmarkt verscheuern wollten, und da war Dörchen mit ihm immer einer Meinung gewesen; zwar hat Lothar von den beiden zu irgendeinem Geburtstag eine Stereoanlage geschenkt gekriegt, aber mit »diesen CTs« ist sie nie zu Rande gekommen. Sie zieht neun weitere Platten aus den Klarsichthüllen des Albums – Caterina Valente, Peter Kraus, Bill Ramsey – und pfropft sie nacheinander auf den Stutzen, und es ist schon dunkel geworden draußen, als sie auch noch die alten Fotoalben aus der untersten Lade im Stubenschrank kramt und im Licht der Stehlampe zu blättern beginnt, mit zittrigen Fingern die Pappdeckel umlegt und das dünne Schutzpapier dazwischen, und schon bei der dritten Seite fängt plötzlich ihr Herz im Hals zu klopfen an.

Unter dem schwarzweißen, gezackten Foto Dörchens Handschrift: *Im »Tivoli«, 1958.* Was für ein Mannsbild er war; wie ihr Magen mitschwang, wenn ihre Fingerkuppen seine Tolle nachfuhren; und diese gediegenen Manschettenknöpfe ... Und dann betrachtet sie sich selbst; sie war überraschend geknipst worden, das weiß sie noch, von Ewald, der schon seit 1966 nicht mehr unter den Lebenden weilt, und als sie ihr eigenes Gesicht von 1958 anguckt, da fängt plötzlich ihr Herz im Hals zu klopfen an. Wie immer, wenn sie sich beruhigen muß – vor allem, seit sie alt wird –, verspürt sie auch diesmal den Drang, es auszusprechen. »Nur die Haare sind anners«, murmelt sie, während sie ihr Gesicht anguckt, »aber sonst ...« Lippen, Nase, Stirn und Augen, der naive, frische Gesichtsausdruck – »genau wie diese Chantal«, murmelt Dörchen. »Genau wie diese Chantal.«

Noch als die Kuckucksuhr zwölf schlägt, sitzt sie da in Lothars Ohrensessel; sie hat Lothar nicht mehr angerufen, und als das Telefon geklingelt hat, ist sie nicht rangegangen. Seit Stunden denkt sie immer wieder an den gelblichbraunen Fleck auf Lothars Handrücken, die Druckstelle, wo Lothar seine Stirn gegengestemmt, als er die ganze Nacht immer wieder vor dem hochgeklappten Klodeckel gestanden und gepreßt hatte; und Lothars Hände waren zeitlebens allerhand gewohnt gewesen, Mörtel und Stein, Wind und Wetter, Hammerschläge und was nicht sonst noch alles, vierzig Jahre lang.

Irgendwann schläft Dörchen im Sessel ein, und am nächsten Morgen ruft sie Gitti an und bittet sie, ihr eine Bahnfahrkarte nach Bad Kissingen zu besorgen, »erst mal nur Hinfahrt; zurück fahr' ich dann mit Papa«. Nichts hat sie sich beim Erwachen plötzlich mehr gewünscht, als den Winteranbruch mit Lothar zu erleben.

Schorf

Der Vollmond hängt über den platten Dächern wie 'n Riesenarsch. Wie der Arsch von Gott, 'n Arsch mit Pokken. Eine Luft hier, seit Wochen, und stinkt wie ... Auf'm Nebenbalkon, mitten in den Lobelien, leckt sich Nachbars Katze die Fotze. Lobelien heißen die, glaub' ich.

Ich gaff' durch die Gitterstäbe. Keiner zieht die Vorhänge zu, die Schweine die, Gekeife und Gerülpse bis in die Nacht. Tagsüber kann ich den Tauben aufs Kreuz gucken, wenn die sich von den Traufen runter in die Gosse stürzen. Das Pfeifen von den Flügeln hört man auch bei dem ganzen Krach von den Gören und Arschlöchern, bei dem Gegröle den ganzen Tag. Nachts ist es meistens ruhig, außer da schreit mal einer.

Gestern abend hab' ich plötzlich 'n komisches Gefühl gekriegt, hier, auf dem Balkon. Ich hatte über alles mögliche gegrübelt. Manchmal grübel ich, bis mir schlecht wird. Und auf einmal hat mich 'ne komische Aufregung gepackt, und ich hab' nicht mehr gewußt, wo der Unterschied ist, ob man nun über den Absatz der Balkontür oder übers Geländer steigt. Jedenfalls hab' ich das *Gefühl* gehabt, als kannte ich den Unterschied plötzlich nicht mehr. Ich hab' Herzklopfen gekriegt. Ich bin zum Imbiß gegangen und hab' 'n paar Dosen gezecht. Svenni hat bloß gelacht.

Ich leg' den vollgeölten Putzlappen beiseite. Ich find' den trockenen nicht wieder in dem Gerümpel hier, und der Ärmel vom T-Shirt ist zu kurz. Schwitz' ich eben weiter. Ich lutsch' an 'ner Apfelsine. Ist gut, Vitamine. Der Geschmack erinnert mich an Blut. Ich pul' am Schorfstreifen, der sich vom Nabel bis zu den Schamhaaren zieht. Kanaker der. Macht der nie wieder, der Kanaker der.

Eine Luft hier, stinkt wie ... »Mach das Licht wieder aus«, sag' ich nach drinnen. Wisch' ich mir die klebrigen Finger eben mit dem Öllappen ab. Die Augenwinkel jucken vom Schweiß. Putz' ich das Okular eben nicht. Okular heißt das, glaub' ich.

»Was?«

»Du sollst das Licht ausmachen.«

»Warum? Laß ja die Tauben in Ruhe!«

»Nachts und Tauben«, sag' ich, »los, Licht aus.« Ich leg' das Fernrohr auf den Tisch, greif' nach dem Zylinder und öl' ihn ein. Der ist schwer, ist der.

Zum hundersten Mal das Geplärr von dieser Schlagersängerin, mir fällt nicht ein, wie die noch mal heißt, irgendwas mit F oder V. Das Gelaber von den Fernsehern aus den offenen, erleuchteten Balkontüren, aus unserer auch. Die Schlampe von genau gegenüber, die immer den ganzen Tag die Titten in die Sonne hängt, guckt dasselbe wie meine nuttige Mutter, das seh' ich an dem gleichzeitigen Flimmern.

»Was machst du da.«

»Nichts. Mach endlich das Licht aus, sonst ...«

Sie macht das Licht aus. Ich schraub' den Schalldämpfer vor den Lauf und schieb' das Fernrohr drauf. Sie kann's nicht ab, wenn ich Tauben schieß'. *Vump!,* und das Viech platzt in der Luft, 'ne Federnexplosion, Ende.

Reklamegelaber. Ich hör' unsere Toilettenspülung. Die Schlampe von gegenüber kommt auf den Balkon und hängt Wäsche auf. Die Luft stinkt nach Fett und halben Hähnchen, ich schnupper' am Waffenöl. Die Katze springt aus dem Blumenkasten in die Wohnung, und plötzlich leg' ich an, den Kolben auf dem Geländer. Fast auf Anhieb hab' ich die Schlampe von gegenüber im Visier. Ich seh' die Wäscheklammer zwischen ihren Lippen und den Pickel am Hals. Ich merk' die zwölf Stockwerke Luft unter mir, heiße, fettige Luft. Ich merk', wie mir schwindlig wird, und *vump!,* knallt mir der Schaft gegens Schlüsselbein. Sie ist weg. Nur noch die helle Balkontür und der Fernseher, der genau so flimmert wie unserer. Mein Herz klopft ganz schön. Ich blute am Unterleib, irgendwie ist der Schorf abgerissen, fast ganz ab.

Im Imbiß, als ich die erste Dose Bier aufreiß', fällt mir plötzlich der Name der Schlagersängerin ein. Das Bier schmeckt nicht.

Bier auf Apfelsine schmeckt nicht. Svenni lacht bloß. Von hier unten kann man den Mond nicht sehn. Seh' ich ihn eben nicht.

Der Stich des Bienenmörders

I.

Seit sie zwölf oder dreizehn war, glaubte Katja an den Traummann. Drei-, viermal jährlich erschien er ihr. Nie als ganzer Mensch mit Haut und Haar (beides dunkel, soviel *wußte* sie) – er war nur ein Schemen. Doch in seine Achselhöhle paßte ihr Kopf wie in jenen gepolsterten Helm, den sie trug, wenn ihr Vater sie, selten genug, aus der engen Wohnung zum Kart-Fahren entführte, und verhaute sie eine Mathe-Arbeit, schenkte der Traummann ihr ein Lächeln (Zähne so schön wie Porzellan); ja, manchmal machte er einen Witz, über den sie noch kicherte, wenn sie erwachte. An die Pointe konnte sie sich nie erinnern; die wohlige Reizung des Zwerchfells spürte sie dennoch. Als sie fünfzehn wurde, verliebte sie sich in ihren Klassenkameraden Florian (dessen Traumfrau sie war), doch der Traummann erschien ihr all die Jahre weiter. Nach und nach gewöhnte sie sich an die Angst, sie würde ihn nicht erkennen, wenn sie ihm begegnete, und mit Anfang Zwanzig richtete sie sich darauf ein, daß sie ihm erst sehr viel später begegnen könnte, als sie bislang befürchtet hatte.

Sie täuschte sich. Es geschah, als sie vierundzwanzig war, am Pier von Ancona, zu Beginn ihrer Hochzeitsreise im Juni 1993. Sie schaute zu, wie die Lastzüge die Laderampe des Fährschiffs *El. Venizelos* hinaufdirigiert wurden. Obwohl sie ihn auf Anhieb erkannte, jagte ihr sein langer Blick aus dem Führerhaus jenes Fünfundzwanzigtonners Heidenangst ein. Wie eine Spritze ins Rückenmark fühlte sich das an; die Injektion schien endlos zu dauern (*liter*weise süßes Gift), und noch Stunden, nachdem sie den Einstich verschmerzt hatte, war ihre Wirbelsäule wie taub. Ihre Augäpfel aber brannten. Immer wieder elektrisierten willkürlich der Flaum im Nacken und die Härchen auf den Unterarmen, und die Anstrengung, Florian das Glucksen und Seufzen zu verheimlichen, raubte ihr fast den Atem.

»Bist du gar nicht müde?« flüsterte er.

»Hm ...?« Sie spürte, wie er seinen Kopf bewegte. Indem sie den Hals streckte, schob sie ihm ihren Scheitel unters Kinn, um zu verhindern, daß er ihren Blick fände. Er ächzte halb gut-, halb unwillig und rückte die Rolle des Reserveschlafsacks in seinem Nacken zurecht.

Die Fähre hatte mit erheblicher Verspätung abgelegt. Katja und Florian, Torsten und Marlen gehörten zu den letzten, die eingeschifft worden waren. Mit Müh und Not hatten sie dieses Plätzchen ergattert, auf dem Außengang unterhalb des Oberdecks, neben jener scheunentorgroßen Abluftanlage, deren Fauchen und Brummen nie aufhörten. Die Vibrationswellen der vierzigtausend PS starken Motoren rollten durch den Stahlboden, und über ihnen, von zwei Kranarmen gehalten, schwebte ein Rettungsboot. Es war die Backbordseite, und Katja versuchte flüchtig, die aufwühlenden Fernsehbilder der letzten Wochen mit dem friedlichen Dunkel in Einklang zu bringen, das jenseits des schmalen Meeres lag (war der milde, funkelnde Nachthimmel nicht derselbe wie über Bosnien?). Doch gleich darauf leuchtete in ihrem Kopf, den sie an die Schulter ihres frischgebackenen Ehemannes gebettet hatte, wieder der Blick des Traummannes auf. Er, den sie zehn, zwölf Jahre lang erwartet hatte, fuhr auf demselben Schiff wie sie nach Heraklion (und möglicherweise weiter nach Kleinasien).

Der Druck in ihrer Brust entwich mit einem Wimmerlaut, der Unruhe in ihren Hüften auslöste. Ihre Finger zitterten, als sie sich aus dem Schlafsack befreite. Torsten und Marlen schienen in märchenhaftem Tiefschlummer vereint; Florian wisperte schläfrig, und sie flüsterte: »Muß aufs Klo ...« Durch Felder fahlen Neonlichts tappte sie in der nächtlichen Adria-Brise den Gang entlang, der, verengt von all den Nestern der Rucksacktouristen, zu der Feuerschutztür führte.

Die Lounge war geschlossen, desgleichen Restaurant und Self-Service, die kleine Spielhölle und die Diskothek. Im Raum mit den restlos besetzten Pullmansitzen herrschten Dämmer und dösige Ausdünstungen; in den einsamen Korridoren zwischen den Kabinen glommen Nachtleuchten knapp überm buntgemusterten Teppich; im Rezeptionssaal, in den Zwischensalons und den beiden Treppenatrien lagerten inmitten ihrer Burgen aus Taschen und Säcken Schlafende. Torsten hatte geschätzt, neun Zehntel der zweitausendfünfhundert Passagiere seien Türken. Durch den Krieg in Bosnien und Herzegowina, so Torsten, sei ihnen der Autoput versperrt, und so machten sie den Weg in ihren Heimaturlaub auf einem griechischen Schiff. Torsten trug die Miene eines unterm Deckmantel neutralen Interesses feixenden Dritten, und

Katja hatte sie nicht zu deuten gewußt, bis Florian ihr Zypern erklärte.

Nach zwei Stunden nächtlicher Tippelei von Back- nach Steuerbord, vom Bug bis zum Heck, vom Ober- bis zum untersten Passagierdeck kam Katja sich dumm vor, verloren und dumm. Eine hübsche kleine Arzthelfe- rin, die kaum verstand, was vor sich ging zwischen Bal- kan und Elbdeichen, aber unter Hunderten von jungen Männern mit dunkler Haut und dunklem Haar einen bestimmten zu finden hoffte (der zudem vermutlich in einer der Vierbettkabinen unter Deck nächtigte) ...

Morsch fühlte sie sich, als Florian sie weckte; ein Schmerz in der rechten Schläfe begleitete sie in den Waschraum. Doch beim Blick in den Spiegel fiel ihr ein, daß sie wieder einmal vom Traummann geträumt hatte. Nein, schlafvernebelte *Erinnerung* war es gewesen, Erin- nerung an seinen Blick aus dem Führerhaus. Erneut schlich Taubheit in ihre Bandscheiben. Er war es, da gab es keinen Zweifel; ebensowenig daran, daß er seinerseits sie erkannt hatte. Warum sonst der lange Blick über die bepackten Dächer der Fords und Opels und Toyotas hin- weg und das erst erstaunte, dann beinah gelöste Lächeln danach? Hätte ihn nicht der Pfiff des Einweisers aufge- schreckt, der fuchtelnd auf sich aufmerksam machte – wäre er nicht ausgestiegen und zu ihr gekommen? Um sie zu begrüßen, die sie wie erleuchtet auf dem Sozius von Florians Maschine verharrte? Auch daran zweifelte Katja kaum, und so war sie nicht überrascht (sondern bloß fiebrig erregt), als der Steward Torsten und Marlen, Florian und sie zum Frühstück an ebenjenen Tisch im Restaurant placierte, an dem er rauchend wartete.

Diese Fügung befeuerte Katjas Glauben an den Traummann. (Wann immer sie von der Begegnung erzählte – viel später, ab dem Sommer 2001 –, verteidigte sie das Schicksalhafte daran gegen Erzählungen von ähnlichen Zufällen, die nahezu jeder ihrer Zuhörer parat hatte.) Ob im vulkanischen Strandsand von Lentas, am Palmen-Strand von Vai, unter den Kronen der duftenden Eukalyptusbäume von Georgioupolis oder im Schatten der Samaria-Schlucht – die darauffolgenden vier Wochen standen unter dem Stern der Sanftheit in Pavlos' Augen. Pavlos' Blick folgte Katja durch die Gassen von Heraklion und Chania, ins Ida-Gebirge und auf die Hochebene von Lassithi. Sein Blick begegnete ihr in den schweren Rotweinen und im scharfen Raki, und wann immer Katja an einem ähnlich verbrauten Tee nippte wie bei jenem Frühstück auf der *El. Venizelos*, hörte sie wieder seine unerschütterlich ruhige, leidenschaftliche Stimme. Heimlich zückte sie ihr Reisetagebuch, wann immer ihr etwas von den Antworten einfiel, die er in seinem knarrenden, sparsamen Englisch (»You, I see yesterrday, in the porrt!«) auf ihre hemmungslosen Fragen gegeben hatte: Angehöriger einer griechischen Minderheit im Süden Albaniens (beiläufig wies er durchs Restaurantfenster auf den rundlichen, kargen Hügelzug am sonnigen Meereshorizont, den das Schiff gerade passierte), 1989 vom Militärdienst desertiert, über die Grenze nach Griechenland, Unterschlupf in einem Dorf namens Kouphala an der ionischen Küste, dort Fischer, schließlich Lkw-Fahrer für einen Händler aus Ioannina, der Geschäfte mit italienischer Sanitärkeramik machte ...

Als Torsten ihn auf das Gerücht ansprach, es habe nächtliche Handgreiflichkeiten zwischen Passagieren und Besatzungsmitgliedern gegeben, hob er nur die Schultern, und als Torsten ihn dennoch in ein Gespräch über das heutige Verhältnis der Griechen zu den Türken zu verwickeln versuchte, fragte Katja, ob es schön sei in Kouphala. »*Verry* beautiful«, sagte er, und seine Augen bekamen einen Perlschimmer. Er fragte, woher sie kämen, und als sie es ihm sagte, begann sein Blick gar zu sprühen. »Hamburg – *verry* good ...« Sie fragte ihn nach seiner Telefonnummer. Er habe keine, sagte er, und seine Adresse laute: »Pavlos the fisserman, Kouphala.« Seine Zähne waren wirklich wie feinstes Porzellan. Sie ließ sich erklären, wo Kouphala lag. Wie gestriegelt fühlte sich die Haut auf ihrem Handrücken an, wo er sie flüchtig berührt hatte, als er die dünne Serviette entgegennahm, damit er mit rotem Filzstift eine Erinnerungsstütze für sie notieren konnte: Πάνλος *Pawlos* Κονφάλα *Kovfala*.

Sie teilte ihr Glück, sie teilte es mit dem ahnungslosen Florian. Noch Jahre später sollte er von ihrer Hochzeitsreise nach Kreta 1993 schwärmen.

II.

Zurückgekehrt, richtete Katja in ihrer gemeinsamen Wohnung ein Stilleben ein, eine kleine Kultstätte auf der Flurkommode. Mittelpunkt war eine rechteckige Vase aus dickem Glas. Hinein gab sie all die Steine, die sie auf ihren langen Strandwanderungen gesammelt hatte. Ob des Reiseballasts hatte Florian sie gefrotzelt, und zu Haus gab sie ihm zunächst insgeheim recht. Die rauhen, grauen Schleier, die auf ihren Kleinodien lagen, enttäuschten Katja, ja verstörten sie. Doch als sie die Vase mit Wasser füllte (sie fügte gar einen Teelöffel Meersalz hinzu), lebten sie auf, leuchteten geradezu: der wie eine Forelle gesprenkelte ovale, flache; der schlammfarbene, krötenförmige; der grünspangrüne mit dem Ockerschatten an der Bruchkante; der lachsfarbene Drops mit den schwarzen Adern; der zweifach geschnürte, taubenblaue Taler; die marmorierten weißen und die geschieferten und all die übrigen Kiesel und Steine. Neben dieses Gefäß postierte Katja eine Sektflöte mit einem Zweig Salbei, ein Tonfäßchen mit Pinienhonig (sie war verrückt danach) und davor, auf ein rundes, weißes Deckchen mit geklöppelter Spitze, ein noch volles jener 20-cl-Fläschchen Ouzo, deren sie eines in fast jeder der heißen Nächte auf den Terrassen ihrer Unterkünfte vor dem Schlafengehen vernascht hatte (unter den imaginären Blicken Pavlos'). Wenn Florian Spät- oder Nachtschicht schob, legte Katja manchmal eine Musikkassette ein, bevor sie den Verschluß des Fläschchens aufdrehte, um zu schnuppern; manchmal betrachtete sie das Etikett, und zusammen mit dem Salbei- und Ouzo-Duft und den schwankenden Rhythmen der Bouzouki-Musik stürzte der Anblick der fremdartigen Buchstaben sie in eine heillose Sehnsuchtsumnachtung: ΕΛΛΗΝΙΚΟΝ ΠΡΟΙΟΝ ... ΠΑΡΑΓΩΓΗ ... ΕΜΦΙ– ΑΛΩΣΗ ... Dann schleckte sie ein wenig Pinienhonig und blätterte in dem Fotoalbum mit der Aufschrift *Kreta 1993* (die Reue darüber, daß sie seinerzeit versäumt hatte, einen Schnappschuß von Pavlos zu machen, kam ihr selbst seltsam verlogen vor – so als ahnte sie, daß er als reines Erinnerungsbild wertvoller für sie war), und schließlich öffnete sie die Lade mit der Tischwäsche, um die Florian sich nie scheren würde, und zückte ihr verborgenes Reisetagebuch. Darin lag die Serviette, deren rote Aufschrift – Πάνλος *Pawlos* Κουφάλα *Kovfala* – ganz allmählich ausbleichte.

Im Frühjahr 1994 erlitt Florians Vater einen Herzinfarkt und starb; kurz darauf ging Dr. Schmidt in Konkurs. Die fünf Wochen ihrer Arbeitslosigkeit nutzte Katja, indem sie an der Volkshochschule einen Kurs für Neugriechisch belegte. Ihre mangelhafte Begabung suchte sie mit Fleiß wettzumachen; sie kämpfte sich durch die zungenbrecherischen Lektionen, und zwar um so zäher, je tiefer Florian in der Trauer um seinen Vater versumpfte (und die Aussicht schwand, in den Ferien aufs griechische Festland zu fahren), doch um so zuversichtlicher, je näher dann der Sommer 1995 rückte. Katja meisterte die frühen Prüfungen ihrer Ehe, indem sie aus den Fehlern lernte, die Marlen mit Torsten beging; indem sie sich in Dr. Quadsens Praxis unentbehrlich machte und Vokabeln paukte, Reiseführer und Landkarten studierte, wenn Florian Schicht- und Wochenenddienst schob oder mit Torsten um die Häuser zog. Und indem sie ihr Stilleben pflegte. Die Serviette gemahnte sie zuverlässig daran, wie sie übers nächtliche Schiff geirrt, aber keineswegs verzweifelt war und am Morgen dafür belohnt wurde.

Für Florian schien Pavlos schnell vergessen unter all den anderen Urlaubsbegegnungen mit Adreßaustausch, zumal Katja ihn aussparte bei ihren Gesprächen über gemeinsame Erinnerungen; regelmäßig aber wärmte sie den Ortsnamen Kouphala auf, wobei sie dessen Quelle geschickt anonymisierte. Und in all ihrem Mühen um ein Glück jenseits der zugigen Straßen und verschlossenen Backsteinbauten Hamburg-Hamms fühlte Katja sich bestätigt, als sie im Sommer 1995 tatsächlich jenes Dorf am Ionischen Meer entdeckten (ohne Torsten und Marlen, die sich getrennt hatten), von einem oleanderbewachsenen Rastplatz an der Europastraße 55 aus: tief unter dem Hochofen der Sonne hingegossen eine gras- und efeu-, moos- und olivgrüne Ebene, getigert von kostbaren Schattenstreifen, durchkreuzt von sandhellen Wegen. Der Südhorizont eine dunstige Gratkette, doch der Westen das Tor zum gleißenden Meer, bewacht von zwei dicht bewachsenen Berghügeln. Zwischen ihnen leuchtete ein saphirblauer Meerbusen, umkurvt von Strand so hell wie Florians Haar, und dessen halben Bogen entlang wiederum schwang sich ein Hain von Eukalyptusbäumen mit angerosteten Kronen. Daran geschmiegt ein Haufendorf, ein schiefes, offenes Labyrinth aus hellen Häuschen und Häusern, fast alle karminrot gedeckt.

Der schöne Fluß entlang der Südwestgrenze, von jenem Aussichtspunkt aus war er hinter Grün und einer Art Mole aus Felsbrocken verborgen; deshalb sahen sie ihn erst bei ihrer Erkundungsfahrt. Der Restaurantgarten der meistbesuchten Taverne lag direkt an seinem Ufer, unter Baumwollpappeln, Eichen und einem Eukalyptusbaum. Katja und Florian quartierten sich ins Gästehaus ein. Die Tage verbrachten sie am heißen Strand, die Nächte durchfeierten sie am Fluß, der schwarz war, frühmorgens aber schimmerte wie ein Fisch, sich mittags pastell- und nach Sonnenuntergang jadegrün färbte. Sie fanden Anschluß an eine Schrauber-clique, die jährlich ein- bis zweimal hierherkam. Der Abschied fiel schwer, um so leichter aber die Entscheidung, im nächsten Jahr wiederzukehren.

Gleich am ersten Tag hatte Katja den Tavernenwirt nach »Pavlos the fisserman« gefragt. Er sagte, er sei mit dem Lkw in Italien unterwegs. Natürlich bedauerte sie im stillen, daß sie ihn nicht antraf. Was sich in diese Traurigkeit dreinmischte, war jedoch ein Gefühl, dessen Auftauchen ihr mysteriös vorkam: Erleichterung. Klarer wurde es ihr zu Haus, im Gespräch mit Marlen (der sie wenn auch noch nicht von Pavlos, so doch vom Traummann erzählte): Ihr erhofftes Glück schien so übergroß zu sein, daß es – damit es nicht schon vor der Zeit eingehe – viel Geduld, Schutz und Verzicht benötigte, um wachsen zu können. Das beste Beispiel für dieses Prinzip war Paulchen, den sie im April 1996 gebar (so daß sie erst im September 1997 nach Kouphala zurückkehren konnten – diesmal war Marlen mit von der Partie –; Pavlos aber war wieder in Italien unterwegs, ebenso wie im Juni/Juli 1998 und Juni 1999).

Im Lauf der Jahre veränderte sich der liebliche, unschuldige Charakter Kouphalas teilweise schmerzhaft; nichtsdestotrotz unverbrüchlich schien Katjas Empfindung, in diesem Dorf eine zweite Heimat gefunden zu haben. Daß es eines Tages ihre erste werden könne, hoffte sie, Pinienhonig scheckend, all die verregneten Hamburger Winter glühend (zumal der Traummann nie aufhörte, ihr zu erscheinen). Bei der Ankunft im August 2000 aber schockierte Florian, Marlen und besonders sie, Katja, daß der geliebte Wirt ihrer Stammtaverne unlängst tödlich verunglückt, und im Juni 2001, daß der Fluß verbreitert und sein Ufer betoniert worden war.

Zum ersten Mal wurde Katja ihr Unbehagen *augenfällig*; ein Unbehagen, das sie von Jahr zu Jahr zunehmend beschlich, weil sie die ursprüngliche Verheißung Kouphalas offenbar ebenso schleichend aus ihrem Herzen ausgelagert hatte – ins Kellerabteil des Hammer Mietshauses. Dort verstaubten, etikettiert mit Jahreszahlen, Keksdosen voller Kiesel. Nur die allererste Sammlung (die ganz selbstverständlich mit in die größere Wohnung umgezogen war) pflegte Katja regelmäßig. Zunächst leerte sie die rechteckige Vase, befreite das dicke Glas von Kalkrändern, trocknete und polierte es auf Hochglanz, und dann füllte sie die Kiesel wieder hinein und begoß sie mit frischem Wasser.

Ihre einst mühselig antrainierten Kenntnisse der griechischen Sprache waren im Jahr 2001 zum größten Teil verblaßt, ebenso wie die rote Schrift auf der Serviette. Doch weil es zu ebendieser höchsten Zeit war, daß sie Pavlos zum zweiten Mal in ihrem Leben begegnete – nach acht Jahren wiederbegegnete –, bildete sie sich ein, die Buchstaben unter der Tischwäsche daheim würden aufleuchten, als hätte sie sie mit Herzblut begossen.

III.

Hatte sie 1993 noch gezögert, ihren Traummann fotografisch festzuhalten, so war sie doch 1994 schon beherzt genug gewesen, das betörend Geheimnisvolle des Ouzo-Etiketts – ΕΛΛΗΝΙΚΟΝ ΠΡΟΙΟΝ ... ΠΑΡΑΓΩΓΗ ... ΕΜΦΙΑΛΩΣΗ – vermittels eines Griechisch-Kurses preiszugeben, zugunsten der bloßen Zuversicht, es möge mehr als nur eine Entschädigung herausspringen. Seither war Katja die Erfahrung zur Natur geronnen, daß Unerschrockenheit die Grundvoraussetzung war, eine wärmere Heimstatt zu bauen, und so vermochte sie sich mit dem vollen Gewicht ihres Charakters an den Hals Pavlos' zu werfen, nachdem sich herausgestellt hatte, daß er es war, der an jenem Tag mit seinen Zehen ein paar Körnchen Sand auf den Saum ihres Badelakens gestreut.

»Liegestuhl?«

»Nein, danke«, hatte Marlen gesagt, die rücklings lag und mit dem Kopf landeinwärts. Katja hingegen mußte sich auf den linken Ellbogen stützen und den Nacken überstrecken, um an den schwarzbehaarten, tiefgebräunten Beinen hinaufblicken zu können, die außerhalb vom Schattenradius des Sonnenschirms aus dem Strand emporwuchsen. Sie hätte lügen müssen, um behaupten zu können, seine Stimme sofort wiedererkannt zu haben. Abgestumpft hatten Katja all die Momente jener Sommer, in denen sie atemlos aufgehorcht und die Enttäuschung erduldet hatte. Außerdem verzerrten die plötzliche Nähe und steile Perspektive seine Gestalt, und vorm grellen Hintergrund der Bucht, deren Wellen mit Straßsteinchen übersät schienen, versanken seine Gesichtszüge im eigenen Schattenwurf. Und doch sagte sie gleich: »Pavlo?«

Vor Jahren hatte Katja einmal einen Fernsehfilm über die Bewohner der Mittelmeerküsten gesehen, und oft erinnerte sie sich an das Wort eines Hafenarbeiters in Piräus: Sie, die Griechen, hätten das beste Personengedächtnis der Welt und seien fähig, sich einfach nur zu freuen über die Wiederbegegnung mit jemandem, den sie vor Jahren einmal getroffen hatten, und sei es noch so kurz. Doch daß ihre stürmische Umhalsung auch Pavlos keineswegs befremdete, hatte, das war für sie keine Frage, einen noch viel innigeren Grund. So arg Katja um Atem rang, sie vernahm sehr wohl die Rufe Paulchens, der, die schlammigen Finger erhoben, vom Wassersaum aus herüberstarrte, und auch ihrer Freundin sah sie an, daß die glaubte, sie sei durchgedreht. Wie sie, Katja, kannte auch Marlen inzwischen die meisten Kouphalianer. Diesen erkannte sie, im Gegensatz zu Katja, nicht wieder.

Florian hatte sich nach dem Frühstück zum Anleger am Fluß aufgemacht, um mit den anderen an einem Jet-Ski herumzuschrauben, und so trübte nur Paulchen das Wiedersehen. Nach gut zwei Stunden gelang es Marlen, ihn zu einem Besuch der Eisdiele zu überreden. Offenbar zermürbt von seiner eigenen Quengelei, war er bereit, die Resignation ob des furchteinflößenden Verhaltens seiner Mutter in Beruhigung umzuwidmen, schien doch selbst Tante Marlen keine Befürchtungen zu hegen, sie mit dem Onkel da allein zu lassen.

Obwohl die Bootsfahrt mit Pavlos in jene verschwiegene Bucht unentdeckt blieb, vermochte Katja sie nicht zu verheimlichen. Zwar noch nicht in der Nacht desselben Tages, doch schon in der darauffolgenden offenbarte sie sich Florian. Es war das Schlimmste, was sie in den zweiunddreißig Jahren ihres Lebens je hatte jemandem zufügen müssen. Doch wenn es auch nur den Hauch eines Selbstzweifels gegeben hatte, er verwehte unter den Schreien und Gesten, mit denen Florian ihr »die Flausen aus dem Kopf zu schlagen« suchte. Sie verstand, daß er sie nicht verstehen *konnte*. Er *mußte* sein Recht verteidigen, sie für durchgedreht zu halten. So fachte ihr Verständnis für ihn ihre Leidenschaft für Pavlos an. Nach vier schlaflosen Nächten und Tagen packte Florian die Satteltaschen seiner Maschine. Der Abschied von Paulchen zerriß Katja das Herz; noch als sie aus der Ohnmacht erwachte, waren die Schrammen seiner Nägel an ihrem Oberarm zu sehen, ja selbst die Abdrücke seiner Fingerchen. Marlen blieb (um sie »zur Vernunft zu bringen«) und reiste erst zum geplanten Urlaubsende ab, in der Tasche die Krankschreibung eines ansässigen Arztes, die sie in Katjas Auftrag an die Praxis Dr. Quadsens weiterleiten sollte.

Und Katja *war* krank. Am Abend ahmte ihr Herz das Flimmern des Quecksilbers auf den Buchtwellen nach, und in der Mittagshitze bekam es einen Stich vom Reflexionsblitz einer Chromreling. Spätnachmittags meinte sie zu riechen, daß ihre Wimpern versengten vom Anblick der Straße aus flüssigem Gold, die Horizont und Strand verband. Der Fluß seihte die Sonne, und wie die Lichtfacetten waberte Katjas Rippenfell. Nachts hörte sie das Meer mit dem Strand herumhuren; die Hähne Kouphalas setzten die Akzente anders, als sie es von ihren Landaufenthalten als Enkelin in Erinnerung hatte (*Kikériki* statt *Kikeriki*), und die aufgehende Sonne blieb noch lange als wunder Punkt auf ihrer Retina haften. Eines Tages knüppelte ein Wind derart auf den Eukalyptuswald ein, daß ihr Glück in Pavlos' Achselhöhle eine Stunde später in Form dicker Zähren vom Himmel regnete. Ein andermal mußte Pavlos sie vom Anblick eines

beinernen Baumes losreißen, der wie der Mast eines ge-
strandeten Seglers in der Dämmerung funzelte.

Wenn Katja Pavlos' stiller, unbeirrbarer Stimme lauschte, feierte sie eine traumverlorene Wiederkunft und
Heimkehr, geprägt von Stolz, Stolz als Folge von Schrek-
ken, Mitleid, Achtung, Zuneigung. Er erzählte, wild-
lebende Hunde hätten manchmal Gliedmaßen und Köpfe von geflüchteten Nachbarn in sein Dorf angeschleppt
(eines von sechzehn der griechischen Minderheit im
albanischen Grenzland). Er erzählte, wie er in den 89er-
Wirren nach einem Jahr beim Militär mit fünfzehn weiteren jungen Männern über die Grenze ging. Es wurde
geschossen, drei von ihnen waren danach verschwunden. Wie er nach Kouphala kam, wo er zunächst kellner-
te und dann vom Bürgermeister das Angebot erhielt, im
Rohbau eines seiner Appartementhäuser zu wohnen und
sein Boot zum Fischen zu mieten, gegen die Hälfte des
Ertrags. Wie er vom wasserscheuen Bergbewohner zum
besten Fischer Kouphalas wurde. Einmal fing er sieben-
hundert Kilo Makrelen. Das Boot war so voll, daß es fast
abgesoffen wäre. Doch niemand konnte mit so viel Ma-
krele etwas anfangen; er mußte den Fang für zweitau-
send Drachmen verschleudern. Viel Dorade und Rotbarbe fing er; gern hätte er einmal eine große Rotbarbe
gegessen, doch er verkaufte sie lieber. Er fuhr am weitesten von allen Fischern Kouphalas hinaus; er hatte die
Angst vorm Meer besiegt; er schlief manchmal da draußen. Das kleinste Boot, aber die größten Fänge – bald
zog er sich den Neid der Kouphalianer zu. Dann traf er
den Mann aus Ioannina, machte den Lkw-Führerschein
und durchmaß Griechenland und Italien. Nun hatte

er genug Geld gespart, um eine Familie gründen zu können. Er befragte sie mit ruhiger, unerschütterlicher Stimme nach Hamburg. Er wollte nach Deutschland. In Deutschland, das wisse er aus dem Fernsehen, gebe es für alles Gesetze; Deutschland sei so ordentlich, daß es sogar Extrawege für Radfahrer gebe. Er wollte in Deutschland arbeiten. Deutscher *werden* war sein Traum, sein Traum seit zehn, zwölf Jahren.

Katja aber erwachte mit diesem Stich. Komischerweise war es ein ähnlich taubes Gefühl in der Wirbelsäule wie seinerzeit auf dem Pier von Ancona (nur, daß es literweise *saures* Gift war). Sie saßen auf der Veranda der Taverne hinterm Eukalyptuswald, und die Sonne war bereits so tief in die Bucht herabgesunken, daß das Licht vom Laub der Bäume rostig gefärbt schien. Auf dem Papiertischtuch, an den Aschenbecher geschmiegt, saß oder lag ein Falter, die grauen, weißgepünktelten Flügel schmal angelegt. In plötzlicher Wut über seine Anwesenheit stupste Katja ihn an, und Pavlos fing rasch ihre Hand und sagte still und unbeirrbar, es handele sich um ein tödliches Tier. Bienenmörder heiße es. Mit rasender Geschwindigkeit vertilge es Bienen, aber es sei, das wisse er aus dem Fernsehen, auch für Menschen gefährlich. Einmal, damals, seien der Bürgermeister und er mit dem Mast des Bootes in eine Baumkrone geraten und plötzlich in eine Wolke aus Bienenmördern eingehüllt gewesen, so daß sie sich per Kopfsprung in den Fluß hätten retten müssen.

Von einem solchen Falter hatte Katja noch nie gehört. Als sie zurückkehrte (um nicht auch noch ihre Stellung in der Praxis Dr. Quadsens zu verlieren), stellte sie Recherchen an – ohne Ergebnis. Marlen vermutete, es handele sich um eine ähnliche Legende wie die, daß drei Hornissenstiche für einen Menschen tödlich seien, und tadelte sie: Sie wisse doch, wie abergläubisch Griechen seien.

Ein Dreivierteljahr lang lebte Katja bei ihren Großeltern. Der Traummann erschien ihr nie wieder; dafür Hunde, die Arme und Köpfe in den Fängen trugen, und Wolken von Bienenmördern, die aus Baumkronen aufstoben.

IV.

Im Sommer 2005, auf dem Weg zum Fährhafen Venedigs, teilten sich Katja, Florian und Paulchen das Liegewagenabteil im Autoreisezug nach Villach mit einem bosnisch-deutschen Pärchen. Der Mann war 1993 nach Hannover geflohen und noch im selben Jahr der Frau begegnet. Sie fuhren in seine Heimat, um dort Urlaub zu machen.

2002 war auch Florians Mutter gestorben, und 2003 hatten Florian und Katja in Kaloligia, fünfzehn Kilometer von Kouphala entfernt, mit den Mitteln aus der kleinen Erbschaft ein Grundstück erworben (teuer im Vergleich zu früher; der Furcht des Verkäufers, durch die Währungsumstellung übervorteilt zu werden, war nicht beizukommen). 2004 hatten sie mit dem Bau des kleinen Ferienhauses begonnen. In diesem Jahr sollte es fertig werden, und Katja beabsichtigte, das Steinmäuerchen, das den Garten einfriedete, mit ihren Kieselsammlungen zu schmücken.

Als sie eine Woche später Marlen vom Flughafen in

Preveza abholten, erzählte die, sie sei kurz zuvor zufällig Pavlos begegnet. Er lebe mit einer griechischstämmigen Deutschen in Hamburg-Altona (ihr gemeinsamer Sohn werde morgen zwei Jahre alt), verdiene sein Geld im Hafen und habe die Aussicht, Vorarbeiter zu werden. Sehr glücklich sei er und nicht länger böse auf sie, Katja; er lasse sie von Herzen grüßen. Am nächsten Morgen probierte Katja nach langer Zeit wieder einmal ein Brot mit Pinienhonig.

Der Schweiß der Hafenarbeiter

Als duldete seine Beschwerde keine Sekunde Aufschub, wendete Zykowski sich zu Schuckert um, noch während er den Fuß auf den Hecksteert setzte: »Das ist doch nicht dein Ernst!« Sein berüchtigtes Grinsen unter der Hutkrempe wirkte schimmlig. Es gefror, als der Untergrund nachgab. Fuchtelnd suchte er Balance. Es fehlte nicht viel, und er wäre ins Wasser gestürzt (was ihm, wie Schuckert ein halbes Jahr später dachte, vielleicht sogar lieber gewesen wäre als alles, was statt dessen passierte). »Vorsichtig!« keuchte Schuckert, vermochte seine Nachfrage aber ebensowenig aufzuschieben, bis sie sicher an Bord säßen: »Was ist nicht ›mein Ernst‹.«

»Na das da.« Um nicht auch auf der Einstiegstreppe ins Wanken zu geraten, vermied Zykowski diesmal, sich umzudrehen, glich vielmehr die falsche Schallrichtung mit Lautstärke aus und streckte den Daumen nach rückwärts. »Das Seebärchen da.«

Er meinte den Mann, der ihre Fahrkarten entgegengenommen hatte. Er hockte kurz-, aber breitbeinig auf einer der Holzbänke, die entlang der Containerbaracke mit der Aufschrift *Barkassenzentrale Lührs* aufgereiht waren, trug Prinz-Heinrich-Mütze und in der linken Faust einen Pfeifenkopf.

Schuckert ging auf Zykos Vorwurf ein, als hätte tatsächlich er jene Hamburgensie da dahingesetzt. »Wieso«, sagte er. »Qualmt doch perfekt. Was willst du denn.«

»Und der Hufeisenbart?« nörgelte Zyko. »Wo bleibt der Hufeisenbart?«

»Den«, sagte Schuckert, »wird der sich schon auch noch ankleben.«

Zykowski ließ sich an der Reling nieder, während ihm einer seiner Spezialseufzer entströmte, die am WG-Tisch der Göttinger Zeit nie Geringeres zu bedeuten hatten als *Herrgott, die Welt ist so albern, und weil ich das erkenne, haßt sie mich; obsiegen aber werde* ich.

Seit Zykos Ankunft am Vorabend fragte Schuckert sich, warum er dessen telefonischer Anregung gefolgt war, ihn nach reichlich drei Jahren denn doch noch als Logierbesuch zu empfangen. Dabei kannte er den Grund genau: Faul- und Feigheit, ihrer gegenseitigen Entfremdung Rechnung zu tragen. Sie hatten zwölf Semester in derselben Fünfzimmerwohnung gehaust und über die drei fluktuierenden Mitbewohner gelästert. Das war alles, und es war okay gewesen, und jetzt war es vorbei. Zyko, gebürtig in der Nähe von Trier, war dort, in Göttingen, in der *Xeroria* hängengeblieben, und Schuckert fuhr wie die einschlägige Witzfigur Taxi, aber immerhin hier, in seiner Heimatstadt.

Jaja, die Hafenrundfahrt war seine Idee gewesen. Auswärtige Gäste hatten eine Hafenrundfahrt zu absolvieren, basta! Und vor allem mußte er dringend an die Luft. Für zwei derart kapitale Kater wie ihre an jenem Morgen war seine Mansarde zu eng. Schuckert konnte kaum aushalten, wie Zykowski mit seinem Borsalino Gauklertricks übte, während er irgendeinen längst gegessenen

Politkäse wiederkäute. Er hoffte, die Hafenfrische möge heilsam wirken auf Zykos alles ankokelnden Ironiezwang, den selbst das Bierbad am Vorabend nicht hatte löschen können. Und der sich direkt nach dem Aufstehen fortsetzte, nur mit klammerer Fahne.

Noch da oben auf der Betonpromenade entlang dem Baumwall fand Schuckert die Idee nicht schlecht. Bevor er die Bons löste, führte er Zyko ans Geländer, und mit einer (natürlich ironischen) Geste eröffnete er ihm den hiesigen Ausschnitt der weltberühmten Ansicht und hoffte, der nehme es alles ganz eigentlich wahr: die Farbe des Hafenwassers da unten (ein helles Schlammbraun mit einem Stich Grün); das verzweigte System der bebauten Anlegepontons, scheinbar reglos ruhend in jenen kabbeligen Wassern, denen hier und da und dort Pfeiler aus verwittertem, verrußtem Stahl entwuchsen, in unsichtbarem Grund verwurzelt; und wie die Fahnen- und Schiffsmasten deren Vertikalität imitierten, doch gravitätisch bewegt anstatt starr, und die *Mare Frisium* dahinten sogar noch ein paar Bleistiftparabeln für die Pardunen, Brassen und Schoten (oder wie das hieß) hinzufügte; die Fahnen- und Funk- und Schiffsmasten der Motor- und Segelboote, die mit dem Schnabel am Anleger nagten in Reih und Glied; hell die rassigen Yachten (allenfalls die Persenning fürs Achterdeck blau), mit Anstrichen von der dunkleren Palette die bulligen, schrulligen Barkassen, festgemacht am Heck. Und dahinter der Elbstrom, die Fahrrinne auch der großen Pötte; ein Teppich aus wimmelnden Reflexionen schwamm darauf, hingeflittert von der kühlen Sonne. Am anderen Ufer Kais mit einer Batterie von Kesseln so üppig, daß die Ausleger der nahen Kräne in obszönem Winkel aufragten.

Als Schuckert und Zykowski dann jedoch die Brücke hinunter waren und bis zu jenem Ponton vorgedrungen ...

Lag es daran, daß der Boden da oben noch fest gewesen war? Im Vergleich zu dort, wo der Straßenverkehr vom Baumwall her lärmte, war es hier unten zwar ruhiger – es plätscherte; es quietschten die Scharniere in der Gangway zum *Feuerschiff*, und es brummte eine Barkasse, gefolgt vom Rauschen der Schraubengischt –, doch dafür schwankte alles, sanft, aber unverkennbar.

Nach und nach stiegen rund zwei Dutzend weitere Fahrgäste zu (einem Bakelitschildchen am Ruderhaus zufolge wären fünf Dutzend erlaubt), nahmen auf der mit Sitzkissen ausgestatteten Doppelsitzbank mittschiffs Platz sowie auf den einfachen entlang dem Holzfutter des Schanzkleids, und schließlich machte der Käpt'n die Leinen los, wobei er umgehend auf Missingsch zu quasseln begann. Einer der beiden Rettungsringe hier – er klopfte drauf – sei traditionell für den Kap'tein reserviert, der andere werde im Notfall ausgelost. Man brauche aber keine Angst zu haben, er habe auf dem berühmtesten Schiff der Welt gelernt, der *Titanic*.

Während die Barkasse selbsttätig ablegte, schlängelte der Käpt'n sich zwischen den Knien der Passagiere hindurch und wies auf die Tür mit dem verschnörkelten Messingschild, worauf in Sütterlin der Begriff *Schiethus* eingraviert war. »Nur für Damen! Die Herrn vom Achterschiff aus, aber bitte immer *mit* 'n Wind!« Dann erklomm er die Stiege zum Ruderhaus.

Stumm, mit leuchtend blutunterlaufenen Augen, klagte Zyko Schuckert an. Fast sabberte er, vor schwarzer Begeisterung. Schuckert schwante Schlimmes, aber er feixte, als pflegte *er*, seit seiner Rückkehr nach Hamburg, solche Scherzkekse wie diesen Käpt'n Iglo zu frühstücken.

Kaum hatte der das Ruder übernommen, meldete er sich zurück, nun per Mikrophon. Ab sofort bekamen sie ihn von hinten zu Gesicht, hinter einer Fensterscheibe in jener Kanzel; scheinbar unabhängig voneinander tuckerte der Dieselmotor und klönte die verstärkte, verzerrte Stimme des Käpt'ns, während die Barkasse ihren Liegeplatz verließ und an der *Klaus* und *Edwin 2*, der *Agnes*, *Sönke* und *Hein* vorbeiglitt.

»Ers' ma'«, hob der Käpt'n an, begrüße er seine lieben Fahrgäste recht herzlich an Bord der *Uwe*, und übrigens nicht nur die *Uwe*, all die Barkassen hier seien so um die 16, 17 Meter lang und 4 Meter breit und früher dafür da gewesen, die Arbeiter zu den Werften zu bringen, und übrigens sei Hamburg die brückenreichste S'tadt Europas – nicht Venedig oder Amsterdam, nein, Hamburg (»zweitausendvierhunnertundfümmundreißich Brücken!«) –, und das da sei übrigens das Wahrzeichen der Hanses'tadt, der Michel, dessen Zifferblatt im Durchmesser 24 Meter messe, und hier beginne die S'peichers'tadt, die übrigens 1885 von Kaiser Wilhelm eingeweiht worden sei und unter anderem das größte Orientteppichlager der Welt beherberge, 36 Milliarden Euro, »das' Waaahnsinn is' das« ...

Der Zahlenfetischismus, der Lokalpatriotismus, die ewig raunende Anbetung des menschlichen Schaffensdrangs ... Aufgrund der Furiosität, mit der sich seine Befürchtungen bestätigten, trug Zyko – da hätte Schuckert gewettet – eine Erektion davon.

Ja, es war Rekordzeit, in der jemand sich Zykowski zum Feind machte. Von Beginn an ließ er keine Ausführung des Käpt'ns unkommentiert, -korrigiert oder -parodiert. Ach was, Störtebeker habe zweimal die Speicherstadt überfallen und sei dann dort auch geköpft worden? Fünfhundert Jahre nach seiner Hinrichtung erneut? Das' ja Waaahnsinn, is' das. Und dort drüben gebe es die größte Miniatureisenbahn der Welt? Wie. Größer als die normale oder was. Und sogar das Rathaus sei dem großen Brand von 1882 zum Opfer gefallen? Sei der aber nicht anno 1842 gewesen?

Zykos universales Daten- und Faktengedächtnis war schon zur Göttinger Zeit legendär. (Nicht, daß er damit renommierte. Solang es nicht Geschichte zu entklittern galt.) Die eigentliche Adresse seiner Schmähungen war aber weder der Käpt'n noch Schuckert, noch die anderen Passagiere, sondern (natürlich) die alberne Welt insgesamt. Seiner Blickrichtung nach zu urteilen schien sie im Nirgendwo zwischen Himmel und Elbwellen zu wesen, dort, wo aufkreischend kichernde Möwen mit hellgrauen Flügeln, weißen Rümpfen und maskierten Gesichtern ihre Kunststücke vollführten. Er intonierte seine Lamentos zu leise, als daß sie an die Ohren des Käpt'ns hätten dringen, und zu laut, als daß die anderen Passagiere sie hätten überhören können, allemal störend aber für die nächstbenachbarten, eine Kleinfamilie inklusive einer überaus niedlichen sieben-, achtjährigen Tochter. Zykos halböffentliche Klagen und

Brandreden, sie hatten etwas Asoziales und Geniali-
sches.

Zumal er individuelle Sprechgewohnheiten ausgezeichnet erkennen und en détail benennen konnte. Nach-
ahmen allerdings, zumal Mundart, nur miserabel, er war
unmusikalisch, und daß Zykos Kritikfähigkeit Zyko
selbst selbstverständlich ausschloß, enervierte Schuckert.
Und um wie viel vehementer als früher, erschreckte ihn;
beschämte ihn sodann und – läuterte ihn.

Denn – das wurde ihm immer klarer auf dem Weg von
der Speicherstadt in den City- und von dort über die
Elbe in den Containerhafen und so weiter –, denn im
gleichen Maße, wie Zyko den Käpt'n verkohlte, begann
Schuckert denselben zu schätzen. Nachdem er die ersten
Infos losgeworden war, hatte er sich den Insassen seiner
Uwe sogar vorgestellt. Jürgen Walter sei sein Name, und
seit 1960 fahre er zur See, und eines Tages habe er dann
ein Patent erworben, »das mir erlaubt, praktisch jedes
Schiff der Welt zu s'teuern«. Schuckert mochte es, wie
Walter den Stolz darauf hinter dem berufsrechtlichen
Aussagegehalt verschwinden ließ. Er mochte es, wie har-
monisch seine Sabbelsinfonie überhaupt wirkte (im Ge-
gensatz zu Zykos Haßgesängen). Für die unterschiedli-
chen Gefühlslagen, die sich aus den unterschiedlichen
Sachlagen ergaben, verwendete er aufs feinste abgestufte
Tonlagen.

Nüchterne Dinge wurden nüchtern verlautbart. »Die
Tide läuft sechs S'tun'n auf und sechs S'tun'n ab.« Für
die Preisgabe von Fakten, die etwas staunenswerter waren, reservierte Käpt'n Walter einen subtileren Ton: Als
er ihnen die Bewandtnis mit der »dicken Nase« am Bug

eines Containerschiffs verriet, ging die nachempfundene Pfiffigkeit jenes Hamburger Schiffbauingenieurs, der sie erfunden hatte, darin ebenso ein wie der bei den Fahrgästen vermutete Respekt vor dessen Innovationskraft. »Damit ist das Schiff bei selber Maschinenkraft zwei Seemeilen schneller! Was mein' Sie, was das auf Dauer für S'prit s'part.«

Gegen Ende der Fahrt, bei Dock 11, billigte er den Passagieren (sprich: Amateuren) sogar, wie man Ton und Formulierung entnehmen konnte, quasi eine eigene Meinung zu: »Der muß Grundberührung gehabt haben, nä. Kucken Se ma' genau hin. Der muß ganz schön Grundberührung gehabt haben, nä.« Und auch Trauer über den Verlust der Romantik in der heutigen Seefahrt spiegelte sich mannhaft wider: »Für so 'n Schiff wie die *Cap San Diego* brauchte man zweiunveerzich Leude, heude man grad noch zwölf. Das' Wahnsinn, nä. Das' Waaahnsinn.« Oder: »... Liegezeit acht bis zwölf S'tunden. Man s'pricht heude von der ›Fabrik Seefahrt‹. Ja, so weit sind wir: ›Fabrik Seefahrt‹.«

Wenn er seine Lieblingsfloskel gebrauchte, intonierte er im ersten »Wahnsinn« nur ein a, im zweiten jedoch mindestens zwei und höchstens drei. »Das' Wahnsinn, nä. Das' Waaahnsinn.« Höchstens drei, um der von ihm angenommenen Ehrfurcht seiner Passagiere zwar verständnisinnigen Tribut zu zollen, doch gerade noch deutlich genug zu signalisieren, daß er ihr nicht mehr anheimfallen würde (was nämlich ab dem vierten a so klänge!).

Zugegeben, dachte Schuckert, die insgesamt sympathische Mischung aus Selbstsicher- und Bescheidenheit trifft leider auch auf Käpt'n Walters Sinn für Humor zu. Bei seiner ausgeleierten Konstruktion einer Eselsbrücke für Backbord (rot) und Steuerbord (grün) (»Geben Sie Ihrem Partner mal mit rechts 'ne Backfeife, und da, wo das rot anschwillt, is' Backbord«) greinte Zykowski vor Pein. Als man aus dem ruhigen Cityhafen »auf die Elbe raus« schipperte und Käpt'n Walter sagte: »Es wird 'n büschen schaukeln, aber keine Bange, es kippt nur jede dritte Barkasse im Hafen um; wir ham heude Glück, wir sind die neunte«, da kriegte Zykowski Seitenstechen.

Er wollte gar nicht sehen, was unübersehbar da war, all die Industrie- und Handelsfolklore. Die Firmenbanner entlang den Baumwall-Fassaden – *Detjen Schiffahrt, Nordmann Rassmann* –, die wilhelminische Backstein-gotik in der Speicherstadt, die kantigen Massive des Containerhafens mit ihren Bausteinen (grün *China Shipping*, rostrot *Waterfront* und *Triton*, hellblau *Hanjin*, blau *APL*, grau *Cosco* ...). Dahinten dieses Tonnenzeugs mit verchromten Verbindungsrohren, mit Laschen-, Muffen- und Flanschenkrams ... direkt am Kai so ein gelber, rostiger Oschi mit Laufkatze ... Nein, Zykowski wollte im Grunde nichts davon sehen noch darüber hö-ren, und deshalb schlug er lieber selber Krach. Daß sich der Vater des kleinen Mädchens das Geunke und Ge-tröte jenes Anticlowns nicht mehr lange mitanhören würde, stand zu befürchten.

Dem zuvor kam dann aber Zykos »Walterloo« (wie Schuckert später kalauerte): Es bestand schier darin, daß ihm eine Möwe auf den Borsalino kackte.

Die *Uwe* steckte gerade in jener besonderen Schleuse. »Bekanntlich«, dozierte Käpt'n Walter, »dient 'ne Schleu-

se normal zum Höhenausgleich. Diese dient zur S'trom-
unterbrechung«, damit Ebbe und Flut »nich' so schnell
hin- und herfluddern«. Wenn die nicht wäre, so der
Käpt'n, würde der Hafen viel schneller versanden. Vor
dem noch geschlossenen der beiden Schleusentore schaltete er in den Leerlauf und lenkte des Publikums Aufmerksamkeit auf die beiden Flügel desjenigen, welches
man soeben passiert hatte und sich nun wieder schloß.
»Und zwar *da*rum so langsam, damit da keine Fische ein-
klemm'. Und wenn doch ma', denn verkauft der Schleu-
senwärter die sonntachmorgens auf'm Fischmaakt. Als
Flunder.«

In dem Moment hob ein Gelächter an, das Käpt'n
Walters bisherige Ernte in den Schatten stellte. Es begann mit dem verzückten Gequietsch eines sieben-,
achtjährigen Mädchens, an dem sich erst ein, dann zwei,
drei weitere Lacher ansteckten.

Käpt'n Walter schaute durchs Fenster, sichtlich irri-
tiert. Anscheinend wußte er die Grenzen seiner Unter-
haltungskunst realistisch einzuschätzen (was Schuckert
anrührte). Schließlich kletterte er sogar ein paar Stufen
herab und schielte unterm Türsturz hervor. Nachdem er
nichts Verdächtiges zu ermitteln vermochte, sagte er
(eine Verlegenheitslösung): »Sie glauben mir das doch
alles, oder? Ich lüch nich. Sie sehn das ja auch an meine
langen Beine.« Und kletterte wieder hinauf.

Was er nicht mitbekommen hatte, war folgendes.

Die Kleine neben Zyko hatte seit einer Weile Brötchen
aus einer Tüte ihrer Mutter zerpflücken dürfen, um
Brocken davon in die Luft schleudern und sich an den
Flug- und Fangkünsten einer Möwenflotille erfreuen zu

können. Unterdessen hatte Zykowski ein Extempore über die politischen Ungeheuerlichkeiten um die Hafenerweiterung absolviert und schwieg nun turnusmäßig, um neues belastendes Material gegen Käpt'n Walter zu erlauschen. Vielleicht aber auch, weil es hier in der Schleusenkammer, zumal im Leerlauf, stiller war als sonst. Was außerdem der Grund dafür gewesen sein dürfte, daß er jenes *Popp!* auf seinem Hutrand nicht nur spürte, sondern auch hörte.

Es war eine ballistisch reife Leistung, die jene Möwe da ablieferte (war Zyko doch im Prinzip von der dicken grünen Plane geschützt, die wie eine Markise über den größten Teil des Fahrgastraums gezogen war): Einfach lotrecht fallen lassen hätte für diesen Bombenerfolg nicht gereicht; irgendeine Form von Schwung oder Drall mußte da schon im Spiel gewesen sein. Zyko hob seinen Borsalino vom Kopf, warf zusammen mit der Kleinen neben ihm, die den Anschlag offenbar in flagranti mitgekriegt hatte, einen Blick auf die Bescherung, und es rutschte ihm heraus: »Scheiße, Mensch.«

»Iiiiih!« kreischte die Kleine vollauf betört. Daraufhin sah auch Schuckert es – und lachte, bis ihm flau wurde.

Die Pause zwischen dem Ende von Zykos Hafenerweiterungsrede und dem Möwenattentat hatte der Weltgeist mit geradezu humanistischer Raffinesse bemessen. Als wäre es ihm zwar erstens zu billig, die Strafe auf dem Fuße zu verhängen. Aber als räumte er zweitens den Passagieren eine gewisse Zeitspanne ein, in der sie ihre Erleichterung über die unverhoffte Ruhe in Furcht vor deren Ende zurückkippen lassen konnten, damit diese Furcht sich wiederum in Erleichterung aufzulösen vermochte, als die Möwe handelte. So daß ihr Gelächter der Häme weitgehend entbehrte, ja von etwas geradezu Verzeihendem getränkt wurde. So daß wiederum Zykowski nicht einfach mit einer Philippika in puncto Humor antworten konnte, die einen kulturhistorischen Bogen von dieser Barkasse aus in die Steinzeit und, vor allem, wieder zurück geschlagen hätte, um seinen Todesmut angesichts des Pöbels zu demonstrieren, der ihn zweifellos über die Klinge springen zu lassen fähig gewesen wäre.

Und so daß das Mädchen Zyko nicht verpetzte, als der Käpt'n nach'm Rechten schaute, sondern ihm ein paar Taschentücher darbot.

So daß Zyko lächelte, und zwar schmerzlich; schüchtern. Und den Rest der Fahrt kein Sterbenswörtchen mehr sagte, nicht einmal, als Käpt'n Walter behauptete, das Abwasser, das einer Tülle am Rumpf eines Schiffes in armdickem Strahl entströmte, sei nichts anderes als »der Schweiß der Hafenarbeiter«. (Sechs Jahre zuvor, bei Schuckerts letzter Hafenrundfahrt, war's noch – daran erinnerte er sich – der der Matrosen gewesen.) Zyko schwieg so nachhaltig, daß selbst einige der entfernteren Passagiere hin und wieder ungläubig nach der versiegten Quelle der Nölerei Ausschau hielten. Zyko aber setzte seinen notdürftig gesäuberten Hut nicht wieder auf, sondern verwahrte ihn auf dem Schoß. Seine Barhäuptig-, seine Einsilbigkeit; der Umstand, daß er seinen Hut hütete ... Es machte Schuckert das nach und nach kirre.

Auch auf der Fahrt zurück zu seiner Wohnung blieb Zyko schweigsam. (Erst später erkannte Schuckert, was ihn am damaligen Zykowski am meisten verunsichert hatte: Es war gar nicht allein seine Niedergeschlagenheit, seine Verwandlung in einen Unzykowski – es war die dialektale Färbung seiner kargen Worte gewesen. Bis dahin hatte Schuckert ihn zweimal jemals Dialekt sprechen hören, am WG-Telefon, einmal davon weinend.) Oben angekommen, bat Zykowski Schuckert, online gehen zu dürfen, und wählte einen früheren Zug als geplant, und Schuckert fuhr ihn zum Bahnhof. Bei Schuckkerts Walterloo-Kalauer quälte Zyko sich ein Grinsen ab, das im Vergleich zu seinem früheren wirkte wie Che Guevara im Tutu.

Ein halbes Jahr später bekam Schuckert eine »Bin-umgezogen«-E-Mail. Die Adresse, so recherchierte er, lag in der Nähe von Trier. Er machte einen Ausdruck davon und überlegte tatsächlich, ob er nun ihn anrufen sollte. (Alles hätte er einem Zykowski zugetraut – außer zu bemerken, daß zu handeln es höchste Zeit wird, wenn man sich von Möwen zusammenscheißen läßt.)

Amrumer Mumpfen

Sie hat ja Appetit, und sie will ja auch was essen, und sie versucht ja auch zuzuhören, doch der Nippes hier lenkt enorm ab. Entlang den Innenwänden und in jeder möglichen Ecke: Vitrinchen, Setzkästen, Borde, und darin ein Panoptikum von Strohkobolden und Stoffpüppchen und Gipsputten, Filzhütchen und Schneekugeln und Zeugs sondergleichen. Und diese Galerie! Zackige Kreidezeichnungen in rostigen Farben; Frauenmotive der zwanziger Jahre, geeignet vielleicht, wie Marco sagen würde, für einen vorpommerschen Puff – für ein Inselrestaurant nicht.

»Rumpsteak ›Nordic Walking‹«, sagt Marco.

Mit einem Anflug von Schwindel schreckt Lily unmerklich auf. Diese plumpe Silbe, Rump, erregt seit jeher einen zierlichen Ekel in ihrem Rachen. Marco schaut, ja glotzt in die laminierte Speisekarte.

»Hm-m«, macht sie neutral. Denkt er nur laut darüber nach, ob er es nehmen soll, das Rumpsteak? Oder findet er genauso bescheuert wie sie, auf welchen Namen der Koch es getauft hat? In der Therapieklinik von Bad Suden verstanden sie beide sich noch stumm. Hier draußen in der Welt fällt es ihr schwer, seine Tonart zu bestimmen.

Marco scheint es mit ihr ähnlich zu gehen. Als sie am Vormittag beim Stadtbummel sagte, Wittdün sei wohl

Amrums Wenningstedt, schwieg er. Zweimal hatte sie Sylt erwähnt, und zwar ohne auch nur den geringsten sehnsüchtigen, vorwurfsvollen Ton anzuschlagen, und beide Male hatte er geschwiegen. Sie wollte den Streit ja gar nicht aufleben lassen; sie fand Amrum als Kompromiß zwischen Sylt und Usedom wirklich okay. Aber immer dieses Schweigen um den heißen Brei herum – wie ihre Mutter. Waren sie dafür Wochen und Monate in Bad Suden gewesen?

Immerhin, sein Referat über den Weltuntergang scheint beendet. Sie hat ja gar nicht gewollt, daß er noch mal auf das gestrige Erlebnis zurückkommt. Es geht ihr ja auch schon wieder gut. Gestern, nach diesem Erlebnis, ging's ihr nicht gut; stimmt. Kindisch, aber so war es nun mal.

Dabei hatte der Tag zunächst eine so angenehme Wendung genommen. Nachdem Marco einen recht sturen Rhythmus vorgelegt hatte bei ihrer Wanderung, unterbrach er ihn schließlich aber vor einer Informationstafel, indem er vorzulesen begann: »Vernünftige ...« Er betonte übertrieben, kreuzte die Hände am Steißbein und wippte Hacke-Spitze, als wäre er der Strandvogt persönlich.

Nach der vorangegangenen Wortlosigkeit angerührt von dieser Geste, fiel Lily ihm von hinten um den Hals. Keinen Millimeter knickte er ein, sondern fuhr mit dem ersten Spiegelstrich fort: »... verlassen nicht die festen Wege ...«

Huckepack genommen, schaute sie ihm über die Schulter. »... betreten«, zitierte sie den zweiten Spiegelstrich, »keine eingezäunten und beschilderten Schutzgebiete ...«

Er: »... laufen und rutschen nicht über Dünenhänge und -kuppen ...«

Sie: »... stören keine Vögel ...«

Er: »... vögeln keine Störe ...«

Lily steigerte sich in eine kleine Kicherorgie hinein, bis es ihr heiß aus den Tränensäckchen sickerte, und wußte wieder, in was an ihm sie sich in Bad Suden verliebt hatte.

Die synthetischen Häute ihrer Daunenjacken schabten aneinander. Obwohl sein Kinn kratzte, duftete er – vielleicht noch vom Vortag – nach Joop (wie der Champagner, das Konfekt, die Dose Kaviar und so weiter Teil des Präsentkorbs, den sie ihm entgegengestemmt, als er sie Donnerstag auf dem Rostocker Bahnhof abgeholt hatte – zwecks »ganz persönlicher Wiedervereinigung«, wie er witzelte). Er trug sie die Holztreppe hinauf bis zu jener Bank auf halbem Weg zur Aussichtsdüne. Lily horchte scharf hin und hielt ihr Gealbere in Gang, aber nein, er geriet nicht außer Atem. War es bloß, weil er stärker war als sie leicht? Wenn schon. Eine sonnige Stunde lang vergrub sie ihren Hinterkopf in seiner Jacke.

Über den grasgefransten Sandgrat im Nordosten lugten die Dächer und Schornsteine von Wittdün, darüber lagerte eine Herde gewaschener Wolkenschafe, und *da*rüber waren in jenen tiefblauen Zellstoffhimmel mit blütenweißer, hochgiftiger Tinte Federstriche gezogen worden, kreuz und quer, von Menschenhand.

Die Kessel und Verwerfungen der Dünen, flächenweise dicht bewachsen, flächenweise vom Wind glattmodelliert, unberührt – ein Wüstenbild. Dahinter die schnurgerade Krümmung von Kniepsand. Dahinter die

Nordsee, platinflimmernd unter der Sonne, östlich und westlich davon marineblau. Die Wäldchen von Föhr. Ganz dahinten, irgendwo ...: Sylt.

Dennoch, der Rückweg verlief beinah beschwingt, wiewohl an den Kuppen die Bohlentreppen von tiefsandigen Pässen abgelöst wurden. Das Dünengras wuchs in Büscheln. »Irgendwie niedlich«, sagte Lily. Von den schmalen Buckeln der Blattspreiten spiegelte Sonnenlicht wider. Diesmal ging Lily voran, und wenn ihr Schatten über eine still auf der Stelle schwirrende Libelle fiel, floh die sofort. Zwischen den Begegnungen mit anderen Wanderern war es ruhig; nur ein Vogelruf ab und zu, das Rascheln der Jacken, ihre Schritte auf den Brettern.

»Schau dir das an«, sagte sie. Zwei gelbe Blüten, wie die von Sumpfdotterblumen.

»Und das Anfang Oktober«, sagte Marco. Was Lily an seinen Spott darüber erinnerte, daß sie nicht gewußt hatte, was ein Brückentag ist. Marco hatte nämlich den Montag als »Brückentag«, also Urlaubstag zwischen Sonntag und dem 3. Oktober genommen.

Lily aalte sich aus der Jacke und band die Ärmel um die Taille.

Dieser salzige, sandige Duft überall! Luft, in der man baden möchte. Hin und wieder blieb Lily stehen, und dann lasen sie die notenständerartigen Schilder. Der rundblättrige Sonnentau. Rote Liste Schleswig-Holstein, gefährdete Art. Blüht Juni bis August. Fleischfressende Pflanze. Igitt. Strandhafer, Kohlgänsedistel, Salzmiere, Binsenquecke ... Säbelgras, Krähenbeere, Rentierflechte ...

Aus den »Braundünen mit Moor« liefen sie die »Graudüne« hinauf, hinunter ging's die »Weißdüne« und dann durch die »Vordüne« aufs windigere Watt.

Dort geschah dann das, was Marco vorhin zu seinem apokalyptischen Vortrag animiert hat.

Sie hatte bei einer Verschnaufpause, während der sie die Jacke wieder anzog, in den zerschrammten Himmel geschaut und Gänse entdeckt (oder Enten; sie waren zu hoch droben, als daß Lily die Länge der Hälse hätte einschätzen können). Ungefähr ein Dutzend. Sie versuchten offenbar, sich zu sammeln – zu orientieren. Rufe waren nicht zu hören.

»Guck mal«, sagte Lily. Sie vergewisserte sich, daß Marcos Blick ihrem Zeigefinger folgte.

Einander nahe bleibend, drehten die Vögel ein paar eiernde Nullen; schließlich spaltete sich ein Trio ab, dann noch ein Duo, und während jedes einem eigenen Vektor gehorchte, formierte sich die verbleibende Hauptgruppe zu einer liegenden Eins (also doch Gänse, oder?) und zog los, in entgegengesetzter Richtung.

»Und jetzt? Marco, was wollen die andern jetzt machen? – Wo wollen die hin?«

Marco schaute zwar auch lange – sie hoffte kurz, er brüte einen Witz aus –, sagte aber nichts. Vom steilen Ausspähen schmerzte ihr Nacken, und der Magen fühlte sich schwammig an.

Zurück im Zimmer, schlief Lily auf dem Sofa ein. Nach einer Stunde weckte Marco sie; sie hatte jedoch schlimme Kopfschmerzen und dämmerte gleich wieder ein. In der Nacht träumte sie, die Insel drohe im Meer zu versinken; die Touristen fliehen, indem sie kraft ihrer

Arme abheben und rückwärts davonfliegen, den Sturmwind in den geblähten, grellen Jacken geschickt ausnutzend – nur sie, Lily, ist zu schwer. Sie hopst und rudert mit den Armen, bis ihr die Schultern schmerzen; keine Chance. Sie wartet, daß sich eine Eins formiert; nichts. Schließlich läßt auch Marco sie zurück.

Sie wurde den ganzen Tag nicht richtig wach. Während Marco bis nach Norddorf und zurück wanderte, blieb sie im Zimmer und ließ den Fernseher laufen. Es ist erst zwei Stunden her, daß er sie hat bewegen können, zum Abendessen auszugehen.

Mit gezücktem Notizblock erscheint der Kellner.

»Rumpsteak ›Nordic Walking‹«, sagt Marco.

»Amrumer Mumpfen«, sagt Lily, und fügt hinzu: »Klingt gut.« Und obwohl Marco gar nicht nachfragt, erläutert sie trotzig, in einem vernünftelnden Ammenton: »Hackfleischbällchen mit Kräutersauce, Salzkartoffeln und grünen Bohnen.« Um seinem Blick nicht begegnen zu müssen, konzentriert sie sich auf die flaschenförmige, stumpfblaue Blumenvase, die eine gelbe Rose stützt, und obwohl Lily ein Blatt anfaßt, hätte sie nicht sagen können, ob echt oder nicht, ihre Fingerkuppen sind wie taub.

Nach dem Essen, er hat doppelt so lang gebraucht wie sie, fummelt Marco an ihrer Sonnenbrille herum, das Geschenk von Papi zum einundzwanzigsten Geburtstag. Mit geschliffenen, gebogenen Gläsern. Als er das Logo am Bügel entdeckt, fragt Marco verständnislos: »RTL?«

Fast gleichzeitig hört sie, wie die Alte am Nebentisch zu dem Kellner sagt: »Das Schönste an Sylt ist doch der Blick von Amrum.« So siehst du aus, du fette Gans.

»RTL?« blafft sie. »Hallo?! R, L! Ralph Lauren, du Bauer.« Beim Aufspringen stößt sie an die Tischkante. Marco greift nach ihrem wackelnden Glas. »Lily Louise«, sagt er. Das hat sie eigentlich schon in Bad Suden an ihm gehaßt: wenn er ihre Mutter nachäfft, obwohl er sie bisher nur aus ihren Erzählungen kennt.

Der Weg führt zwischen zwei Tischchen hindurch, die sich geradezu biegen unter Zeugs. Einiges ist also gar käuflich. Seebären, Zehn- bis Zwölflinge mit blauen Südwestern, kehren ebenso vielen Weibern in Trachten ihre dicken Hintern zu. Hinter einem Zaun aus Bierflaschen mit Bügelverschluß hockt ein Plüschtrumm Handelsklasse A, eine schwarzbunte Kuh, groß wie ein vierjähriges Kind. Ihre Pudelmütze ist ebenso rot-weiß gestreift wie die Batterie von Leuchttürmen mit eselsohrigen Preisaufklebern.

Der Toilettendeckel ist blau, bemalt mit Delphinen und playmobilbunten Südseefischen. Lily klappt ihn hoch, kniet nieder und bekreuzigt sich, als wäre sie orthodox. »Lily Louise, Lily Louise«, wispert sie; »du fleischfressende Pflanze ...« Fast mit ihr auf Augenhöhe, macht ein Elefant Männchen; er trägt eine goldene Fliege an der Gurgel, und golden lackiert sind auch seine Zehennägel; anstelle eines Rückgrats hat er eine Klobürste.

»Mumpfen«, murmelt Lily. »Mumpfen, Mumpfen.«

Hinterher prüft sie im Spiegel ihre verschwitzte Oberlippe; wischt die Mundwinkel aus, zieht Lippen und Lidstrich nach. Dann probiert sie ein zerknirschtes Lächeln.

Zurück am Tisch, versucht sie, es aufzusetzen. Es mißlingt furchtbar, als sie Marcos Miene sieht, und gleich springt sie wieder auf, rennt diesmal aber zum Ausgang. Marco stellt sie schon im Windfang, neben einer grün-lackierten Milchkanne mit Schilfkolben; er hat einen Griff wie ein Schraubstock, sagt aber nichts, glotzt nur.

»Damals, Ende Juni«, schluchzt sie, »als ich noch nicht raus durfte. Warum hast du mir das Shampoo nicht mit-gebracht, um das ich dich gebeten hatte!«

Marco schließt nur einmal seine Augen.

»Aber woher *wußtest* du, daß wir's zum Kotzen benut-zen?!«

»Aus der *Haus*ordnung natürlich, die wir –«

»Du hast mich von Anfang an wie ein Kind behandelt. Von Anfang an.« Da steht sie nun, mit weichen Knien, übersäuert, und sehnt sich danach, nun wiederum in die andere Richtung zu flüchten, zurück in die Gaststube, um dort vor aller Augen ihren schmerzenden Kopf zu bergen, und zwar – das registriert sie gleichzeitig, mit nahezu perfekter Gleichgültigkeit – am liebsten zwi-schen den Plüschhufen der Kuh mit der Pudelmütze.

Loop-di-Love
oder Gut Kirschen essen mit J. Bastós

Ein Feuilleton

Eben war ich bei einem Secondhand-Händler in der Nähe. Tatsächlich, er hatte sie, und ich hab' sie gekauft, zum, verglichen mit 1970 oder 71, dreifachen Preis. Für fast vierzig Jahre durchaus angemessen. Nun leg' ich sie auf.

Ein Knistern. Dann geben drei Schläge auf eine *snare-*Trommel den Takt vor, ganz gelassene Schläge, präzise zwar, aber ohne Kraftmeierei, höchstens dem doppelten Gewicht des Stocks entsprechend; auf vier übernimmt eine paukenhaft klingende Baßtrommel, den Offbeat besorgt eine Terz, gehauen auf einer Art Saloon-Klavier; gleichzeitig fiedelt eine folkartige Geige mit ihren Sechzehntelfiguren los, und jedes vierte Viertel scheppert ein Tambourin. Und dann der rauh und lässig perlende Bariton eines erfahrenen Kumpels: *I saw you walking down the street* ... Und das Echo im Diskant des Jubelchors: *Love-di-loo-di-love* ...

Hach, ist das schön!

Doch, doch. Auch wenn die eine oder andere Zeile holpert: ein gelungener Song. Staubig, hitzig, struppig, schlüpfrig, schlicht; nicht die Bohne sentimental, sondern romantisch bis ins Hodenherz.

Wann immer seit 1970 oder 71 ich Wörter höre wie Guadeloupe, Loup de mer, Looping oder ähnliche, fällt mir dieser Song ein – jenes heute eher vergessene One-Hit-Wonder eines gewissen J. Bastós (das übrigens, wie ich dank YouTube heute weiß, auf einem Lied beruht, das Dalida unter dem Titel »Darla Dirladada« sang; ich wiederhole: Dalida, »Darla Dirladada«). Damals, als ich dreizehn oder vierzehn war, übte *Loop-di-Love* einen wahnwitzig erotischen Zauber auf mich aus. Bis heute erinnere ich mich an meine heilige Scheu vor der Zeile *Come on and let us go to bed.* Bis heute flirren, wenn ich an diesen Song denke, zwei verschiedene Bilder vor meinem inneren Auge, quasi in Mnemotechnicolor.

Erstes Bild: ich auf meinem Fahrrad. Bei mir zwei, drei Kumpels; ich weiß nicht mehr genau, wer. Einer hat jedenfalls ein Kofferradio dabei, und J. Bastós singt *Loop-di-Love.* Ich glaube, ich höre es zum ersten Mal. Ich glaube, es ist heiß. Ich bin sicher, es sind Ferien, und ich bin sicher, wir sammeln uns, um von der Geest hinunter ins Alte Land zu radeln, wo ein paar Mark bei der Kirschenernte zu verdienen sind.

Wir radeln los, gut zehn, zwölf Kilometer; kurz darauf rauhen wir unsere Knie an der Kirschbaumborke auf und pflücken die saftigen schwarzen Früchte und füllen die Körbe, die wir an S-Haken in die Äste hängen; wir albern herum und pflücken die saftigen schwarzen Früchte und füllen die Körbe, und die ganze Zeit perlt rauh und lässig der Bariton jenes erfahrenen Kumpels über mein Zwerch-, Rippen- und Hodenfell: *Come on and let us go to bed ...*

Ich meine mich noch ziemlich genau zu erinnern, was ich damals dachte: Merkt das in Deutschland eigentlich keiner, was der da singt? Und wenn doch, weshalb wird es dann nicht verboten? Oder hat es eine ganz andere Bedeutung, als ich hineinlege? Hab' ich überhaupt recht gehört?

Und *wenn* das jemand merkt, was der da eigentlich singt, und das dann trotzdem nicht verboten wird, sondern vielmehr genau die Bedeutung hat, die ich hineinlege, vorausgesetzt, ich hab' recht gehört – heißt das, man kann dann wirklich und wahrhaftig zu einem Mädchen sagen: *Come on and let us go to bed? Muß* man es sogar? Geht das *so*?

Am besten, ich stürz' mich gleich vom Baum.

Zweites Bild: eine Hand im BH eines Mädchens. (Sein wirklicher Name ist so unglaubwürdig, daß ich ihn gleich seelenruhig hinschreiben werde.) Die Hand gehört mir; B und BH gehören Helene Schlußnuß. Ich bin sicher, wir liegen auf einer der ausgelegten Matratzen (kein richtiges *bed*, aber immerhin). Ich glaube, es ist auf einer Fete bei Barney Fick (unglaubwürdiger Name, ich weiß); ich bin sicher, auf dem Plattenteller dreht sich *Loop-di-Love*, und ich bin sicher, daß ich die ganze Zeit den Saft und das Fleisch von dunklen Kirschen schmecke.

J. Bastós:	*You made me singing loop-di-love …*
Chor:	*Love-di-loo-di-love …*
J. Bastós:	*You made me singing loop-di-love …*
Chor:	*Love-di-loo-di-love …*

Herrgottnocheins, das war in meinen Ohren nicht nur poetisch, das war onomatopoetisch, das war metaphysische Lautmalerei!

Mein erfahrener Kumpel, J. Bastós ... Damals erzählte er mir in seinem rauh und lässig perlenden Bariton, wie er einen *glance* riskierte und ein *smile* dafür ergatterte; wie sie *looked at me instead at some other men*, was ihn *proud*, und wie sie *looked right deep into my eyes*, was ihn *brave* machte etc., und dann, nun ja, eben: *Come on and let us go to bed* ...

So weit, so atemberaubend, und dann auch noch der sexy Refrain: *You made me singing loop-di-love ... (Loo-di-loo-di-love ...)*

Mehr brauchte ich damals nicht zu wissen – mehr wollte ich nicht wissen.

Doch nun höre ich mir den Text, offenbar zum ersten Mal *bewußt*, bis ganz zu Ende an.

J. BASTÓS:	*You start a loving bitter wave ...*
CHOR:	*Love-di-loo-di-love ...*
J. BASTÓS:	*So there was nothing to be said ...*
CHOR:	*Love-di-loo-di-love ...*
J. BASTÓS:	*And then you whispered in my ear ...*
CHOR:	*Love-di-loo-di-love ...*
J. BASTÓS:	*It's time to pay the work my dear ...*
CHOR:	*Love-di-loo-di-love ...*
J. BASTÓS:	*I hope you're really satisfied ...*
CHOR:	*Love-di-loo-di-love ...*
J. BASTÓS:	*Another one's waiting outside ...*
CHOR:	*Love-di-loo-di-love ...*

Herrje ...! Vierzig Jahre hat es gedauert, bis ich begreife: Was da so hinreißend quinkeliert, das ist kein ganz gewöhnlicher – es ist ein Hurenchor! Der sexieste Hurenchor der Welt!

Und Hut ab vor J. Bastós, wer auch immer das (gewesen) ist. Nie wieder hab ich auch nur einen Ton von ihm gehört (außer auf der dürftigen B-Seite). Doch seit heute gesellt sich bei mir eine weitere Ebene der Bewunderung für sein Werk hinzu. Denn obwohl mir der Clou des Songs seinerzeit entging, wirkte doch schon sein besonderer Schmelz. Und Motivationsfaktor.

Ja, mit J. Bastós war und ist gut Kirschen essen.

'tschuldigung, Helene! Wo (und wer) auch immer Du (gewesen) bist!

Am Ende wird geheiratet

Unberufen, im Laufe der Jahre immer mal wieder (insbesondere nach seiner Scheidung), stellte sich bei Bressen die Erinnerung an den *maláka* ein. An diese Begebenheit mit dem *maláka*. Sie trug sich am Ende einer Epoche zu, in der es noch kein Handy gab, kein Internet und kein ›Arschgeweih‹. (Nicht, daß Bressen das für die Begebenheit bedeutsam fand; es half ihm bloß, ein Gefühl für die verstrichene Zeit heraufzubeschwören.) Im Schoße seiner Clique war er eine Weile über die Peloponnes zigeunert, und anschließend noch durchs nordwestlich angrenzende Epirus, wo es nicht so karg und verbrannt war, sondern wasserreich und grün. Irgendwo dort hatte die Sache sich dann ereignet.

Sie waren zu elft; der harte Kern erweitert um diesen oder jene »Lebensabschnittspartner/in«. Sie waren noch jung, so jung, für wie man halt noch galt, wenn man noch nicht oder gerade eben zum dritten Mal »genullt« hatte; Kinder befanden sich allenfalls im Planungsstadium; und der Wildwuchs der Gruppe – ein Spießerpärchen, ein Pädagogenpärchen (stud.), eine Kryptoanarchistin, eine Jungbeamtin, ein Politclown, zwei Schraubergebrüder, eine deutschstämmige ukrainische Krankenschwester und eben er, Olaf Bressen, Doktorand der Linguistik – erstickte Langeweile allemal im Keim, und so zog die Karawane von zwei Bullis und zwei Karavans übers selige, friedliche Land, das schier barst unter dem Sommerglast.

An jenem Tag verschlug es sie an einen Strand, der keinerlei Siedlung zugehörig schien. Die nächste war zehn, zwölf Kilometer entfernt (den Namen hatte Bressen längst vergessen). Unterm makellosen hellblauen Himmel, im bereits schrägeren Lichtkegel einer nichtsdestoweniger wüsten Sonne, erstreckte sich die Bucht in blau schimmerndem, metallischem Silber, geprägt von einer gewaltigen Raute aus flimmernden Blattgoldschuppen, umfaßt von den versteinerten Armen eines ertrunkenen archaischen Giganten, die grün behaart waren mit stacheliger Macchie und niedrigen Nadelbäumen (knochenbleich die Geröllsohlen der Pranken oberhalb, unterhalb schlammschwarz). Hier das hellgraue Sensenblatt des Strandes, und ein Stückchen vom Scheitelpunkt verrückt, auf einem Lager aus Baumwolldecke, Badetüchern, Bastmatten, schmachteten im über dreißig Grad Celsius heißen Schatten der Sonnenschirme Bressen, Bolle, Hans sowie Lisa, Witha, Heide nebst Olga, der Neuen von Lukas. Lukas hatte sich mit Heides »Macker« (Bolle) und Rainer und Rebekka auf ein kühles Heineken in die palmwedelgedeckte Kantina verdrückt, die stand, wo ein breiter, seichter Bach in die Lagune mündete. Ein schmaler Steg mit Geländern aus Seilen führte darüber hin – und zu einem kleinen Gelände, wo, unter den Zeltvordächern ihrer beiden Wohnmobile, zwei gleichmäßig gesottene Seniorenpärchen ihre Rente verfeierten.

Ansonsten waren sie mutterseelenallein. Bressens Klüngel hatte sein Badelager weit genug entfernt gewählt, um das Geratter des Stromgenerators nicht mehr hören zu müssen. Nicht mal Wind berührte die Ohrhelix; vernehmbar nur das Schmatzen des Wassersaums und vor allem, von rücklings, der Lärm der Zikadenkohorten, als sägten sie wie durchgedreht an den Zweigen der sonnengehärteten Sträucher, jener natürlichen Grenzhecke entlang des Strandes, die in der Erosionskante ihres Nährbodens ihr Wurzelwerk zeigte und eine Art Trockenmoor abtrennte, das landeinwärts wuchs.

Wer ins Wasser wollte, mußte über den Sand hüpfen wie über glühende Kohlen. Im Moment aber getraute sich niemand aus dem Schirmschatten heraus. Aus allen Poren sickerte stetig wohldosiert Schweiß nach, um Bressens Haut unterm Haar zu kühlen, hinter den Ohren, im Nacken, unter den Achseln, unterm Härchenrhombus auf dem Sternum, in den Ellbeugen, Kniekehlen und Lenden; und dieses Fruchtwasserbad, die paradiesische Hitze und grillenschraffierte Stille dieses Fleckchens Erde hatten eine metaphysische Droge in den Venen destilliert, die ihn, ebenso wie seine Reisegefährtinnen und -gefährten, in eine traumartige Schwebe zwischen Erschöpfung und Tiefenentspannung versetzte.

Bressen mußte bereits eine Weile wach gewesen sein, ohne es zu merken. Jedenfalls kam ihm die Ameisenperspektive, die er – als Bolle überraschend zu sprechen begann – auf die Miniatursahara jenseits des braunen Handtuchflors einnahm, bekannt vor. Die Dünen und Wächten waren schütter mit Steinchen bestreut, mit Halmen, papyrushaften Algenfetzen, aschbleichen Tangschnipseln (längere zu Löckchen aufgeschnurrt), da und dort Zweiglein und Spelzen und verdorrten, pinselartigen Trieben von jenen koniferenartigen Stauden zwischen Strand und Moor, in denen die Zikaden sägten; auch zwei, drei Muscheln hatten es vom Wassersaum bis hierher geschafft.

»Warum kucken Frauen«, ächzte Bolle, nach all dem Schweigen unvermittelt, in die stickige Sphäre unterm fehlfarbenen Oktagon des Schirmhimmels hinein, wobei er seine Zweitbadehose beäugte, die tot über einer der Speichen hing; »warum kucken Frauen Pornofilme immer bis ganz zu Ende?«

Mit den Füßen meerwärts lagen die Männer unter ihrer ineinandergefächerten Dreierreihe von Schirmen; zu ihren Häuptern, unter der Obhut eines bunten Glückskleeblatts, eher x-förmig angeordnet, die Frauen. Am weitesten entfernt Olga die Üppige und Lisa die Scharfzüngige, und überdeutlich spürte Bressen im eigenen Zwerchfell das Echo von Bolles Mutwillen, wider deren Stachel zu löcken. Heide und Witha taten entweder, als hätten sie nichts gehört, oder hatten tatsächlich nichts gehört. Bressen schwieg mehrdeutig, und Hans – seine vorfreudige Neugier umständlich verhehlend, indem er die moralische Anstrengung übertrieb, die ihn seine Kumpanei vorgeblich kostete –, Hans knurrte: »Keiiine Aaahnung.« Was er ohne die geringste Gefahr, daß ihm etwaiger klammheimlicher Gewinn entgehe, tun konnte: Wenig auf der Welt würde Bolle davon abhalten, seine Pointe zum Besten zu geben.

»Weil«, ächzte der denn auch umgehend – seinerseits virtuos die Mühe verhehlend, das Vergnügen an seinem Triumph herunterzuspielen –; »weil sie meinen, am Ende wird geheiratet.«

Eine derartige Wirkung, wie sie Bolle damit bei seinen beiden Kumpels erzielte, hätte er wohl selbst nicht zu erhoffen gewagt. Noch zwanzig Minuten später flammte das Gelächter als Reminiszenz wieder auf.

Das Ausmaß des Erfolgs mochte zum Teil daran liegen, daß sie bereits an die zwei Wochen unterwegs waren. Die Gruppe teilte sich oft geradezu wie von selbst in zwei Hauptströmungen – in Naturschwärmer/innen einerseits und andererseits Genießer/innen touristischen Nachtlebens, in Ouzo-Zecher/innen einerseits und andererseits Vernünftler/innen, und manchmal eben auch schlicht in Männer einerseits und andererseits Frauen. So unterschiedlicher Meinung und unterschiedlichen Charakters letztere untereinander auch sein mochten, einhellig verachteten sie ständiges Rauchen und Trinken, vor allem aber Aufstoßen, Speien, Blähungen, Gaffen, mit den Fingergelenken knacken u. v. a. m.

Wiewohl auf beiden Seiten genügend Charme und Humor mobilisierbar waren, um den trotz allem schönen Kodex der gemeinsamen Unternehmung nicht durch Ge- und Verbote verunzieren zu müssen: Die Bürde der stetigen Selbstkontrolle (und folglich -beschränkung) erzeugte innerhalb der alltäglichen Koexistenz einen gutartig wuchernden Lagerkoller bei den Männern, der sich bei Gelegenheiten wie diesen halt Luft machte. Bolle als ungebundener, grobgestrickter Stenz leistete dabei den solidesten Dienst für die Geschwaderhygiene. (Das Ausmaß seiner Durchsetzungskraft erschien insgesamt nur gerecht, da Rainer Feminist war, ja gruppensoziologisch betrachtet Frau.)

»Wir wollen auch mitlachen«, greinte Heide verschlafen; doch Witha, die zwar nicht die Pointe, doch den Schlüsselbegriff mitbekommen hatte, brummte: »Können wir eh nicht. Herrenwitz.« Olgas und Lisas Siesta schien so tief, wie sie nachmittags nur möglich war.

Nachdem Bolle und Hans denn doch ein Bad genommen hatten, packten sie ihre Sachen zusammen und stapften durchs sengende Vakuum in Richtung Kantina, deren Gartenflur dahinten flimmerte. Bressen beschloß, sich der Erdanziehungskraft noch eine Weile hinzugeben. Er schaute kurz auf und blickte um sich – die Sonne war ein paar Grad gesunken, doch der Himmel nach wie vor blank; nur über dem Höhenzug im Norden, dessen Silhouette man bläulich, dunstig über dem Niederwäldchen aufragen sah, levitierten ein paar Luftschiffe aus Watte. Hier unten, im Sand, keine fünfzig Schritte weiter und somit ziemlich genau am Scheitelpunkt des Strandbogens, lag plötzlich ein weiterer Badegast. Vermutlich hatte er sich von jenseits der Hecke genähert, auf einem der dahinter verborgenen Trampelpfade, auf denen man das Trockenmoor von der Schotterpiste her durchqueren konnte, wo die vier Fahrzeuge der Deutschen parkten.

Der Bursche war Anfang oder Mitte zwanzig. Er war schwarzhaarig und ebenso gleichmäßig olivbraun wie die meisten jungen Leute hierzulande (oder auch wie Hans, dessen jüngerer Bruder er hätte sein können). Unterm Kopf einen Rucksack oder ähnliches, unterm Rücken ein Handtuch ausgebreitet, lag er mal ausgestreckt, mal winkelte er ein Knie an. Bald stützte er sich auf die Ellbogen, bald verschränkte er die Hände hinterm Kopf und schaute auf die Bucht. Er trug so etwas wie ein Fußballtrikot in Grün mit gelben Borten sowie rote, recht bauschige Shorts. Hin und wieder zottelte er daran herum, wobei er den Nacken anwinkelte, um das Resultat zu prüfen. Na, na.

Na ja. Nachdem Bressen seine unauffälligen Beobachtungen mit neutralem Ergebnis abgeschlossen hatte, drehte er sich auf den Bauch und las in seinem Buch. Die Sandfläche zu seiner Rechten wies die wohlgepreßten Negative von zwei Bastmatten auf, leere Schirmrohrlöcher und eine Art Miniatur-Stonehenge, das Hans im Stich gelassen hatte. Nach dessen und Bolles Abzug bildete Bressens Lager quasi den Stengel zum Kleeblatt der Frauen, die sich ursprünglich zum Schwatzen bäuchlings einander zugewandt hatten, dann aber eingedöst waren, teils gleich in der Bauchlage (Lisa und Witha), teils in Rückenlage (Olga und Heide).

Eine Viertelstunde Lektüre mochte verstrichen sein, und Bressen hatte den Strandnachbarn darüber fast vergessen. Er fiel ihm wieder ein, als er mit dem Gedanken zu spielen begann, zwecks Entlastung von Hohlkreuz und Ellbogenknochen von der Bauch- in die Seitenlage zu wechseln, und wie zur Vorbereitung warf er einen Blick nach links. Und sah, daß der andere Bressens Haltungsplan bereits vorweggenommen hatte, nur spiegelverkehrt, Bressens Lager zugewandt, nach wie vor keine fünfzig Schritt entfernt. Und allerdings nicht lesend, sondern – den Kopf nichtsdestoweniger wie zum Nachdenken auf den linken Handballen gestützt, rechte Ellenbeuge in der rechten Taille gelagert – anhand der braungebrannten rechten Faust, locker aus dem Handgelenk, a tempo rhythmisch an einem Ding zurrend, das, verborgen unter dem roten Stoff seiner bauschigen Shorts, eigentlich nur eins sein konnte.

Als Bressen ungläubig den Kopf hob, um die Pupillen schärfer zu stellen, hörte der andere sofort auf mit seinem Untun – beziehungsweise öffnete die Faust und gab vor, er klopfe mit den Fingerrücken Schmutz aus der Latzgegend.

Bressens allererste Reaktion bestand in einer Art Bereitschaft, sich von einem Mißverständnis überzeugen zu lassen. Jedoch, selbst auf die Entfernung ... das Weiße in den Augen des anderen sah Bressen nicht, sehr wohl aber diesen ominösen Knauf, der jenseits der Gummizuglinie eine straffe rote Stoffbeule bildete, die beim besten Willen nicht aus zufälligen Verwerfungen des roten Hosenstoffs hervorgegangen sein konnte, mochte er auch noch so weit geschnitten sein. Nein, ganz offensichtlich war Bressen erstmals in seinem Leben Augenzeuge eines jener Fälle von Belästigung, von denen ihm Frauen immer mal wieder erzählt hatten (und die er zwar glauben mußte, als in wissenschaftlicher Skepsis gebildeter Mensch jedoch, in der angeblichen Häufigkeit oder Ausprägung oder was für empirischen Parametern auch immer, kaum *a priori* glauben *mochte*).

Die zweite Reaktion ließ sich in den Satz fassen: *Ich glaub', ich spinne,* und wurde dicht gefolgt von der dritten, die – immer noch unter spontan rangierend – die Alarmierung der Frauen vorsah. (*Kuckt euch den* maláka *da an. Ich glaub', ich spinne.*) Die vierte, nicht minder dichtauf folgende Reaktion war eine vegetative: Sirrend spürte Bressen in seinen Arterien den Einschuß von Adrenalin, und plötzlich erschien die Lage erheblich komplexer. Im lostobenden Sturm der Botenstoffe den Überblick über Einschätzungen, Bewertungen und Handlungsmöglichkeiten zu behalten war unmöglich.

Hin- und hergerissen, warf Bressen einen Silberblick auf die Frauen. Witha und Lisa lagen bäuchlings und mit den Beinen kantinawärts im Windschatten der beiden anderen Frauen. Die aber, Heide und vor allem Olga, aalten sich mit gestreckten, bequem gespreizten Knien rücklings, und aus der Perspektive des *maláka* wölbten sich über ihren türkis und schwarz verhüllten Venushügeln je zwei sehr erwachsene, unverhüllte Brüste. Alle vier Frauen, so registrierte Bressen, schliefen oder dösten ganz offensichtlich immer noch. War es hier wirklich angezeigt, Wind zu machen? *Kuckt euch den maláka da an! Ich glaub, ich spinne!* Doch der hatte das T-Shirt inzwischen über die Beule drapiert (sofern sie überhaupt noch Bestand hatte). Im Moment wirkte er lediglich wie ein interessierter Strizzi. Was, wenn die Frauen Bressen nicht glaubten? (Was, wenn Olga in ihrem gutturalen Alt gar gurrte: *Derr iest ja sieß.*) Und wenn sie ihm glaubten: Was, wenn Lisa eine Szene machte? Und was, wenn alle vier von ihm verlangten, was er bereits die ganze Zeit mit quälender Dringlichkeit von sich selbst verlangte – hinzugehen und, um die Ehre der Frauen zu verteidigen, dem Typen das Nasenbein zu halbieren? Und was, wenn die scharfsinnige Lisa zu durchschauen glaubte, daß es ihm gar nicht um ihre Ehre ging, sondern um seine? Darum, diesen seinen, Bressens, Harem zu verteidigen? Und war es nicht genau das, worum es bei dieser übermäßigen Adrenalinproduktion ging? Etwas in seinem Stammhirn schrie nach sofortiger Vergeltung für diese untergründige, doch eindeutige Provokation seiner Männlichkeit. Der Flegel tat, als wäre Bressen gar nicht da! Und Bressen war gut fünf bis acht Jahre älter als er. Doch war er auch fünf bis acht Jahre kräftiger? Bressen war kein Schwächling, auch physisch nicht; aber auch nicht eben Bodybuilder. In jedem Fall war die letzte Schulhofkeilerei bei *ihm* fünf bis acht Jahre länger her.

Zurück in Bauchlage, doch erneut wie hypnotisiert, starrte Bressen wieder hinüber. Jämmerlicherweise entwarf er bereits das Happy-End seines Berichts für die Gruppe: *Ich hab den kleinen Schweinigel einfach so lange angestarrt, bis er die Nerven verloren hat und abgehauen ist!* Doch jener *maláka* da, er legte nur die offene Rechte auf die Hüfte und behielt ansonsten seine Lage bei, von den Nerven ganz zu schweigen. Vielleicht war sein Blick auf Bressens fixiert, vielleicht auch nicht. Der mußte doch ein Messer oder sonst eine Waffe in petto haben, wenn er mit einer derartigen Dreistigkeit handelte. Und selbst wenn nicht – war man hier nicht auf dem Balkan? Was, wenn der Typ sich seelenruhig verprügeln ließ und Bressen mitsamt seiner Touristentruppe anzeigte? Ja was, wenn barbusig sonnenbadende Ausländerinnen, zweifellos in weiten Teilen des Landes nach wie vor als sittenwidrig empfunden, womöglich mit Duldung der orthodoxen Kirche zwecks Selbststimulation freigegeben waren?

Nicht, daß ihn der Unsinn nicht selbst quälte bis aufs Blut, den sein Oberstübchen da mittels Hirnlikör verzapfte.

Und je länger es dauerte: Was, wenn Olga oder Heide

(oder beide) mitnichten dösten, sondern bereits von Anfang an dieselbe Beobachtung machten wie er, Bressen; sich bisher zwar nicht getraut hatten zu reagieren, sich nun aber jeden Moment nach ihm, Bressen, umdrehen und bemerken würden, wie er, Bressen, da hinüberstarrend zauderte wie der feigste Eunuch des Ali Pascha? Oder, noch schöner, in stillem Einverständnis? *Oder* – wäre auch *das* noch möglich? –: Was, wenn Heide oder Olga oder, wer weiß, beide diese Scharade da bei vollem abwehrendem Bewußtsein, doch zutiefinnerst – genössen?

Sofort verbot er sich diesen undenkbaren Gedanken, der zweifellos noch jener Bahnhofskino-Periode seiner Adoleszenz entstammte, in welcher einerseits sowieso undenkbar war, daß dreidimensionale Frauen auch nur je erduldeten geschweige erwünschten, was er tage- und nächtelang zusammenphantasierte. Andererseits aber: Wenn alles undenkbar war, war dann nicht auch alles möglich?

Verflucht noch mal, wo waren, wenn man sie mal brauchte, die rummelerprobten Brüder Bolle und Lukas? (Lukas anno 1973: »Ich bin der einzige Lukas auf der Kirmes, der zurückhaut!«) Und wo war Rainer, der doch zwar meist bloß theoretisch, aber das bis auf den Doppelpunkt, wissen mußte, was zu tun war?

Am Höhepunkt der Starre wehte Bressen der Gedanke an, einfach beide Augen zuzudrücken und abzuwarten. *Gib* ihm doch einfach die Viertelstunde. Laß *ihn* das Problem lösen. Beinah ostentativ lenkte Bressen, die Bauchlage mit den Ellbogen stabilisierend, den Blick wieder in das geöffnete Buch, kam jedoch nicht umhin, an der imaginären linken Scheuklappe vorbeischielend zu gewärtigen, wie der *maláka* da nach etwa zwei Minuten sein unterbrochenes Unwesen mit der anmutigsten Nonchalance wiederaufnahm.

Verflucht noch mal, war dem denn alles egal? Was, wenn die Rentner vor ihren Wohnmobilen ihn mit Feldstechern beobachteten? Mit einer kleinen, doch überraschenden Bö wehten Gerüche nach Tang und Fisch vom Wassersaum herüber, und nach wie vor pumpte Bressens Herz wie irre Blut; die Scham über seine zeitweise Kapitulation hatte die halberstickte Wut aufs neue entfacht – doch inzwischen war es unmöglich geworden, aufzustehen und hinzugehen und dem Lümmel da drüben 'nen Scheitel zu ziehen, am besten mit Hilfe des Gesteinsbrockens, der, wie er bereits ausgespäht hatte, auf dem Weg dahin griffbereit lag. Unmöglich konnte er aufstehen, auch und erst recht nicht, als er bemerkte, daß Lisa sich zu räkeln begann. Wiewohl bis ins Mark erregt, wählte Bressen ein Register seiner Intonation, das zweifelsohne frappiert, aber abgeklärt und mannbar zugleich klang, und tönte: »Ich glaub', ich spinne.« Und nach einer wohlbemessenen Pause, noch kurz bevor sie alle auch nur den Kopf gehoben hatten: »Kuckt euch den *maláka* da an!« Und natürlich bemerkte der nämliche von dahinten, um die fünfzig Schritt entfernt, an den wiewohl gelassenen, doch wachsamen Verschiebungen innerhalb seines Modell-Ensembles, daß sein Spiel aus war, und widmete sich erneut mit dem Handrücken einem Schmutzfleck auf seiner roten Hose.

Lisa sah Bressen fragend an. Der hielt unerschütterlich an seiner Miene fest, welche ungläubige Empörung mit kühlem Krisisgebaren veredelte, auf die Gefahr hin, sich dem Vorwurf der Verharmlosung auszusetzen. »Der wedelt sich da doch tatsächlich einen von der Palme.«

»Heide! Olga! Oberteile anlegen!« kommandierte Lisa. Und fügte, nicht minder kühl als Bressen, hinzu: »So sind die Männer.«

Bis zu diesem Punkt funktionierte Bressens Erinnerung immer einwandfrei. Auch die Phase, während deren Bressen dem Rest der Freunde im Kantina-Garten von der Begebenheit berichtete, war immer verhältnismäßig leicht zu rekonstruieren. Woran er sich seither aber immer nur schemenhaft zu erinnern vermochte, war die Zeit dazwischen. Wie hatte Olga reagiert? Gesagt hatte sie etwas. Und Heide? Witha? War Lisa wirklich so cool geblieben? Wie lange war der lausige kleine Wichser noch dort liegengeblieben, bevor er – scheinbar von einem Moment auf den anderen – verschwunden war, als wäre er von Anfang an nichts als Fata Morgana gewesen? Und war er, Bressen, wirklich noch allein an dem langen, breiten Strandbogen liegengeblieben, »Jaja, ich komm' gleich nach« murmelnd, »nur das Kapitel noch zu Ende«; unter dem mißtrauischen Blick Lisas mutterseelenallein auf dem Bauch liegengeblieben, wie verwurzelt und zugleich gefesselt, während der Bewegungsdrang geradezu unerträglich wurde?

Was ihm aber anläßlich jeder wiederkehrenden Erinnerung an diese Geschichte den nachhaltigsten Stich versetzte – immer noch, nach all den Jahren den immer gleichen Stich versetzte –, war Lisas Verdikt: »So sind die Männer.« Denn mußte man sich da nicht einerseits fragen, ob man in Lisas Augen nicht auch so einer war? Andererseits aber, noch schlimmer: ob überhaupt einer?

So oder so, wann immer er sich an diese beiläufige Geschichte erinnerte, schien es ihm, als hätte sich das Scheitern ihrer Ehe schon damals angekündigt; damals schon, als sie noch gar nicht verheiratet waren.

Trugnattern
oder Die Hymne der Zeugen des ersten Kusses

Eine Schnurre

Hätte Frau Dröse ihm ihren weißen Kittel übergeworfen und den Übertopf der Azalee vom Empfangstresen auf den Schädel gepfropft – der Kerl wäre als steinalter Fu Man Chu durchgegangen. Die Haut seines Gesichts war wie ein Fensterleder. Auch die Augäpfel gilbten, doch die Tränensäcke waren so dunkel, daß die eintätowierten blauen Tropfen verblaßten. Die beiden grauen Bartsträhnen zogen seine Mundwinkel ins Bodenlose; der überbrückende Schnäuzer, sepiafarben, krallte sich in die rote Unterlippe. Rote Handflächen, rote Lackzunge, »und, sagen Sie mal, ist das normal, daß mir die Schamhaare ausgehen?« (Mit dem Zungenschlag der Gegend: ... *issäs normorl, däß mir die Schormhore ausgehn?*)

Wenn man demnächst an Schrumpfleber stirbt, ja. »Man nennt das Bauchglatze«, erwiderte Dr. Nieuwenhuis nur. Aus dem Mund, aus allen Poren roch der Mann nach Harn. Sein Bauch war aufgebläht wie ein Ballon, doch ausgemergelt die Arme und Beine. Blutiges Erbrechen aufgrund von Krampfadern in der Speiseröhre erwähnte er, obzwar wahrscheinlich, nicht. *Aber dässäs hier immer so juckt?* Nicht ungewöhnlich, erwiderte Nieuwenhuis. Prurigo simplex subacuta. Und dann, aus irgendeinem metaphysischen Grund – ein Schemen oder Schatten, ein telepathischer Impuls, eine schwache Drohung, die es zu parieren galt –, fügte er einen Spruch hinzu, den er zuletzt Jahrzehnte zuvor gemacht haben mochte: »Stelle merken und waschen.«

Und da sagte der andere: »Ich kannte mal einen Peter Nieuwenhuis.« Und sagte: »Bist *du* das?« Und ergänzte, mit löchrigem Grinsen: *»Piddel?«*

Ungefähr ein halbes Jahr später traf Nieuwenhuis zufällig einen alten Bekannten, den er alle Jubeljahre zufällig traf. Eine Weile standen sie an ihre Autos gelehnt, und Nieuwenhuis erzählte Ralph-Martin, wen er neulich behandelt hatte – Schweigepflicht hin, Schweigepflicht her: Keinen Geringeren nämlich als Dieter Fotzenschuch.

»Ach du Scheiße«, sagte Ralph-Martin. »Dieter Fotzenschuch.« Noch heute, wie damals, schwang jene Mischung aus Schimpf und Schande, Furcht und Ehrfurcht mit, sprach man den Namen Dieter Fotzenschuchs aus. (Erst viel später hatten sie, die Nordlichter, erfahren, daß dort, woher Dieters Urgroßvater stammte – aus den Alpen nämlich –, ›Fotzen‹ auch Ohrfeigen bedeutet.)

»Nach der Behandlung mußte meine gute Frau Dröse erst mal 'ne Stunde lüften«, sagte Nieuwenhuis. »Er hatte seinen Namen geändert«, sagte er. »Hieß nur noch Schuch, deshalb bin ich nicht gleich drauf gekommen. Aber ›Piddel‹, so hat mich nur einer genannt, vor siebenunddreißig Jahren.«

Nieuwenhuis erzählte, Schuch sei eigentlich mit einer okkulten Fraktur des Handgelenks zu ihm geschickt worden und inzwischen garantiert an seiner Zirrhose gestorben. »Sag mal«, fragte er Ralph-Martin, »wenn du an Dieter Fotzenschuch denkst, denkst du auch immer als erstes an Sylvia Görritz und *I Believe In Love*?«

Diese grandiose kleine Schnulze ... Nach jenem Besuch aus der Vergangenheit hatte Nieuwenhuis sie sich auf YouTube zu Gemüte geführt, mehrmals hintereinander. Der quasi bronzezeitliche Videoclip zeigt eine Gruppe von bunten Musikern, alle gut gelaunt, ja frohgemut. Im Gegensatz zu früher merkte Hobby-Keyboarder Nieuwenhuis schnell, wie der – trotz schluchzender Geigen et cetera – sonderbar *heiter* hoppelnde Groove zustande kommt: durch die Punktierungen des Baßmanns, der sich einen Teufel um die Harmonie im Rest der Band schert.

»Was ist das denn«, fragte Jule, die, fast zehn Jahre jünger, ihm im Vorbeigehn über die Schulter schaute.

Nieuwenhuis erklärte es ihr. Erklärte ihr sinngemäß, *I Believe (In Love)* gehöre zu den Perlen, die nie unter jenem ausgelaugten Strandgut zu finden seien, welches die seit Jahren nicht mehr erlahmende Welle der ›Oldies‹ zu hinterlassen pflege. Diese grandiose kleine Schnulze mit ihrem hübsch geschlungenen Refrainschleifchen (ja, hübsch, und schlicht; und liturgisch) ...

Glaube ich ...? Glaube ich ...?
Ja, ich glaube ... an die Liebe!
Glaube ich ...? Glaube ich ...?
Ja, ich glaube! Ja, ich glaube!

... sei, so drückte sich Nieuwenhuis aus, »eine der Hymnen unserer Jugend, im besonderen: die Hymne Der Zeugen Des Ersten Kusses Auf Freier Wildbahn«.

Deep Purple habe Testosteron produziert, Hot Chocolate aber genau die Dosis Östrogen, die auch der härteste Vierzehnjährige im Jahre 1971 benötigte, um für die Antigewalt eines Engtanzes gewappnet zu sein. Nieuwenhuis war sich sicher, daß Spielchen wie Flaschendrehen und Viereckenraten zu dem Zeitpunkt längst regelmäßig in französische Küsse umgemünzt worden waren. Doch als Sylvia Görritz Dieter Fotzenschuch küßte – während des Engtanzes, während der schwankenden, gänsehautdünnen Worte *So I couldn't believe it / That you would stand here by me / Making me strong, so strong* –, das war unerhört, weil Auf Freier Wildbahn. Keine Ecke hatte erraten, keine Flasche gedreht werden müssen – nur die Schallplatte mit dem blauen Etikett –, und die dralle, eher kleine Sylvia Görritz (ganz Haare, Brüste, Minirock) beugte mit der Rechten sanft den Nacken Dieter Fotzenschuchs, der seine bleichen Arme (der linke mit einem dilettantischen Kreuz tätowiert – mit vierzehn!) in ihrem Rücken verschränkte; und Kiefer mahlten, und Zungen wanden sich im wankenden Kerzenschatten wie Trugnattern.

Das war in der guten Stube von Georg Heymanns Elternhaus gewesen, das wußte Nieuwenhuis noch. Und er wußte noch, wie aufgewühlt er gewesen war – und wie aufgewühlt Ralph-Martin gewesen war. Nicht mehr erinnern konnte er sich, was der gesagt hatte, als er aus irgendeiner Sofaecke zu ihm herübergestürzt kam mit Wangen so rot, als hätte er links und rechts eine geklebt gekriegt; wahrscheinlich so etwas wie: Hast du *das* gesehn? Oder: Fotzenschuch, die alte Sau!

»Ja und nein«, beantwortete Ralph-Martin Nieuwenhuis' Frage. »An Sylvia Görritz denke ich natürlich schon als erstes, wenn ich an Dieter Fotzenschuch denke. Aber nicht an *I Believe In Love*.« Er erinnere sich an das Lied, doch weder daran, daß ebendieses die Hymne Der Zeugen Des Ersten Kusses Auf Freier Wildbahn gewesen wäre, noch an eine insbesondere ihn aufgereizt haben sollende Eindringlichkeit dieses Zeugnisses.

Verdutzt, wie sehr es ihn enttäuschte, daß sein Andenken nicht geteilt wurde, erzählte Nieuwenhuis vorerst nicht weiter. Erzählte vorerst nicht, daß er Schuch nach den tätowierten Knasttränen zu fragen sich getraut und dieser recht freimütig gestanden hatte, er habe Anfang der Achtziger wegen diverser Einbrüche eingesessen.

Schon Anfang der Siebziger war Dieter Fotzenschuch das schwarze Schaf der Herde gewesen, und seit sie (seit jenem Abend in Georg Heymanns Elternwohnzimmer!) mit ihm ging, war Sylvia Görritz von dessen Ruch und Ruhm ebenso abgestoßen wie angezogen gewesen, so viel hatte Nieuwenhuis noch miterlebt. 1974 aber hatten sich Nieuwenhuis' Eltern scheiden lassen, und studiert hatte er weit weg von zu Haus, und gearbeitet überwiegend in Schweizer Kliniken, und lange, lange Zeit – ein halbes Menschenleben lang – waren alle Brücken abgebrochen gewesen. Erst als er auf einem medizinhistorischen Kongreß eine Holsteinerin kennenlernte – Jule eben – und als praktischer Arzt sich niederzulassen den

Wunsch verspürte, zog es ihn nach dem hohen Norden zurück. Das war jetzt zwei Jahre her.

»Und Sylvia Görritz?« hatte Nieuwenhuis den krumm dahockenden Schuch gefragt – ›Fu Man Schuch‹, wie er insgeheim kalauerte. In vorauseilender Rührseligkeit hatte er Schuch angelächelt. Deplacierterweise. Denn wenn Schuch roch, wie er nun mal roch, war Optimismus auch in puncto Sylvia Görritz zumindest fahrlässig.

Und tatsächlich bereute Nieuwenhuis seine grobschlächtige Duselei sofort. Schuchs Miene schien zu versteinern, und dann schüttelte er den ranzigen Kopf und sagte, ›seine Sylvie‹ sei »schon vor Jahrzehnten verstorben«. Was Nieuwenhuis anrührte, zum einen, weil ihn der Kontrast von Idiom und Behördendeutsch anrührte (... *vor Jorzeynde vär'schdorm* ...), zum anderen, weil er sich seiner Fahrlässigkeit schämte – und natürlich, weil es schade war um Sylvia. Fortan schien Schuch so derart tief in seinem unversehens aufgerissenen Kummer verschüttgegangen, daß Nieuwenhuis nicht nach den Umständen zu fragen wagte, verlegen und knapp sein Bedauern äußerte und nur noch das Nötigste sprach, bis er den Todgeweihten samt Handgelenksmanschette entließ.

Damit knüpfte Nieuwenhuis – nach einer Pause, in der sie über Grundstückspreise gesprochen hatten – an seine Erzählung wieder an. »Ha!« machte Ralph-Martin. »*Vär'schdorm!* Er hat sie eigenhändig abgestochen! 1977 oder 78 ... Aus Eifersucht, sagt man. Im Suff.«

Jule gegenüber, ihres Zeichens Medizinhistorikerin, behauptete Nieuwenhuis bei der abendlichen Debatte über

Liebe: »Sylvia hat uns das Feuer gebracht« – ihm, ›Piddel‹, und Ralph-Martin und Georg Heymann und all den anderen Jungs, die auf der Party gewesen waren (nicht zuletzt Dieter Fotzenschuch), und schon wieder schämte er sich, diesmal für seinen Librettojargon, doch diesmal wiederholte er trotzig: »Das Feuer gebracht«, *making him strong, so strong*, »und er bringt sie dafür um.«

Glaube ich ...? Glaube ich ... an die Liebe?

»Ach, sicher«, sagte Jule. Schelmisch seufzend räumte sie ein, romantische Liebe möge auf Konsensillusion beruhen, wies aber darauf hin, daß Soziohistoriker in Untersuchungen zum Einschlag der Macht zwischen den Geschlechtern durchaus die grundsätzliche Existenz von Liebe konstatierten, und ...

»Bist du müde?«

Besser als tot, oder?

Weiße Katze
oder Ein schwarzer Hund spielt keine Rolle

Eine Collage

... Stade..., den ...**15.7.** ...**19**...**72**

Sehr geehrte...**r**... **Herr Morten!** ...

Zu unserem großen Bedauern müssen wir Ihnen hier-
durch mitteilen, daß Ihrem Sohn ...**Bodo**..., Schüler
der Klasse...**9a** ..., die Versetzung nicht zugesprochen
werden konnte. Wir stellen Ihnen anheim, Ihren Sohn
an den letzten Schultagen zu Hause zu behalten.

Mit vorzüglicher Hochachtung

Arschloch   **Arschkriecher**
Oberstudiendirektor   St. Ass.

*

Noch einmal musterte er die Plattenhülle. Der Hosen-
boden einer Jeans war darauf abgebildet. Eigentlich bestand er nur aus Flicken. Astrein vernäht. *Patchwork,*
oder wie nennt man das. Sah echt astrein aus – und nicht
nur das, da war auch 'ne Aussage drin: Nieder mit Bü-
gelfalten. Nieder mit Spießern. Lumpen sind geil.

Ja, astrein, das Flickwerk; aber so würde er das nie hinkriegen. Egal, Versuch macht kluch. Aus einer Schublade kramte er das ätzende Halstuch hervor. Käthe Morten hatte es ihm zum vorletzten Geburtstag geschenkt. War nett gemeint, aber so was trug ja wohl höchstens 'n Schlagerkasper wie Rex Gildo, und wenn sie ihrem Sohn jenen winzigen Wunsch nicht erfüllen wollte und sich weigerte, auch nur einen einzigen Flikken auf seine Jeans zu nähen, dann brauchte sie sich nicht zu wundern, wenn ...

Er breitete den weinroten, gemusterten Stoff aus und strich ihn glatt, und dann packte er die Schere. Die Schreibtischplatte war Resonanzboden genug, daß sie den Schnitt in die feine Textur rauh auf Bodos Tastnerven übertrug. Das Echo ging durch seine Nackenhärchen unter den Locken, und kurz darauf verspürte er einen zarten Reiz, Harn zu lassen oder zu weinen. Hirschartig rülpste er dagegen an, als säße er keineswegs mutterseelenallein in seinem Jugendzimmer, und schnippelte weiter. Das Ergebnis war ein schiefes Quadrat mit vier, fünf stümperhaften Zacken. Gott, sieht das ätzend aus.

Egal, weitermachen. Welche Nadel? Die da hat das größte Öhr. Da geht der Faden durch wie nix. Und nun? Macht man ihn mit'm Knoten fest oder was? Erst mal die Hose, so. Flicken drauf, so ungefähr. Und jetzt festnähen. Kann doch nicht so schwer sein. *Muß* klappen.

Für den Abend war eine Ferienanfangsfete im Jugendraum angesetzt; Bier, Saurer, Wodka, Rum und Weinbrand lagerten dort bereits; Volli würde *Led Zeppelin IV* mitbringen, und alle Weiber würden kommen, sogar die aus Stade. Da kann ich nicht die ätzende Kordhose anziehen.

*

Ein rechteckiger Raum voller Schall und Rauch; Lichtinseln von Kerzenflammen. Hinter den schwankenden Schatten an den Wänden große Bilder von wilden, bunten Gestalten mit Gitarren. Entlang den Fußleisten Bierkästen und Matratzen; auf den Matratzen ineinander verklemmte Pärchen zahmer, bunter Gestalten ohne Gitarren. Ein Plattenspieler, zwei Boxen. In der Mitte eine schmale Tanzfläche.

MARGITTA   *kreischend* LEHCH MA WANWAY-
             WIND AUF!

VOLLI   *schreiend* HÄÄ?

ROBERT PLANT *grölend* I DON'T KNOW, BUT I
             BEEN TOLD, A BIG LEGGED
             WOMAN AIN'T GOT NO
             SOUL ...

BODO   *wild in die Luft trommelnd, schreiend*
             DADADADADA*DAAA*DA,
             DADADADDELDADA DA*DAAA*DA,
             DADADADADADADADADAMM ...

MARGITTA   *kreischend* MÄÄNSCH, DA KANN

MAN DOCH NICH ZU *TANZEN*,
MÄÄNSCH!

VOLLI *schreiend* HÄÄ?

ROBERT PLANT *grölend* NEED A WOMAN GONNA
HOLD MY HAND, AND TELL ME
NO LIES, GONNA MAKE ME A
HAPPY MAN ...

BODO *wild in die Luft trommelnd, schreiend*
DADADADADA*DAAA*DA,
DADADADDELDADADA*DAAA*DA,
DADADADADADADADADAMM ...

VOLLI *schreiend* WIESO HEISST'N DAS
STÜCK EINGLICH BLACK DOG?!
DA KOMMT ÜBERHAUPT KEIN
SCHWARZER HUND DRIN VOR,
IM GANZEN TEXT NICH!

BODO *schreiend* ECHT?

VOLLI *schreiend* JA, ECHT!

BODO *schreiend* KEINE AHNUNG!

MARGITTA *kreischend* LEHCH *JETZ* MA WAN-
WAYWIND AUF!

VOLLI *schreiend* HÄÄ?

ROBERT PLANT   *grölend* IT'S BEEN A LONG TIME
                SINCE I ROCK AND ROLLED ...

*

»Was is'.«

»Kratztn da so.«

»Flaster.«

»Wasn für'n *Flas*ter.«

»*Flas*ter.«

»Mensch, bist du hacke. Zeich ma. Has' dir in 'ne Finger geschnitten?«

»'stoch'n.«

»Gestoch'n? Wobei.«

»Näh'n. Flicken. Hier.«

»Gott, sieht das ätzend aus. Woll'n ma tanzen?«

»Nee ...«

»Los ... Nee, nu laß das ma, das kratzt so. Los, laß ma
tanzen.«

Das Bier war bitter, ihr Speichel war süß, und wie
warm und zart ihre Brust. So große Einsamkeit und so
große Wärme würde es niemals jemals wieder *zugleich*
geben, doch das konnte er noch nicht ahnen.

Die Säure des Kornbrands stülpte ihm den Magen um,
doch wie anders hätte er sich helfen sollen? Wie Dutschke Duttheney vielleicht?

DUTSCHKE   *schreiend* ÄY, KUCK MA!

KARIN   *lachend und schreiend* BIS DU
            BESCHEUERT?

94

DUTSCHKE	*Kerzenwachs aufs Handgelenk träufelnd, schreiend* TUT ÜBER- HAUPTS NICH WEH!
ROBERT PLANT	AH, AH. AH, AH? AH, AH. AH, AH? AAAAAAAH ...
MARGITTA	*kreischend* JETZ LEHCH DOCH ENDLICH MA WAS ANDRES AUF! WANWAYWIND!

*

Es hat ihm selber weh getan,
das Halstuch zu zerschneiden.
Er predigte bereits Mangan
und lebte noch von Marzipan.
Die neuen Götter? Heiden.

Der Sommer raste, raspelte
die Nickhaut von den Augen.
Er trommelte (und paspelte,
wobei er sich verhaspelte ...),
um irgendwas zu taugen.

Mal fühlte er sich leicht und bunt,
mal bleiern wie ein Zeppelin.
Er soff den Mädchen aus dem Mund
und tanzte mit dem Schwarzen Hund,
bis er zu fliegen schien.

»Ein Hund spielt im Song keinerlei Rolle. Jones nannte ihn nur nach einem Labrador, der regelmäßig in Headly Grange vorbeikam.« (*musikexpress* Sonderheft Led Zeppelin, Herbst 2004, über den Song *Black Dog*)

Hopfen

Es war der dreiundzwanzigste Geburtstag ihres Mörders, als Hilde doch noch wieder eine Schmierblutung bekam.

»Hopfen und Malz verloren«, stöhnt sie.

»Irgendwo«, sagt Ilka Dombrowski, »hab' ich mal gehört, daß Hopfenpflückerinnen ihre Tage immer gleichzeitig kriegen, weil das Zeug östrogenhaltig ist oder so.«

»Feierabend«, sagt Hilde und meldet sich ab. Am Kantinentisch beklagt sie sich über Ilka Dombrowskis Klugscheißerei. »Da hör ich gar nicht mehr hin«, sagt Nola und streckt dem Fensterspiegel die Zunge raus. »Scheiße, wird das immer früh dunkel jetzt.« Sie trinkt ihr Bier aus. »Ich muß los. Mein Spacken wartet bestimmt schon.«

»Schönes Wochenende«, sagt Hilde. Auf dem kalten Klo löst sie sofort den blauen Streifen aus der Cellophanhülle, trödelt aber, um Ilka Dombrowski nicht zu begegnen.

An der Bushaltestelle gegenüber vom Werkstor tritt Nola von einem Fuß auf den anderen. Neben ihr, auf dem Boden, ihr Deputat, ein Kasten Bier. »Willst du den etwa im Bus mitnehmen? Ist dein Spacken nicht gekommen?« fragt Hilde. »Scheiße, ist das kalt.«

»Muß ich«, sagt Nola, »sonst gibt's Ärger.«

»Scheiße, meine Handschuhe«, sagt Hilde. »So 'n Schlappschwanz. Ich versteh dich nicht, *du* bist doch noch jung ...«

»Jaja«, sagt Nola. Sie schlägt den linken Schuh dreimal gegen den rechten, verlagert das Gewicht und schlägt den rechten Schuh dreimal gegen den linken.

Beim Einsteigen schlägt ihnen warm die Fahne von Hildes Mörder entgegen. Sie drängen sich mit dem Kasten Bier an ihm vorbei. »Man kann ja auch mal Platz machen«, sagt Hilde.

Wo Nola rausmuß, steigt Hilde mit aus. »Brauchst du nicht«, sagt Nola.

»Jaja«, sagt Hilde. »Mach doch mal Platz, Mensch!« Sie drängen sich mit dem Kasten Bier an Hildes Mörder vorbei hinaus. Der Bus fährt davon.

»Gibst einen aus?« sagt Hildes Mörder, der ebenfalls ausgestiegen ist und neben ihnen herläuft, zu Nola. Der Kasten Bier schaukelt zwischen Hilde und Nola, die kleiner ist. »Ich hab' heut Geburtstag.«

»Dann mußt *du* ja wohl einen ausgeben«, sagt Nola.

»Kannst mal mit anfassen«, sagt Hilde, »du Schlappschwanz.«

»Wer ist 'n Schlappschwanz.«

»Kannst mal mit anfassen.«

»Wer ist 'n Schlappschwanz. Wer ist hier 'n Schlappschwanz.«

»Komm, laß«, sagt Nola.

»Wer«, sagt Hildes Mörder und versetzt Hilde einen Stoß, »ist hier 'n Schlappschwanz.« Hilde stürzt und reißt den Bierkasten mit, der Nolas Eisknöcheln entgleitet. Er knallt seitlich auf den Gehweg, ein paar Flaschen Bier rutschen heraus und schlittern davon, eine zerplatzt am Kantstein mit einer Schaumexplosion. Hildes Mörder tritt mit der Stiefelferse zu, trifft gleich beim ersten

Mal einen Augapfel, und noch bevor der Schmerz sie erreicht haben kann, ist Hildes Mörder ihr auf Kopf und Kehle gesprungen. Nola schreit, als würde ihr die Haut vom Gesicht gezogen. Hildes Mörder springt noch einmal auf Hildes Kopf, diesmal verrenkt er sich den Knöchel. Nola schreit, die Finger über die Ohren gewölbt. »Wer ist 'n Schlappschwanz!« Er tritt noch einmal seitlich gegen Hildes Kopf. Der linke Wangenknochen scheint zerbrochen, und durch die blutige Oberlippe schimmert etwas Elfenbeinweißes, ein Schneidezahn. Hildes Mörder kniet sich neben sie, etwas ungelenk, wohl wegen der Verrenkung, zurrt Hildes Schal fest und stampft die andere Faust mit athletischer Ausdauer senkrecht auf ihr Gesicht, bis ein Splitter in seinem Mittelhandkochen steckenbleibt. Dann nimmt er eine Flasche aus dem Kasten, öffnet sie mit den Kiefern, speit den Kronkorken mit einem Stück Backenzahn ins Gestrüpp. Auf dem Etikett stand *feinhopfig*.

Untergang der Lügenbrut

Büttner tritt gegen den Eisenpfosten, das Parkverbots-schild scheppert, und ein kleiner Extraregen sprüht ihm ins Gesicht. Gleich darauf kehrt Vernunft genug zurück, daß er sich seiner Ohnmacht zu beugen vermag, und mit der Taufe des Wolkenbruchs spült's ihm auch die Schuppen von den Augen: Ich bin eine Schießbuden-figur! *Frau weg, Job weg,* beginnt es in seinem Hirn zu ar-beiten, als säße er warm und trocken im Büro wie all die vergangenen sechs Jahre um diese Tageszeit, *und als dem mittdreißiger Exredakteur einer Fernsehzeitschrift auch noch das Auto abgeschleppt wird, steht er buchstäblich im Regen. So beginnt die melancholische Komödie mit dem Titel was weiß ich ...* Und schon, obschon durchnäßt bis aufs Skelett, langweilt ihn sein eigenes Schicksal. Wie würde er einen solchen Film werten? Action: null Punk-te; Anspruch: einen; Humor, sagen wir: einen; Erotik, tja: null.

Hier, an dem leeren gestreiften Platz unter der Brücke, über die da oben die S-Bahn rumpelt, hier hat Dr. phil. Büttner sein Auto abgestellt, eindeutig, und jetzt ist es weg. Einfach entfernt worden. Wie unlängst der Innen-senator, mitsamt seinem Adolfsmal aus Herpeskruste und seiner neoliberalen Verkehrspolitik. »Es war ja nicht alles schlecht unter Schill«, hatte Büttner noch gestern abend in die Barolo-Runde gegrinst. »Immerhin hat er den grünen Abbiegerpfeil in Hamburg eingeführt!« Und so verspürt Büttner einen zusätzlichen Groll – nicht schwerer als eine halbe Ratte, aber Groll –, den sein Verstand sofort als faschistoid entlarvt: Es ist kindischer Groll, Groll aus Enttäuschung darüber, daß der klammheimliche Profit am Schillschen Laisser-faire ein Ende hat. Der Führer hat mich im Stich gelassen. Steck dir deine grünen Pfeile an den Tschako.

Was nun. Das Handy liegt im Handschuhfach, der Regenschirm auf dem Beifahrersitz. Wo ist die Revierwache? Ein Münztelefon zu finden – aussichtslos. Taxi? *Nein!* Ab sofort wird gespart. Nicht, daß er eines Tages Popel lutscht wie einer seiner Sitznachbarn vorhin in Wartezone 13, der mit der Öljacke. Büttner wirft einen Blick zum Gebäudekasten des Arbeitsamts hinüber. Jetzt ist es menschenleer um die Waschbetonquader voll Sand. In einem davon liegt Büttners halbe Gauloise von vorhin. Unterstellen? Bringt nichts mehr. Trocken ist nur noch seine Kehle. So durchweicht war Büttner nur einmal im Leben, nachdem er in voller Montur in die Alster gesprungen war. Damit hatte er die verlorene Wette gesühnt, er würde nie und nimmer in den AStA gewählt. Nein, erst nach Haus, duschen, abfrottieren und *dann* – bei einem steifen Kaffee! – recherchieren, wohin die Exekutive den Wagen verschleppt hat. Was das wieder kostet.

Büttner stiefelt den Nagelsweg hinauf; das Gossenwasser rauscht ihm entgegen. Autoreifen pflügen Gischt. Zum dritten Mal stemmt sich jemand gegen eine Hupe, diesmal neben ihm – ein Fressen für Büttners Tinnitus. Er preßt den Handballen gegens Ohr. Es fühlt sich an wie die Zitrone aus dem Eisschrank gestern nacht, für den Absacker.

Er biegt links um die Ecke, bleibt dicht an den Fassaden – es hilft nichts. Die Stadt erzittert unter den Megatonnen Wassers, die vom Himmel stürzen. Büttner überholt eine alte Jette in langem Rock, Plastikpelerine und Gummistiefeln.

Besenbinderhof. Er entsinnt sich des Besuchs dort oben, bei seiner Gewerkschaft, kurz nach der Kündigung. Irgendwie gab's ein logisches Leck zwischen Zimmer 6.38 und 6.44 oder so. »Kannst du mir sagen, wo ich Zimmer 6.41 finde?« Eine Genossin machte sich in der Teeküche zu schaffen. »Tut mir leid, ich bin auch erst drei Monate hier«, sagte sie. Auch das hat er gern erzählt beim Barolo.

Büttner überholt einen Drahthaardackel, der, bekleidet mit Steppdeckchen und Plastikpelerine, auf drei Beinen hinkend zwei, drei gelbe Schnuppen an der Hauswand zerschellen läßt. Es dampft. Action: einen Punkt. »Has' Zaaait!« grölt die Jette hinter ihm her. Humor: zwei Punkte.

Er trottet weiter; die Hemdbrust kalt haftend, kalt haftet auch der Jeansstoff auf den Oberschenkeln. Jeder Schuh sein eigener Sumpf, bei jedem Schritt steigt eine Reihe Bläschen aus den Nähten zwischen Vorderblatt und Sohle auf. An der Fußgängerampel wartet bereits jemand auf Grün. Der Regen prasselt auf seine Ölkapuze. Darunter steckt der Sitznachbar aus dem Arbeitsamt. Büttner wendet den Blick ab, der Mann ist verrückt.

Er paßte wie ein Idiot, Genie oder Autist in die *Wartezone 13, Akademiker*. Er kauerte auf dem blaubezogenen

Stuhl; die Signalfarbe des Ölzeugs und der Gummistiefel biß sich mit Anzug und Dirigentenfrisur. Er roch gut. Irgendwann begann er, Popel zu schürfen, zu Pastillen zu drehen und aufzuessen. Daumengesteuert beulte seine Zeigefingerkuppe die Nasenflügel aus, und der Blick seiner grauen Augen war einwärts gerichtet – außer wenn er die Ernte las: Dann stellte er die Pupillen scharf, während die Borstenwürmer seiner Brauen Männchen machten. Und dann begann er jeweils zu lutschen, ganz manierlich, ohne zu schmatzen. Das Symposion ließ ihn gewähren. Solang er nicht um Ketchup bat ...

Die Siele laufen über, ein Papierknäuel schwimmt den Kantstein entlang; die Ampelzeichen lösen sich ab, und Büttner läßt dem Stehnachbarn den Vortritt, überholt ihn aber noch vorm jenseitigen Kantstein. Im Vorbeigehn hört er ihn sprechen – einen vollständigen Satz, aus einem geheimnisvollen Zusammenhang gerissen. Schönes Timbre; den Wortlaut hat Büttner schon vergessen, als er die reklamebemalten Lindwürmer der Busse am ZOB hinter sich läßt, ebenso die zweistöckigen Glaskästen mit dem Wappen von McDonald's unter dem riesigen Bumerangdach auf Stelzen.

Seit Beginn seiner beruflichen Laufbahn ist Büttner nicht mehr mit Hilfe der Hamburger Hochbahn-Betriebe unterwegs gewesen. Im Hochgefühl der Vollbeschäftigung hatte er sich das Auto gekauft und fernere Ziele *damit* angesteuert, nähere mit dem Fahrrad, unbequeme mit dem Taxi. Die zwanzig Minuten zum und vom Verlag ging er zu Fuß. Er haßt Bus, U- und S-Bahn aus Menschenscheu. Dadurch kann er seinem gesellschaftlichen Gewissen gegenüber eine Art Behinderung beanspruchen. Mit ihm ist nicht viel ökologischer Staat zu machen; er hängt es nicht an die große Glocke.

Vorbei an zwei Einheiten verschmähten Dosenpfands und einem Pappbecher mit McDonald's-Aufdruck steigt er die Stufen zum U-Bahnhof Hauptbahnhof Süd hinunter – aufsteigender Wind so schwül wie der Atem der Vorhölle, und die Symphonie der Gerüche, die Büttner am Ende der Treppe entgegengellt, hat Töne von feuchten Kunstfasern, Tierfell, altem Schweiß, Chemie. Dazu je ein Hauch Brot, Klo, Aas und Bier. Als er die Schaufensterflucht des »Star-Casinos« passiert: Parmesan – oder Kotze. Dennoch, Büttner ist froh, daß dieses permanente Begießen ein Ende hat. Er blickt sich um: Er hinterläßt eine Spur wie ein Klabautermann.

Dann verschachteln sich die Gänge, stufige Schräge zu einem noch tiefer gelegenen Hohlraum, aus dem das abgewürgte Heulen eines Zugs schallt, Scharren und Stimmengewirr. Die Ströme aus Personen folgen drei, vier Ariadnefäden. Drei ruhende Pole – in einer Kachelecke ein Grüppchen Junkies, die Schultern hochgezogen; vor einem Bäckerstand zwei alte Frauen; am Boden vor einer der rechteckigen Säulen mit Granitmuster ein Bilderbuchberber. Vor ihm ein Napf mit einem Stilleben aus Münzen, neben ihm ein Lager prallvoller Plastiktüten. Und die ganze Zeit aus unsichtbaren Lautsprechern Beethovens Neunte! Ein grotesker Film, das hier.

Hab' ich doch irgendwo gelesen, denkt Büttner. Behausungswert erhöhen, öffentlichen Raum zurückerobern, begeisterte HVV-Kunden ... In Wahrheit geht's darum, Junkies, Punks und Penner zu vertreiben. Bush seniors Armee hat General Noriega mit elektronisch verstärkter Musik zur Kapitulation gezwungen, der Hamburger Verkehrsverbund bezwingt seinen Orang-U-Bahn mit Streichinstrumenten. Scheint heute aber nicht zu funktionieren – vielleicht, weil es Dackel regnet.

Neben einer Batterie Fernsprecher an der Wand versucht Büttner, aus den Tarifknöpfen am Fahrkartenautomaten schlau zu werden. Kann sich kaum konzentrieren bei dem deplacierten Gedudel, und als der Schlußchorus beginnt, singt plötzlich jemand mit, lauthals, aber wohlintoniert: *»Freu-de schö-ner Gö-tter-fun-ken, To-chter aus E-lyyy-sium, wir be-tre-ten feu-er-trun-ken, Himm-li-sche, dein Heiii-ligtum!«*

Er wieder. Der mit der Öljacke, der Popelfex. Absolut textsicher. *»Dei-ne Zau-ber bin-dehen wie-der, was diehie Mo-de streng ge-teilt. Aaa-lle Men-schen wer-den Brü-der, wo dein san-fter Flüüü-gel weilt.«* Er streift seine Kapuze ab und dirigiert ins Leere, während er in dem Dreieck zwischen Junkies, Bäckerstand und Berber auf und ab schreitet, ohne sich in den Ariadnefäden zu verheddern, denen die Ströme aus Personen folgen – sie teilen sich vor ihm und schließen sich hinter ihm. Seine Entrücktheit im Warteraum und an der Ampel ist wie fortgewaschen, Größe sprüht aus den grauen Augen. *»Freu-de trin-ken all-e We-sen an den Brüs-ten der Na-tur, All-e Gu-ten, all-e Bö-sen fol-gen ih-rer Rooo-sen-spur ...«*

Büttner fällt der Film *Clockwork Orange* ein: Er sieht Held Alex vor sich, wie der zu den Klängen seines verehrten »Ludwig van« Greueltaten begeht, und dann sieht er Alex vor sich, wie er, von der Staatsmacht geschaßt und »getollschockt«, per Elektrodenhelm gegen

Sex und Gewalt umprogrammiert wird und dabei versehentlich auch gegen Musik. Diese eine Szene ...

ARZT *(auf der Empore)* — Was meinen Sie denn mit Sünde?

ALEX
(unterm Elektrodenhelm) — Das da!! Ludwig van so zu benutzen, er hat doch niemandem etwas getan!! Beethoven schrieb nur Musik!!

ÄRZTIN *(auf der Empore)* — Erregt Sie vielleicht die Filmmusik so, die Sie hören.

ALEX — Jaa!

ÄRZTIN — Sie haben Beethoven schon mal gehört?

ALEX — Jaaa!!

ARZT — Hören Sie gern Musik?

ALEX — Jaaaa!!!

ARZT *(zur Ärztin)* — Kann man nichts machen. Vielleicht ist hierin die Bestrafung zu sehen ...

Stanley Kubrick hat Beethoven eingesetzt, und der HVV setzt Beethoven ein! Genial! Was wäre *Clockwork Orange* ohne Beethoven? Was wäre die U-Bahn fortan ohne Beethoven? Denn: Was wäre *Spiel mir das Lied vom Tod* ohne das Lied vom Tod?

»*Freu-de spru-delt in Po-ka-len*«, schmettert der Mann und deutet einen Toast an; seine Stimme trägt derart, daß sie die Musik in den Hintergrund drängt. »*In der Trau-be golll-dnem Blut trin-ken Sanft-mut Kan-ni-ba-len, die Ver-zwei-flung Helll-denmut ...*« Einer der Junkies in der Kachelecke singt die Melodie auf na-na-na halblaut mit. »Is dat nich *Song of Joy*?« sagt der älteste von ihnen.

Die alten Frauen, die Bedienung am Bäckerstand sind verwirrt – ein Verrückter? Dafür ist er zu ordentlich ge-kleidet, auch wenn Ölzeug und Gummistiefel nicht gut mit dem Zweireiher harmonieren. Irgendeine Wer-beaktion? Trägt er auf dem Rücken das Emblem eines Musicals? Die einzelnen Elemente der Passantenströme reagieren unterschiedlich; manche laufen taub vorbei, manche gehen staunend, einer bleibt mit hängender Un-terlippe stehn. »*Brü-der, fliegt von eu-ren Sit-zen, wenn der voll-e Rö-mer kreist; laßt den Schaum zum Him-mel sprit-zen: Die-ses Glas dem guuu-ten Geist!*« Und er deu-tet auf die niedrige, verkleidete Decke, gestrichelt mit weißen Neonröhren, Piktogramme auf Leuchtleisten, Hinweispfeile.

Büttner steht immer noch am Fahrkartenautomaten herum – er weiß gar nicht, wem er etwas vormacht. Ei-gentlich beobachtet er die Beobachter, und während-dessen bemerkt er, wie der Tenor näher kommt. »*Fes-ten Mut in schwe-ren Lei-den, Hil-fe, wo die Unnn-schuld weint, E-wig-keit ge-schwor-nen Ei-den, Wahr-heit ge-gen Freund und Feind ...*« Und bevor Büttner ohne Gesichtsverlust fliehen kann, baut sich der Künstler vor ihm auf, die Lippen geöffnet wie ein Adlerfang, und nimmt ihn unter seine weit ausgebreiteten Fittiche. »*Män-ner-stolz vor Kö-nihigs-thro-nen – Brü-deher, gält' es Gut und Blut: Deeem Ver-diens-te sei-ne Kro-nen, Un-ter-gang der Lüüü-genbrut!*« Und dann stellt er sich Büttner zur Seite und legt den Arm um ihn wie in einer Posse. Zwei Vogelscheuchen, eine weitgehend trocken, eine wie aus dem Wasser gezogen. Die Blicke richten sich nun auf ihn, Büttner. Büttner riecht, wie gut der Mann riecht, und ihm wird flau. »*Schließt den heil-gen Zir-kel dich-ter! Schwört bei die-sem golll-d'nen Wein, dem Ge-lüb-de treu zu sein ...*«

Büttner hält es nicht mehr aus, entwindet sich dem Griff und kaschiert es, indem er sein Portemonnaie öffnet, das er die ganze Zeit in der Hand gehalten hat, um Kleingeld für die Fahrkarte hervorzukramen. Er nimmt den erstbesten Schein, den er zu fassen bekommt, und hält ihn dem Mann hin. Der, verstummt, mit nebligen Augen unter den männchenmachenden Borstenwürmern, wirft einen Blick auf den Schein, schaut dann Büttner schmerzhaft ins Gesicht und steckt die Fingerkuppe in den Mund – die Geste von vorhin, in der Wartezone 13, nur daß er etwas übersprungen hat.

Büttner, in der einen Hand das Portemonnaie, in der anderen den Schein, geht weg, er weiß gar nicht, wohin, vorbei am Bäckerstand, vorbei am Berber, der krächzt: »Gib *mir*, der Herr!« Büttner kann jetzt nicht.

Die fortan entgegenhüpfenden Mienen zeigen keinerlei Interesse an Büttners Person, das tut gut. Je weiter er den Gang entlangstrebt, desto mehr läßt der Gesichtsschmerz nach. Erst jetzt bemerkt er, daß ihm ein Lächeln in Wangen und Lippen gehauen ist wie von einem Stromschlag. Auch das Rumoren zwischen den Schulterblättern läßt nach – nur Musik verfolgt ihn überallhin, nun »Für Elise«.

Büttner ist so aufgewühlt, daß er immer weiterlaufen muß. Treppen hinauf, Treppen hinunter. Dauernd steht ihm jemand im Weg. Das Abbremsen und Ausweichen, das Stehenbleiben besonders machen ihm das Zittern der Knie bewußt. Im Hauptbahnhof läuft er Gleis 14 entlang, fährt die Treppe zur Wandelhalle hinauf und kauft sich einen Flachmann. Wenigstens keine Musik, hier. Er zündet sich eine Zigarette an, obwohl unsicher, ob's überhaupt noch erlaubt ist, hier. Nachdem er den Schnaps an Ort und Stelle heruntergewürgt hat, niemand beachtet ihn, fängt er an zu schlottern. Steht er nicht bald unter der Dusche, kann er sich auf eine Lungenentzündung gefaßt machen. Eine Zeile spukt endlos in seinem Innern: *Un-ter-gang der Lüüüü-gen-brut, Un-ter-gang der Lüüüü-gen-brut...*

Büttner läuft zum Ausgang Kirchenallee. Der Regen hat aufgehört, es ist windig. Der erste Taxifahrer in der Reihe sieht Büttner kommen, geht zum Kofferraum und holt eine Wolldecke heraus. »Vorne oder hinten?« fragt er. »Hinten«, sagt Büttner. »Danke, das ...« Der Fahrer breitet die Decke über die Polster, Büttner setzt sich hinein. »Danke.«

»Wohin soll's gehen?« Büttner nennt die Adresse, und der Fahrer fädelt sich in den Verkehr ein, gleich darauf ein Stau. Drüben Blaulicht auf einem Rettungswagen. Der Taxifahrer läßt die Scheibe herunter und fragt den neben ihm stehenden Kollegen. »Was 'n hier los?« Der beugt sich über den Beifahrersitz. »Einer vor die U-Bahn gesprungen. Müßte aber gleich weitergehn.«

Der Taxameter klickt, Büttner schweigt. Action, Anspruch, Humor: null Punkte; Spannung: drei. Und da ängstigt ihn sein eigenes Schicksal. Ist ja nichts passiert, beruhigt er sich. Hab' nur am falschen Ende zu sparen begonnen.

Sieben Pferde
oder Das einsame Lied vom tiefen, traurigen Traum

Eine Novelle

> *All your love*
> *All your love*
> *All your love*
> *All your love*
> *All your love is gone*
> *So sing a lonely song*
> *Of a deep blue dream*
> *Seven horses seem*
> *To be on the mark*

THE DOORS, *Love Her Madly*

1

Don't you love her madly? Elf verfluchte Jahre lang wohl jeden verfluchten Tag. Und »vielleicht *noch* elf Jahre«, hatte Jiří Sokol geunkt, als Helmer um Antwort flehte: »Wie lang denn *noch*?« Wie lang sie denn noch anhalten mochte, diese widrige Zuneigung, diese Hingebung, ja Selbstdarbringung, diese inständig unglückliche, unwürdige Seligkeit? »Vielleicht *noch* elf Jahre, vielleicht Ihr ganzes Leben«, hatte Jiří Sokol geunkt – kraft all der Seelenruhe des seelenvollen Seelenklempners.

O Gott! *Love her as she's walking out the door? Like she did one thousand times before?* Und doch, diese schlimmste aller Prognosen erleichterte Helmer, allein aufgrund ihres Pathos. Teilhabe an Pathos, das erleichtert, halb kannst, halb mußt du lachen; und so lachte er, bis der Rotz güldene Fäden zog.

Don't you love her face? Seit er es zum ersten Mal sah. Das Antlitz einer Heiligen (die sanften Wangenkurven), hätten nicht drei Elemente widersagt: die wellige Mähne in der Farbe von Akazienhonig, die Iris einer Leopardin und, vor allem, das Lippenherz.

Lippen sind rot, weil die Haut so dünn ist, daß das Blut durchscheint. Beas Amorbogen schien darüber hinaus ständig ein bißchen wund. Er schien zu pulsieren, und deshalb paßte der weniger geläufige Ausdruck Lippenherz viel besser. Zweifellos verletzlich, bäumte sich dieses Herz doch auf, bog die zarte Rinne unter der Stupsnase rückwärts – jene Fuge, die in der Anatomie Philtron genannt wird, Altgriechisch für ›Liebeszauber‹ –, und das erste, was Helmer aus dem Füllhorn ihres Mundes empfing, waren die Worte: »Was ist denn das für 'n Lärm hier!« Madonna? Amazone!

Sie ist achtzehn Jahre alt. Kommt in Cowboystiefeln die Treppe heruntergaloppiert, trägt einen blauen Nicki und ein Paar jener *faded jeans*, von denen Janis Joplin kurz vor ihrem Tod gesungen hatte – und der lag damals noch keine zwei Jahre zurück, Herrgott ... Oh, im Sommer 1972 war er fünfzehn, und wenn einen mit fünfzehn die erste ernste Liebe seines Lebens trifft, mitten ins Tertianer-Herz – auf den ersten Blick, Herrgott noch mal, auf den *ersten Blick* –, dann kann das hart sein. Er stand unter Schock, und so erschien die Tatsache, daß sie längst vergeben war, seit drei Jahren vergeben war, ungeheuer heilsam.

2

Sie war Stefans ältere Schwester. Diesen Stefan hatte Helmer (vermutlich, er weiß es nicht mehr genau) auf dem Bolzplatz kennengelernt: ein geborener Libero, leichtfüßig und leichtherzig, gesellig, vergnügungssüchtig. Nach den Ferien würden sie, genau wie sie es sich erhofften, in dieselbe Klasse der Realschule gehen. Und mit Nabob, mit Robbie und Suse den harten Kern jener Clique bilden, die sich schon früh unters langhaarige Volk in der berühmt-berüchtigten Galerie Gellert mischen würde. Stefan und Bea hatten noch eine Schwester – Diana, zwölf –; die Familie war aus Bad Oldesloe hergezogen. Als Bea (von Beate, nicht etwa Beatrice oder so) die Flurtreppe heruntergepoltert kommt, stehen Stefan und Helmer zwischen Tür und Angel, vielleicht dämmert es bereits – ist folglich zu spät, um hereingebeten zu werden –, und Stefan, auf einem Fuß stehend, auf des anderen Beines angewinkelten Oberschenkel eine Gitarre abstützend, versucht auf der Rückseite des Korpus den Latinorhythmus von »Soul Sacrifice« zu imitieren, ein Instrumentalstück, das Santana in Woodstock gespielt hatten.

Sie wohnten in Neu Hörnbach (das im Osten Ahrensburgs liegt, das wiederum im Osten Hamburgs liegt). Die Galerie Gellert wirtschaftete in Alt Hörnbach, vier Kilometer weiter. Es handelte sich um die einstige Gastwirtschaft Siegfried Gellerts. Auf dessen Saal hatte Hans-Heini Helmer noch seinen Hochzeitswalzer mit Traudel

Helmer getanzt. Eine Gruppe von Fluxus-Künstlern aus Hamburg und dem Umland hatte sie Ende der Sechziger gepachtet, den Saal entkernt und gekalkt und die Bühne vergrößert; das Vorkriegsinterieur der angrenzenden Gaststube hatten sie belassen, nur daß nun auf den Tischen und Tresen und Fensterbänken leere Weinflaschen mit bunten Wachsstalagmiten herumstanden und x-Watt-Boxen in den staubigen Deckenecken hingen, aus denen, sobald die Kerzen entzündet wurden, Musik von Joni Mitchell, Janis Joplin und Bob Dylan schallte, von Jimi Hendrix und Pink Floyd, von den Beatles, Stones und Doors.

Damals war, auch wenn sein Vater es redlich versuchte, Helmer nicht mehr zu halten. Ebensogut hätte Hans-Heini Helmer versuchen können, jenes schüttere Büschel Bockshaare wieder in seines Sohnes Kinn zurückzustopfen, aus dem es über Nacht hervorgeschossen war. Bereits im Vorjahr war Helmer junior entjungfert worden (von einer erfahrenen Cousine Suses; präziser gesagt, hatte er sich selbst entjungfert, so lambruscoträge, wie sie gewesen war); er las keine Krimis und schon gar keinen Karl May mehr, sondern Hesse und Salinger, und keine *Bravo*, sondern *Pop* und *Musik Express* (an *Sounds* traute er sich noch nicht heran); er rauchte keine *Milde Sorte* mehr oder *Atika*, sondern *Roth-Händle*, und trank keine Cola mehr, sondern Bier aus Halbliterflaschen; wenn es sein mußte, reihenweise. Und oft mußte es sein, denn es war der Sommer der Schande; er war wegen ungenügenden Leistungen auch in der wiederholten Obertertia vom Gymnasium geflogen, und sein Vater strafte ihn mit Wut und Nichtachtung (die, wie Helmer erst viel, viel später herausbekam, zum größten Teil einer existentiellen Angst entsprangen).

Helmer trug diese dunkelviolette Feinkordjacke zu seinen Jeans und einen Stetson aus Stroh, als er im Herbst 1972 ohne Wissen seiner Eltern sein erstes Rockkonzert besuchte. Die Eintrittskarte kostete fünf Mark fünfzig und war ein numerierter Schnipsel mit Perforationszacken, wie du ihn im Schwimmbad bekommst. Der Saal der Galerie Gellert war so voll, daß ein Mädchen aus der Mitte beim Staksen durch die auf dem Parkett lagernden *freaks* irgendwann steckenblieb und, unter dem freundlichen Johlen selbst der Unbeteiligten, sich rücklings über die Köpfe hinweg bis zur Toilette reichen ließ, mitten durch den Himmel aus herben und süßen Rauchschwaden.

Suse und Stefan, Nabob, Robbie und Helmer hatten sich ziemlich nah an der Bühne niedergelassen, direkt neben dem Kreis der Zweiundsiebziger-Abiturienten um Clemens Hattenborn. Hattenborn war wie ein Erzengel, wiewohl du das damals nicht so sagtest – schon gar nicht als Nebenbuhler, der Helmer wohl war, wenngleich ungewollt, unbewußt, unbedarft. Sein Haar ein Vlies aus Rauschgold, strahlender noch als Beas, und seine Haut noch eine Spur dunkler als ihre. Alles an ihm war in Anmut gefaßte Kraft – die Nase, das Kinn, der braune Blick; die Schultern und Bizepse in dem schwarzgefärbten, doch verschossenen Feinripphemd; die nackten Fesseln zwischen Mokassins und fädenziehenden Säumen der Jeansbeine. Sohn eines Chefarztes, war er nicht nur jahrelang insgeheimes Oberhaupt des Redaktionskollektivs vom *Kassiber* gewesen und offizieller Schulsprecher, sondern auch begabter Leichtathlet und hochbegabter bildender Künstler, der in Sekundenschnelle entlarvende Karikaturen von Lehrern verfertigte, sowie hochmögendes Mitglied des Schülertheaters, wobei er zur Not auch noch mehr als passabel zu singen vermochte. (Jahrelang hatte Helmers Erinnerung ihn getäuscht, wenn er an Hattenborn als Star einer Schulaufführung von »Jesus Christ Superstar« dachte – das war ein ganz anderer gewesen, außerdem Jahre später.)

Bea bildet ein loses Verbindungsglied zwischen dem Grüppchen von Suse, Stefan, Nabob, Robbie und Helmer hier und jener Clique um Clemens Hattenborn dort, ihren *Freund*; ihren Geliebten, Angebeteten. Jene andere Clique ist auf dem Kichertrip. Alle paar Augenblicke fragt einer: »Entschuldigen Sie, können Sie mir sagen, wie spät es ist?«, wobei die s-Laute so stimmhaft wie möglich gesummt zu werden haben, der Rest aber so verschliffen wie möglich artikuliert, und dabei reichen sie die trötenförmige Zigarette nach je einem tiefen Zug weiter, und wieder heißt es: *Schullgnsssss, könnssss m' sssssagn wie schbee'sss'sssss?* Und dann jagt ein neuer epilepsoider Kicherschub durch die Zwerchfelle, und die Yogi-Sitze schaukeln, und hinter den Mähnen treiben die Pupillen große dunkle Blüten.

Bea schaut ihnen zu, rücklings gegen Helmers Schulter gelehnt (weil rechtwinklig, gar nicht so einfach dagegenzuhalten), und wenn sie ihm etwas sagt, preßt sie ihre warme Schläfe an seine heiße Wange, und seine fehlfarbenen Strähnen verstricken sich in ihre Locken. Einmal sagt sie: »Sieht süß aus.« Sie meinte den Hut. Und vielleicht war es schon hier gewesen, wo ihr Duft ihn verhext hatte, ihr unverwechselbarer Duft, gemischt aus Pheromonen und ihrem Lieblingsparfüm, das sie vielleicht bis auf den heutigen Tag trägt; ja, vielleicht war es an jenem Abend dort im Saal der Galerie Gellert gewesen, wo ihr Duft ihn verhext hatte auf Jahre hinaus, ein Duft, der unbeschreiblich war, jedenfalls nichts von Blumen hatte oder Früchten oder welch ordinärem Zeugs auch immer; ein Duft, der flüsterte: *Komm her zu mir, hier ist es schön*; ein Duft wie ein paradiesisches, immersinnliches Zuhause; ein Duft, der unvergleichlich war, unverkennbar zu Bea gehörte wie Heuduft zum Hochsommer.

Und dann kam ein Mann auf die Bühne mit einem Backenbart wie zwei Italiens, öffnete das Cro-Magnon-Gebiß und nuschelte ins Mikrophon: »Hi, Folks. Please welcome: *Frumpy*!« Und dann erschien hinter den Keyboards Jean-Jacques Kravetz und begann, eine groovende Phrase herauszukitzeln; Carsten Bohn an seinem Schlagzeug ging – anfangs noch zurückhaltend – mit Knüppeln darauf ein, und dann folgte Karl-Heinz Schott und versetzte mit dem ein oder anderen Baßton den Schnarrteppich unter der kleinen Trommel in Schwingung, und lässig kratzte auf seiner Gitarre Thomas Kretschmer (oder war's noch Rainer Baumann?), und schließlich betrat sie die Bühne, sie, Inga, die rauhe Schönheit Inga Rumpf, schüttelte ihr Füchsinnenhaar aus den Wimpern, rüttelte ihr Tambourin im Takt und sagte ins Mikro: »Na? Wie isses«, und kurz darauf erhob sie ihre Stimme zu einem langen wortlosen, melodiösen Aufruf zur Freude; und nicht nur, weil Bea ihm einen

Zug von der Tüte gegeben hatte, trieb Helmer diese Stimme einen Schauer der Wonne über die Rücken-wirbel, und noch einen, und noch einen (was sie bis heute vermag), und halb angeknallt im Rhythmus mit-groovend, halb noch im Bannkreis von Beas Duft, schaut Helmer zu, wie Bea aufspringt und sich an den Hals von Clemens Hattenborn wirft, wie sie sein Haar anhebt und ihm ins Ohr küßt, schaut zu, wie sie ihr Leben lebt, ihr schönes, wildes Liebesleben lebt mit Clemens Hat-tenborn.

3

Natürlich, es hatte auch für Helmer ein Liebesleben ge-geben, bevor er, im Sommer 1972, ihr zum ersten Mal begegnet war; und es hatte ein bescheidenes Liebesleben gegeben nach ihrer ersten Begegnung, sicher. Doch da-vor war noch kein Ernst im Spiel gewesen, und danach ...

Mit zwölf hatte Helmer sich in Nabobs dreizehnjähri-ge Schwester verliebt. Zwei zauberhafte Frühlingsabende lang hatten Nabob, Robbie, er und sie Kriegen gespielt – dann kam sie aufs Internat. Im Konfirmandenunterricht hatte es eine stumme Ballettänzerin gegeben, die ihn ein Jahr lang beten und stottern machte. Im Beat-Keller der Kirche hatte es Ursel, Angie, Suse und Suses Cousine ge-geben, die ihm, in unregelmäßigen Abständen, unter-schiedlich tief, Zugriff auf ihre Wäsche gestatteten.

Dann der Sommer 1972.

Und dennoch, selbst das anschließende Jahr lang auf der Realschule (das städtische Gymnasium war nach Ge-schlechtern getrennt gewesen) schaute er stets, was Lia-ne machte, Liane mit der längsgestreiften flitterbunten

Jacke und der silhouettenscharfen braunen Kordhose. Und das Mädchen im Bus, eine Klassenfahrt, John Lennon, »Imagine«. Das Mädchen auf dem Jahrmarkt in Feldcrantz, Golden Earring, »Radar Love«. Das Mädchen auf der Fete in Bad Oldesloe, Led Zeppelin, »Stairway To Heaven«. Und Mädchen in der Galerie Gellert. Man verliebte sich ja täglich, manchmal zweimal täglich. Je länger du nachdenkst, desto mehr sind es tatsächlich gewesen; und doch immer zu wenig, und doch fühlte man sich ständig einsam – war es nicht so?

In der Firma, die ihn zum Speditionskaufmann ausbildete, gab es kein Mädchen, aber in der Berufsschule zwei, die er beim Erwachen, mittags auf dem Firmenklosett und abends vorm Einschlafen freite, gleichzeitig und abwechselnd. Im Zuge dieser alltäglichen Bigamie, trotz all der einzelnen Mädchen und Mädchen und Mädchen vereinsamte er, denn drei Jahre lang nahm er den 6.53-Uhr-Zug nach Hamburg, zurück nach Ahrensburg aber erst den 16.58, um auch diese knappe halbe Stunde mit Bea verbringen zu können, deren Job keinen früheren Zug erlaubte. Wurde sein dunkler Kinnbart wenn nicht ausgesprochen borstig, so doch dichter und der helle Oberlippenflaum immerhin haariger; die Wangenpartien blieben allerdings steppenhaft.

Drei Jahre lang zählten sie zur Sondergilde der Pendler. Man trifft sich im drittletzten Abteil. Das Waggonmobiliar war mit rotem Lederimitat bezogen; als Fensterplatzinhaber stützt du einen Fuß auf dem Heizungstunnel ab und greifst bequem auf die beigefarbene Plastikkonsole zu, auf Zigaretten, Zündhölzer, Flaschen. Du schwatzt, spielst Karten und trinkst selten Sekt (Gehaltserhöhung,

Geburtstag), noch seltener Rotwein zu Käse (dito), sondern meistens Dosen- oder Flaschenbier. Und aus den Schiebefenstern, die du damals noch weit öffnen kannst (auf deutsch, englisch, französisch und italienisch warnt ein Schildchen: »Nicht hinauslehnen!«), raucht es wie bei den Kannibalen. Drei Jahre lang war dies die Stätte, an der er seine erste ernste Liebe verlebte – verwettete; verschwendete.

Wie viel an Seligkeit davon abhing, ob sie neben ihm zu sitzen kam oder etwa neben Poppo Paulsen! (Oder dieser Elfe, die immer Van Nelle Zware Shag drehte, wie hieß die noch ...) ›Wie viel?‹ *Alles* an Seligkeit hing davon ab, denn es bedeutete die Chance, von ihrer Leibeswärme zu zehren, die sie in ihrer Lebendig-, ja Sprunghaftigkeit, in ihrer Lust, zu berühren und mit der Haut zu atmen, sich anzuschmiegen, festzuschmiegen, gerne bot. Und er konnte fühlen und mußte sie nicht die ganze Zeit frontal betrachten, mußte nicht ständig feixen und Masken formen, denn das war anstrengend.

Und eines Tages auch nicht mehr auszuhalten.

»Was ist denn mit dir los?«

Natürlich, es *konnte* nicht nach echter, tiefer Besorgnis klingen. Es *mußte* auch ein bißchen Unwillen durchklingen, denn – ja, was? Helmer wußte, ›was‹. Clemens Hattenborn, der bereits am Bahnhof, am Anfang des Bahnsteigs, auf sie warten würde und auf den sie zulaufen, sobald der Zug halten würde, und der eng umschlungen mit ihr verschwinden würde, bevor die Poppo Paulsens und Helmi Helmers dieser Welt auch nur das Weiße in seinen Augen gesehen hätten. Und jene Liebe, sie war groß, sie war heilig, sie war, ganz selbstverständlich und grundsätzlich, auch Helmer heilig. Und so entdeckte er einen mysteriösen *inneren* Feind, der ihn manchmal finster aus dem Fenster starren machte; der ihn zuviel trinken machte, und manchmal aggressiv.

Helmer begann, Tagebuch zu führen, in dem dieser Feind die Fäden zog, an denen eine Mischung aus Hans Giebenrath und Peter Camenzind und Emil Sinclair hing. Allerdings ein anglophiler Hanspeteremil, denn wenn er seine steppenwölfischen Sauftouren zu beschreiben hatte, unterteilte er die einzelnen Rauschphasen in BEGINNING und BECOMING, wo ein MR. MANY-FACE entschied, ob die Endphase von TROUBLE, ANGER, THINKING, DREAMING oder HAPPINESS bestimmt würde. Und so hatten sie einen *gemeinsamen* Feind, er und Bea.

Und trafen sich manchmal zum Essen in einem der Innenstadt-Restaurants mit Mittagstisch (Stamm I: Ratsherrnteller; Stamm II: Eingelegte Heringe mit Bratkartoffeln; Stamm III: Labskaus). Bei schönem Wetter mit einer Tüte Brötchen und gekühltem Dosenbier auf der Böschung an der Binnenalster. Sie sprachen über Gott und Bhagwan, über Musik und Bücher und die Kunst; meist aber über ihre Jobs, über Beas Fachhochschulpläne und über Clemens Hattenborn, der an der Hamburger Hochschule für Bildende Künste studierte. Einmal sagte sie: »Du kannst gut zuhören.« Es ist ein heißer Tag. Sie sitzen im Gras der Böschung. Ein helles Alsterdampferchen schippert über den Binnensee; vom anderen Ufer prahlt die Fassade des Hotels Vier Jahreszeiten herüber. Bea trägt einen federleichten, langen geblümten Rock; sie hat die Schöße zwischen die Beine genommen und stützt sich mit dem Kinn auf ein Knie und sagt, »Da krabbelt irgendwas«, und versucht, auf die Rückseite ihres braungebrannten Schenkels zu schielen, und sie schaut nicht, ob er schaut, aber sagt: »Was würdest du sagen, wenn ich dich jetzt küssen würde?« Und er sagt: »Dann würde ich tot umfallen.« Und sie sagt: »Das müßtest du auch.«

Genau das sagte sie Jahre später noch einmal, in der Galerie Gellert (sie waren beide betrunken) – genau das: »Was würdest du sagen, wenn ich dich jetzt küssen würde?« »Dann würde ich tot umfallen.« »Das müßtest du auch.«

Und er wäre es auch. Doch sie küßte ihn nicht, und so überlebte er.

Im Büro telefonierten sie beinah täglich miteinander, und eine Zeitlang frotzelten ihn seine Kollegen beinah täglich. Er stritt alles ab. Allerdings: Warum ruft sie so häufig an, wenn sie nicht deine Freundin ist? Warum diese Vertrautheit am Telefon, wenn sie nicht deine Freundin ist? Warum läßt du diese Vertrautheit zu, wenn sie nicht deine Freundin ist? Eines Tages ließ er sie in dem Glauben, und eines anderen Tages lud ihn der Lehrlingskollege ein, ein Konzert in der Fabrik zu besuchen. Und er jedenfalls werde seine Freundin mitbringen. Und Helmer erzählte ihr in der Bahn davon, und zu seinem heißen Entsetzen schlug sie ihm vor – geradezu hingerissen vor –, ein kleines Märchen aufzuführen.

Was für eine Band war das gewesen? Was für eine Band könnte das gewesen sein? Die 1974 in der Fabrik auftrat und sowohl Helmer und Bea zu interessieren vermochte als auch jenen Kollegen, dessen sich Helmer nur noch als schlaksigen, strengen *Camel*-Rauchers entsann, der schon morgens Cola trank, Alkohol aber niemals, und sich einmal energisch zur Wehr setzte, als die Utek ihn mit geradezu zangengebürtiger Engstirnigkeit zu einem Glas Sekt zu zwingen versuchte, schließlich aber beleidigt aufgeben mußte ... – was für eine Band könnte das gewesen sein?

Helmer weiß es nicht mehr. Alles, was er noch weiß, ist, daß sein Kollege und er dann dahockten, auf den Balken in der Altonaer Fabrik, und jeder hielt sein Mädchen im Arm. Alles, was er noch weiß, ist, daß ihm den überflüssigen Arm jemand hätte abhacken können – es hätte nicht schlimmer schmerzen können. Doch wäre sie tatsächlich sein Mädchen gewesen, wie hätte er noch glücklicher sein können? Und hin und wieder küßt der Kollege sein Mädchen, doch Helmer seines nicht. Sie kennen sich ja schon länger.

Ja, ein Märchen, und für die Mutwilligkeit, es aufzuführen, sollte sie mit einer Übersprungshandlung Helmers bezahlen, bei deren Erinnerung er bis heute vor sich hin winselt. Ein paar Tage später, vielleicht waren es auch zwei, drei Wochen, schloß sich Kollege Camel, der eigentlich im Süden Hamburgs wohnte, Helmer auf dem Weg zum Bahnhof an – er wollte weiter nach Lübeck, aus welchem Grund auch immer. Der 16.58er war unausweichlich. Helmer gelang es immerhin, ein anderes Abteil zu bestimmen; die plattformabgewandten Plätze waren allerdings belegt. Und so erblickt Bea sie auf ihrem Weg über den Bahnsteig zum drittletzten Abteil, winkt von draußen, kommt hereingestiefelt, sagt »Hallo!« und läßt sich neben Helmer nieder. Und bevor sie fragen kann, weshalb sie nicht im Stammabteil sitzen; bevor, vor allen Dingen, Camel sich fragt, was für eine Beziehung das ist, in der nicht einmal ein Begrüßungsküßchen drinliegt; bevor das ganze Märchen mit einem ohrenbetäubenden Zeitlupenknall des Schweigens zerplatzen würde, belfert Helmer »NAWIEGEHTS!« und drischt die offene Rechte auf Beas linken Oberschenkel.

Es klatschte so laut, daß die Gruppe auf der anderen Seite des Ganges verstummte.

Wie vom Blitz getroffen, fuhr Bea zusammen, dermaßen überrascht, daß sie ihren Schmerzensschrei, ja vielleicht den Schmerz selbst nur verzögert und in unterdrückter Form zuzulassen vermochte. »*Aaa*uuu!!?« Auf die Unterlippe beißend, sog sie Luft ein und bügelte mit der bloßen Linken hektisch die traumatisierte Stelle. Den Kopf schräg gelegt, schielte sie Helmer an. »Was sollte das denn?«

Helmer grinste. Gab keine Antwort – wie hätte die auch lauten können? –, sondern, während der Kollege eine *Camel* mittels geballter Saugkraft der Eingeweide beraubte, grinste im Stile der Stoa, grinste, als wäre ein derart plebejischer Scherz nun mal nicht für jede hergelaufene Göttin ohne weiteres kapierbar. Und wenn ihr das nicht paßte, warum zog sie ihm nicht einfach ihren Schirm über die Rübe?

4

1975 gelang Helmer ein erster Vollbart. Zu seiner nicht geringen Verzagtheit geriet er, aus irgendwelchen androgenen Gründen, dreifarbig: nach wie vor haupthaardunkel am Kinn, an den Kiefern bräunlich, und der

Schnäuzer, wiewohl man (d. h. Stefan) bereits von »erstaunlicher Buschigkeit« sprach, blieb blond. Wie ein Backenhörnchen sah er aus (zumal sein Verbrauch an Halben nicht selten in den zweistelligen Bereich schwappte). Oder wie ein Seebär, der an Land toll wird. Bei seiner Kaufmannsgehilfenprüfung hatte er einen Kater.

Etwas später verstümmelte man Bart, Haar und Gemüt bis zur Unkenntlichkeit, und in den drei Monaten des Frühjahrs machte Helmer, glücklicherweise in der heimatlichen Kaserne, seine Grundausbildung zum Tastfunker. Und lernte – er ist kein Mensch, er ist kein Tier, er ist ein Panzergrenadier – fünfzehn weitere Monate lang Tarnen, Täuschen und Verpissen. Achtzehn Monate gleich rund zweiundsiebzig Wochenenden gleich rund hundertvierundvierzig Vollräusche (wenn nicht, aufgrund von Urlaub, mehr), viele davon auf Feten bei Robbie, bei Nabob, bei Suse oder bei Stefan, die meisten aber in der Galerie Gellert. Wie viele davon verbrachte er – verstümmelt, wie er war, und erniedrigt – mit Schmachten, Schmachten nach Beas Duft? Und war sie da, wie oft besoff er sich daran? Und besoff er sich an Beas Duft, obwohl er längst vom Gold des Carlsbergs berauscht war – wie viele Male legte er auch nur den Arm um ihre schönen Schultern? Nicht ein einziges Mal, nicht ein einziges.

Und »NULL!«, grölte er Ende September 1976 den Späthippies und Künstlern auf dem Saal zu, mit links die leere Kordel für sein Maßband in die Höhe reckend, mit rechts den dutzendsten Carlsberg-Humpen des Abends. »NULL, IHR ROTÄRSCHE!«

Sein Ausbildungsbetrieb stellte ihn ein. Tausendfünfhundert Mark brutto im Monat, und er kaufte sich einen knallroten Käfer und zog in eine Anderthalbzimmerwohnung in Hafennähe. Las Henry Miller. Kaufte sich eine Gitarre und lernte einen kennen, der einen kannte, der Udo Lindenberg kannte und Otto Waalkes. Mit Stefan, der zwischen den Tramptouren nach Italien, Frankreich, Spanien und Marokko im Hafen jobbte und oft auf einer Luftmatratze in Helmers Küche logierte, schlotzte er unter der Woche die Hamburger Szene leer, nahm den Absacker um drei in der Zwiebel oder im Spökenkieker und ging um acht wieder zur Arbeit. Manchmal auch mit Nabob, der neunzehn Monate lang »alten Nazis die Ärsche abwischen« mußte; Robbie studierte in Berlin, kam anfangs noch häufig auf seiner schaukelnden Ente geritten, später aber nur noch selten in die Galerie Gellert und noch seltener den Hamburger besuchen, und Suse, Suse war verrückt geworden und vögelte einen verheirateten Bankier.

Freitags sechzehn Uhr Feierabend, und meist fuhr Helmer direkt von der Firma nach Neu Hörnbach hinaus, und wenn es eine Stunde dauerte. Er drückte Traudel Helmer seinen Seesack voller Schmutzwäsche in den Arm, ließ sich bekochen und wegen der wieder stetig wachsenden Haare die scheelen Blicke von Hans-Heini Helmer über sich ergehen. Dann fuhr er nach Alt Hörnbach, vier Kilometer Eichenallee, der Fahrrad- ein Hohlweg neben dem Kopfsteinpflasterbuckel, doch außer in lauen Sommernächten ließ er den Käfer selten vorm Elternhaus stehen. Jeden Freitag nahm er sich vor, nur zwei Halbe zu trinken, hoffte jedoch gleichzeitig, Bea anzutreffen.

O die Wochenenden in der Galerie Gellert! Auf dem Saal irgendeine Vernissage von Wanda de Witt oder Heino P. Marx oder Clemens Hattenborn oder eine Performance von SibYlle oder ein Konzert von Hulley Gulley oder Lama oder gar Jane, Birth Control, Wallenstein, und in der Kneipe Inseln der Bierseligkeit. Auf den Tischen die hochflorigen Perserteppiche (Siegfried Gellerts altes Markenzeichen), die Flaschen mit den wachsverlöteten Kerzen, die Aschenbecher mit dem Umfang eines Raubtierfutternapfs, leuchtend wie Lampions die Humpen voll kühlem, cremig schäumendem Carlsberg Gold; drei Exemplare davon, und du bist glücklich wie ein Ochse. Die Musik war exzellent, und wenn in jenem einen Jahr Steve Harley und seine Cockney Rebel »Make Me Smile« anstimmten oder in jenem früheren etwa die Doors »Love Her Madly« oder, wie kurz vor dem Ende, etwa Billy Joel »Los Angelenos«, brauste ein Orkan der Eurhythmie durch die Gaststube. Wie oft feierte Helmer da ziellos mit, mit Stefan und den anderen – wie oft aber auch mit Bea, wenn die Kunstdebatten im Saal sie zu langweilen begannen ...

Wie sollte man eigentlich benennen, was sie da taten, sie beide. Wie nannte man, was Menschen taten, die nicht »kuscheln« konnten, weil sie weder verwandt waren noch verliebt sein durften beziehungsweise wollten. Ebensowenig »schmusen«. Schon gar nicht »einander liebkosen«, ›einander‹ schon gar nicht. (Und damals umarmt man sich noch nicht, weder zur Begrüßung, noch einfach mal so zwischendurch. Man küßt sich auch nicht auf die Wangen zur Begrüßung, weder zwei- noch auch nur ein-, geschweige dreimal, jedenfalls nicht in

Neu noch Alt Hörnbach, nicht 1976, 77, 78, 79.) Ach, er saß am liebsten auf der Bank da am Tresen, und manchmal saß sie neben ihm, und zu vorgerückter Stunde hängte sie sich manchmal bei ihm ein. Oder wenn die Musik laut war, und sie war nicht selten laut, legte sie ihre Hand auf seine Schulter und sprach ihm ins Ohr. Oder wenn die Musik leise war, was selten war, jagte ihm ihr Wisperfön einen Schauer nach dem anderen über den Rücken. Manchmal drängte sie sich an ihn, als bräuchte *sie* die Wärme. Und ein Auge hatten sie beide stets auf die Tür gerichtet, denn kam der Erzengel hereingeschneit mit natürlichem Prunk und Entourage, waren sie nur mehr auf Duzfuß – im Grunde wie immer –, und fort war sie, und die Leere an seiner Seite war wie ein kalter Ofen.

Einmal hatte es sich gestritten, das Traumpaar, und Helmer bot ihr Trost, sie sei einfach eine großartige, eine Traumfrau, etwas ganz Besonderes; auf Wunsch könne er ein Dutzend außergewöhnliche Eigenschaften aufzählen, er brauche sie bloß aus dem Ärmel zu schütteln. »Oh jaa!« ruft sie in diesem Tonfall, den er so liebt; diesem hell, doch satt klingenden Tonfall, der Mädchenhaftigkeit mit Draufgängertum verbindet, Unschuld mit Neugier, Unernst mit Willen. Und er lacht. Und sie stößt ihre Schulter gegen seine. Und er trinkt einen tiefen Schluck Bier, und sie sagt: »Mit drei bin ich auch zufrieden.«

Und verflucht noch mal, es fiel ihm nicht eine einzige ein, nicht eine. Ihr Lippenherz. Ihre Schönheit. Ihr Duft. Ihre Spontaneität. Ihre sieben bis siebzehn Arten zu lachen. Ihr Gang. Ihre wunderbaren Arme. Ihr Haar.

Daß man in ihr lesen konnte wie in einem offenen Buch. Wie leicht ihr unterentwickeltes Gespür für Selbstironie zu reizen war. Ihre weltliche Spiritualität, ihr Sinn für das Außergewöhnliche. Ihre ständige Bereitschaft, das Dasein zu feiern. Wenn sie so über etwas nachsann, während sie mit dem Zipfel einer Strähne ihre Nasenspitze pinselte. Ihr Lieblingswort: »schön«.

Doch Helmer, er war wie vernagelt. Daß er sie liebte, abgrundtief liebte? Das war kaum eine positive Eigenschaft von ihr, doch es war das einzige, was ihm plötzlich mit Gewißheit klar war. (Ihre Treue zum eifersüchtigen Clemens Hattenborn hätte er noch nennen können, doch angesichts ihres derzeitigen Streits schien das nicht die beste Idee.) Und wieder einmal wäre er am liebsten im Boden versunken, als sie ihm sogar ein wenig auf die Sprünge hilft: »Vielleicht, daß man sich mit mir ganz gut unterhalten kann ...?«

1976, 77, 78, 79 – Tina, Lilo, Lara, Vicky; die ersten drei aufgegabelt auf stefangestützten Sauftouren durch die Hamburger Szeneläden; Vicky sogar im Spökenkieker. Mit den anderen, Namenlosen war es nie so weit gekommen, daß sie nach etwaigen Plänen fürs Wochenende gefragt hätten. Denn die Wochenenden gehörten nicht ihnen, sie gehörten ja nicht einmal Helmer selber. Die Wochenenden gehörten der Galerie Gellert. Bea.

Hübsche Tina, spontane Lilo, lachende Lara, sexy Vicky – eigentlich hatten sie alle nur einen Fehler: Sie waren nicht sie. Sie waren nur wie sie.

1976, 77, 78, 79 – vielleicht die Jahre seiner abwesensten, verlorensten Liebe zu ihr, so abgrund-, so schluchtentief, daß er sie mit Bier zu füllen versuchte, um bei seinen Abstürzen nicht am granitenen, schrundigen Grund zerschmettert zu werden. (Immerhin genoß er Bukowskis Lesung im Mai 79 in der Markthalle.) Und doch war es manchmal, als drohte der Hopfen knapp zu werden, und eines Tages verließ Clemens Hattenborn seine Eppendorfer WG und zog nach Winterhude, und Bea verließ Neu Hörnbach und zog zu Clemens Hattenborn; die Galerie Gellert wurde zur Trattoria Luigi umfunktioniert und ihr Saal zu einem Großhandelslager voller Wein- und Grappa-Kartons, und Anfang Dezember 1980 wurde Louis Hattenborn geboren.

5

Und kurz darauf John Lennon erschossen.

Und Helmer in eine Verkehrskontrolle gewunken, kurz vor Weihnachten, auf dem Rückweg von einem Barmbeker Billardsalon. Er blies stur mit bloß halber Kraft, vergebens; man nahm ihn mit zur Wache und maß 1,6 Promille Blutalkohol; ein paar Wochen später wurde er zu zwölf Monaten Führerscheinentzug verurteilt sowie zur Zahlung von einem Monatsgehalt Bußgeld.

Um die Jahreswende ließ er sich noch drei, vier Nächte lang dermaßen vollaufen, daß er – wie bereits ein paarmal vorgekommen – in der letzten in einem Alptraum gefangen erwachte: Er war, ohne aufzuwachen, aus unerfindlichen Gründen auf die Wohnzimmercouch umgezogen; nun hatte er stechenden Harndrang, doch fand nicht mehr aus dem stockdunklen Raum heraus. Er stand vor irgendeiner Wand. Mit übermenschlichen Kräften spannte er den Schließmuskel am Blasenboden an – kämpfte mit der brennenden Prallheit –, während er mit rasendem Herzen versuchte, sich durch Abtasten der tapezierten Mauer zu orientieren. Einmal entpuppte sich der Plastikhof des erhofften Lichtschalters an der Zimmertür als Steckdose – aber gab es in seinem Wohnzimmer überhaupt eine in der Höhe? Das nächste Mal identifizierte er den Fenster- als den Türrahmen, doch sosehr er sich auch um Anhaltspunkte bemühte; so lang, so nervdehnende, minutenlange Sekunden lang er auch versuchte, sich an den eigenen Haaren aus dem Alp zu befreien – irgendwann entglitten sie ihm; noch eine grausame Ewigkeit lang hing er mit seinem ganzen Gewicht an einem Haar...

Doch gelang es ihm erst, wenn er versackte; erst in der warmen Nässe der Regression erkannte er das fahle, geriffelte Licht von den Fenstern und wußte plötzlich wieder, wo er war: keinen Schritt weiter.

Ungefähr zu der Zeit ließ Helmer sich, wie so viele andere, die Haare vorn und an den Seiten kürzen und den Bart, der endlich dieselbe Farbe wie das Haupthaar angenommen hatte, abrasieren bis auf den Schnäuzer. (Später ging diese Frisur unter der Abkürzung Vokuhila / Oliba in die Sittengeschichte ein: **vo**rne **ku**rz, **hi**nten **la**ng / mit **O**ber**lippenbar**t.) Wildwuchs sollte nur mehr Zitat sein; doch das gefiel ihm schon damals nicht. Außerdem war er so feist geworden – wog um die zwei Zentner –, und so ließ er alles wieder zuwachsen. Einen Tag nach seinem vierundzwanzigsten Geburtstag im

April aber hörte er auf zu trinken. Das war nicht einfach, doch einfacher als befürchtet (oft dachte er an den Ex-kollegen Cola Camel, der inzwischen in Bahrain arbeitete), und im August, um vierzehn Kilo leichter, begegnete er – am Rande eines Straßenfestes – Petra. Petra.

Petra. Was für phantastische Beine; was für starkes Haar, blond wie Loreleys. Schlank, groß, fast so groß wie Helmer selber, und sie hatte grüne und braune Prismensplitter in ihrer grauen Iris. Sie war genau das, was man – wiewohl viel zu dürftig, burschikos und folkloristisch – gern mit ›waschecht‹ akzentuiert. Wiewohl unnachgiebige Raucherin, spielte sie Basketball, und zwar in einer höheren Liga. Sie war patent, integer, ruhig. In größerer Runde erschien sie mitunter als rhetorisch ungeübt, ja unbeholfen; um nicht unzugänglich zu wirken, gab sie aber lieber Ungereimtes von sich als gar nichts. In kleinerer Runde hatte sie einen triftigen Schnack. (Zu zweit, vermochte sie sowieso genau das zu sagen, was sie sagen wollte.) Sie hatte Grips, sie hatte Kraft und seltene, diskrete Würde, sie hatte ein großes, strahlendes Lächeln (für Feiertage), ein mittleres (für Werktage) und ein kleines, bestrickendes nur für die Stunden mit Helmer, und dieses kleine Lächeln mit den beiden Grübchen war es letztlich, das ihn in die langen Nächte jener Liebesraufereien mit ihr lockte, die ungestüm waren (manchmal beinah beängstigend), und aber befreiend, belebend und beseligend. Bis Ende des Jahres verlor er weitere fünf Kilo Kummerschlacke.

Ja, sie rettete ihn. Petra ...! – Ja, sie rettete ihm das Leben.

6

Anfang 1983 schon schlitterten sie in eine erste, schwache Krise. Helmer hatte von der doppelten Lagerhaltung in Sachen Unterhosen, T-Shirts, Socken die Nase voll, doch Petra war es noch zu früh für eine gemeinsame Wohnung. (Sie hatte Angst, der Fluß ihrer Liebe könne austrocknen in der Hitze jenes Feldes, in dem man täglich mit den Kanonen der Individualität auf die Spatzenstreitkräfte der Raumpflege, Haushaltsführung, Fernbedienungshoheit ballert. Diese Angst war zutiefst begründet – und zwar letztlich in dem verbreiteten Versäumnis der Fünfzigerjahre-Gesellschaft, nicht länger nur Mädchen das Mindeste an höherer Wohntechnik zu lehren.) Helmer fügte sich ihrem Wunsch nach unbestimmtem Aufschub. Doch hatte er ihrer Weitsicht wenig mehr als Blindheit entgegenzusetzen, und so tappte er im Dunkeln. Fühlte sich dort allein gelassen und also gezwungen, Unabhängigkeit zu beweisen.

Das tat er wieder in Kneipen, und im Spökenkieker traf er im frühen Frühjahr desselben Jahres zufällig auf Diana, Stefans und Beas jüngere Schwester, dreiundzwanzig inzwischen auch und von einer Frische, die Helmer einen delikaten kleinen Stich versetzte. (Vermutlich war es vielmehr die Familienähnlichkeit.) Im Schlepptau gleichaltriger Neu Hörnbacher zog sie über den Kiez, und zwei Glas Bier lang hörte Helmer Geschichten über die nachrückende Generation (im Pubertätsalter machen drei Jahre ja locker den Unterschied aus). Das erste Bier ging für Erklärungen drauf, von wem genau eigentlich die Rede war, und zum Schluß fragte Helmer nach Stefan (der seit Monaten in Südostasien unterwegs war und, in großen Abständen zwar, doch ausführliche exotische Berichte schrieb) und Bea.

Natürlich hatte er sie einmal besucht in der weitverzweigten Winterhuder Wohnung, um den Nachwuchs zu besichtigen. Natürlich handelte es sich um ein schönes Baby; selbst Helmer, dem Säuglinge scheinbar einerlei, im Grunde aber nicht ganz geheuer waren in ihrer grunzenden, ständig Sekrete absondernden, noch zutiefst unzulänglichen, nichtsdestotrotz aber bedingungslos fordernden Physis – selbst Antivater Helmer war bezaubert von der gelungenen Genmischung. Louis war ein geborener Putto.

Unverkennbar indes, daß das besondere Band zwischen Helmer und Bea zu Schaden gekommen war. Allenfalls ein seidener Faden hielt noch, ein goldseidener Faden. Sie hatten sich in den zweieinviertel Jahren seit Beas Entbindung zweimal gesehen, vielleicht zweimal miteinander telefoniert.

»Bea geht's im Moment gar nicht gut«, sagte Diana. »Krise. Clemens und seine Eifersucht.«

Er bat sie, ihr Grüße auszurichten.

Und am Montagabend kam Bea ihn in seiner Wohnung besuchen. (Louis wurde von Diana betreut.) Das war der 21. März. »Er hat 'ne andere«, sagt sie, noch bevor er den Wein entkorkt.

»Was?«

»Diese ›Ypsilona‹. SibYlle.«

»Hä?«

»Diese ›Performancekünstlerin‹.« Man hört die Gänsefüßchen förmlich watscheln. »Sib-«, sie zeichnet mit rol-

lenden Augen ein Y in die Luft, »-Ylle. Diese durchge-
knallte, eingebildete Aaskrähe.«

Es ging seit Monaten. Vor vier Tagen war er ausge-
zogen.

»Krankhaft eifersüchtig und geht selber fremd?«

»Was heißt ›selber‹. Ich bin schließlich treu. *Krank*haft
treu.« Sie wippt mit dem losen ihrer blauen Pumps. Sie
trägt enge Jeans, eine pastellblaue Satinbluse darüber,
hochgeschlossen, und ein schmales schwarzes Jackett
mit gepolsterten Schultern. Ihr Haar ist so kurz und
lockig frisiert wie nie zuvor. Vogelfrei, untröstlich, wütend (das Lippenherz geschwollen), streunt ihr Blick im
Zimmer umher.

Nicht, daß sie das erste Mal in dieser seiner lausigen
Junggesellenbude in der Brandstwiete gewesen wäre –
eines jener unzähligen Behelfsquartiere der Bier-Boheme
jener Zeit und Schicht, die er seit nunmehr sechsein-
halb Jahren behaust –, aber selten. (1976 hatte sie in der
Mittagspause Salz und Brot vorbeigebracht, 1977 und
78 war sie unter den Gästen seiner Geburtstagsfete gewesen.) Er hatte die Bambusrollos heruntergezogen, um
die Topfpflanzen vor Beas Blicken abzuschirmen. Jene
einst grüne Galerie hatte sich die Hepatitis geholt – hinter Scheiben, deren smoggetränkte und dann getrock-
nete Niederschlagsschlieren von vier Jahreszeiten mit
dem Nikotinfilm zu einer käsig-milchigen Doppellasur
geronnen waren. Eine der Wände war in einem laschen
Braun gestrichen; vier Wechselrahmen mit Postern vom
Innern sonnendurchfluteter Wälder hingen daran. Sperr-
müll zum Sitzen, ein flacher Tisch, der mehr Aschenbecher trug, als er Beine hatte. Ziegelgestützte, durch-

gebogene Regalbretter voller krummer Taschenbücher. Eine Stereoanlage. Auf der hochgeklappten Acrylhaube steht, mit dem Finger in den Staub geschrieben, *ich Sau*, auf dem Plattenteller dreht sich »L. A. Woman«. Es läuft das letzte Lied auf der B-Seite, das letzte Lied, das die Doors je gemeinsam aufgenommen hatten, das letzte Lied, das Jim Morrison je aufgenommen hatte – »Riders On The Storm« –, als Bea, ebenso leise und stetig wie das simulierte Gewitter, zu weinen beginnt. »Krankhaft treu«, schluchzt sie. Dann lacht sie herbe auf. »Ach nee ... gewesen ...«

»Gewesen?«

»Rahman.« Ihr langjähriger Yogalehrer. »Vorgestern. Ha.«

Kannst du weinende Frauen trösten? hatte sie Helmer mal gefragt. 1973, 74.

Auf einem Podestchen steht ein staubiger Pfennigbaum, der die offene Tür zum Korridor bewacht, von dem, nach hinten raus zum ruhigen Innenhof, zunächst Bad und Küche und dann das halbe Zimmer abgehen. Stefan, im Gegensatz zu Helmer handwerklich begabt, hatte auf Helmers Wunsch seinerzeit einen Alkoven daraus gezimmert. (Die Nachtkonsole war plan zur Fensterbank gesetzt. Die französische Matratze paßte in der Breite genau. Sogar am Fußende, am Einstieg, gab es zwei nachtblaue Vorhänge.) Petra hatte den räudigen Flokati davor immer verabscheut.

7

Doch Bea, mit einem lachenden Wimmern pflückt sie einen Kronkorken aus ihrer Ferse. O ihr Lippenherz ...

Glühen ihre Augen im Dunkel? Einmal gibt sie so ein Schnurren von sich vor entzücktem Behagen, als das frühmorgendliche Gurren eines Taubenpärchens auf dem Küchenbalkon von einem brunnentiefen, stämmigen Baßton überdröhnt wird, der aus dem Nebelhorn vielleicht eines Bananenfrachters dringt – so druckvoll vibrierend, als wäre er am Balkongeländer vertäut. Sie trägt ihr Parfüm (oder das Parfüm trägt sie), das gleiche Parfüm wie beim Frumpy-Konzert elf Jahre zuvor, wie in der Fabrik neun Jahre zuvor, wie am Tresen der Galerie Gellert vor vier Jahren – das gleiche Parfüm wie immer, das Parfüm, das wispert *Komm her zu mir, hier ist es schön.* Neu, frisch, ebenso aufregend aber ist alles übrige an ihr, ein blaues Kleid etwa, das ...

»Sie hat so ’n blaues Kleid, weißt du«, faselte Helmer am Ostersonntag im Spökenkieker. »So ’n, so ’n blaues Kleid, das ...«

»Du bist auch blau«, sagte Robbie. »Und wie ist das jetzt eigentlich mit Petra?«

Helmer schaukelte den Kopf. Es war, als schwappte es aus seinen Augenhöhlen.

Schon nach etwa zwei Wochen hielt er dem Druck nicht mehr stand.

»Damit hab’ ich nichts zu tun!« schreit Petra. Angeschrien hat sie ihn noch nie. »Das ist ganz allein deine Kiste! Scheiße!« Und schleudert die Bratpfanne durch die geschlossene Terrassentür ins Gärtchen.

Noch im Spätherbst, als alles vorbei war, sah es im Licht der Abendsonne manchmal so aus, als funkelten kleine Eisschollen unter den winterharten Stauden.

Seine Wohnung, sein Dasein nahmen mehr und mehr Spuren Beas an, im selben schwindelerregenden Tempo, wie Nacht und Tag wechselten. (Eben noch waren sie die Treppen zu seiner Wohnung hinaufgestiegen, und im nächsten Moment stöhnten schon wieder die Tauben ...) Ihr Duft entströmte den Polstern des Beifahrersitzes. Ein silbern eingefaßter Türkis mit Ohrstecker leuchtete unterm Fernsehwagen, zwischen Bodenleiste und Teppichrand. Marlboro-Schachteln über Marlboro-Schachteln – auf der Spiegelkonsole im Duschbad, auf dem Fensterbrett zwischen Toaster und Radio, im Handschuhfach, halb mit Zigaretten gefüllt, halb verstopft von einem Plastikfeuerzeug in Gelb oder Rot, Grün oder Blau. (Noch bei der Auflösung der Wohnung fand er unter der Matratze ein Stück Wäsche.)

Sie schreibt ihm Briefe. Es stehen alltägliche Dinge darin. Klagen übers Frühlingswetter. Über ihre Bemühungen, nicht mehr zu rauchen. Übers letzte I-Ging-Orakel (es zu befragen hat er ihr beigebracht). Aber in unsichtbarer Keilschrift zwischen den Zeilen auch, wie sehr sie unter ihrer verlorengegangenen Lebensliebe leidet. *Vierzehn Jahre! Vierzehn Jahre!* Streitereien und *gutes Gespräch* mit Clemens Hattenborn wechseln sich regelmäßig ab.

Und es stehen Dinge darin, die er aus ihrem Munde nie gehört hat. Oder jedenfalls nicht hört. Von Rahman, noch mal. Von ihrem Wunsch, sich neu zu verlieben. Dinge, die er aus ihrer Feder nie gelesen hat. Oder jedenfalls nicht liest.

Sie schreibt ihm Briefe, und er schreibt ihr Briefe. Was darin steht, möchte er gar nicht wissen.

Wochen-, monatelang liest er stets drei Horoskope. (Sie, wie sie sagt, auch.)

»Sollten wir lieber aufhören?« fragt sie eines gleißenden Spätfrühlingstages, am Elbstrand.

Aufhören, Aufhören. »›Aufhören.‹ Warum!« versetzt er draufgängerisch, und sie lacht, verrucht, falsch, ebenso falsch.

Eines Morgens – als er nicht *eine* Stunde Schlaf gefunden hat – bekommt er gleich nach dem Aufstehen einen Schwächeanfall und legt sich aufs Sofa. Sie ist bereits geschminkt und in ihre Pumps geschlüpft und muß los, und als er flatternd ihre Hand sucht, entzieht sie sich schlicht und verschwindet mit den schillernden Worten: »Das kenn' ich.«

Ende Juni wird er vom Personalchef abgemahnt, wegen rapide zunehmender Fehltage. Eines Morgens steigt er aus einem Taxi, das ihn zur Zwiebel gebracht hat – wo er, am Hafenrand, zwei Abende zuvor sein Auto hat stehen lassen. Er schafft es gerade noch zu zahlen, bevor sein Nervensystem zusammenbricht. Es ist kühl, und er kauert in seinem Wagen und ergibt sich seinem Heulkrampf, bis nur noch Schlottern bleibt.

Er schafft es bis zu seinem Hausarzt, einem menschgebliebenen Doktor, der trotz des überfüllten Wartezimmers den Ton seiner Körpersprache sofort von Tatkraft auf ruhige Aufmerksamkeit herunterdreht. »Was ist denn gescheh'n?« fragt er fest, und allein unter der Wahl der Wortfarbe kracht Helmers provisorische Fassade erneut zusammen. Eine geschlagene halbe Stunde vergeht, bis er

in der Lage ist, den Heimweg anzutreten; auf der Schwel-
le versucht er, eine verständlichere Erklärung für seinen beschämenden Zustand abzugeben als das tropfnas-
se Gestammel der letzten, geschlagenen halben Stunde;
heraus kommt zwar nur ein Fuchteln: »Wissen Sie, sie
hat so ein blaues Kleid, das ...« Doch der Doktor versteht.

Ein Rezept für Lexotanil soll ihm übergangsweise helfen, seinen Job zu behalten, und rein zufällig praktiziert
ein gewisser Jiří Sokol in der Brandstwiete, und aufgrund von reinem Dusel hat er auch noch einen raschen
Termin frei. »Elf verfluchte Jahre wohl jeden verfluchten
Tag!« flucht Helmer sediert. »Wie lang denn *noch*?«

»Vielleicht *noch* elf Jahre«, unkt Jiří Sokol, »vielleicht
Ihr ganzes Leben.«

Und so kämpft Helmer um Klarheit, mit Bea, mit Petra,
sich selbst. (Und auch das registriert er in seinem hor-
monellen, oft noch alkoholisch verdünnten Dauerrausch
ganz nebenbei, und zwar mit einer Mischung aus Kraft-
stolz, Verblüffung und einer Art anthropologischem Achselzucken: Zum ersten Mal in sein em Leben ist er rein
sexuell zutiefst befriedigend ausgelastet; was auch immer das letztendlich zu bedeuten hat.) Doch um so ein-
dringlicher er um Klarheit zu kämpfen glaubt, um so
mehr verwäscht alles, und so haut er Bea (die mit Clemens Hattenborn um Klarheit ringt und durch ihren
monatelangen Vorsprung schon ein Stückchen weiter ist
als Helmer) eines Tages das Geständnis um die Ohren,
er sei in sie verliebt – ernsthaft verliebt. »Oh«, sagt sie.
(Womit sie auf sein Affentheater einsteigt. Sie muß es

tun, denn wenn sie es seit elf Jahren weiß, ist sie dann nicht ein Schwein?) Und er haut ihr zusätzlich noch die dumme Frage um die Ohren, ob sie nicht auch in ihn verliebt sei. »Nnnnnein«, sagt sie, »das nicht«; doch er läßt nicht locker und bittet um Auskunft, ob sie es in Prozent ausdrücken könne. »Vierzig vielleicht«, sagt sie nach längerer Überlegung.

Vierzig! Da braucht er ja nur noch elf herauszukitzeln, oder? (Nur eines für jedes Jahr, das er sie bereits so abgrundtief liebt! Lächerlich!)

An einem regnerischen, kalten Sonnabend Anfang August sind sie vage verabredet. Petra ist ein paar Tage verreist, und Helmer hat sich eine schwarze Jeans in einer Größe gekauft, wie er sie seit seiner Entlassung als Gefreiter nicht mehr hat tragen können. Den ganzen Nachmittag kramt er in seinem Kleiderschrank herum und nötigt den Spiegel an der Tür zu den immer gleichen Aussagen, bis er sich in drei, vier schäumenden Arbeitsgängen den Bart abrasiert.

Wie ein unter Gips geschrumpfter Muskel, so fühlt sich sein Kinn an, und um seine Mundpartie scheint etwas Kindisches aufzuscheinen, etwas hilflos Widerspenstiges. Beinahe obszön. Reue vernagelt ihm das Herz, und anstatt sich auf die ersehnte Erwartungsfreude einzustimmen, läßt er sich gehen. Plötzlich ist er erst einmal auf ihre Bestätigung angewiesen, daß diese seine Offenbarungsaktion in Ordnung sei, nein: eine Freude. Eine freudige Überraschung. Eine verblüffende Entpuppung. Ein Geniestreich von Wiedergeburt.

Wie seines Erachtens abgemacht, klingelt er um acht

an einer Tür vier Straßen weiter. Eine Freundin Beas öffnet, schickt ihn aber fünf Straßen weiter zu einer anderen Freundin. Aus Eitelkeit hat er sich nur ein Jackett übergeworfen und kommt leicht verschnupft dort an. Die andere Freundin öffnet – Helmer hat sie vor Jahren als Teil der Clemens-Hattenborn-Clique gesehen –, und Helmer fragt, ob Bea da sei.

Ja, schon. Sei sie.

Helmer wartet.

Die Freundin ist verwirrt. Fragt ihn, verwirrt die Verwirrung kaschierend, ob er hereinkommen möchte. Möchte er nicht, tut es aber; was bleibt ihm übrig.

Ob er ablegen möchte?

Nein, nein.

Sie führt ihn in eines jener hohen Altbauzimmer mit Stuckdecke und Holzboden; den Prunkrahmen kontrastiert formdezentes, poliertes Mobiliar, teils aus Stahl und Glas, das eine ganze Kirche von Kerzenflämmchen widerspiegelt. Eine ganze Wand Originalzeichnungen von Horst Janssen. Neben dem Plattenspieler steht einer dieser neuartigen CD-Player, und es läuft »The Köln Concert«. An den rechteckigen Tisch passen genau sechs Personen, eine davon ist Bea, die ihn mit ebenso freundlichem, unverbindlichem Hallo begrüßt wie alle anderen.

Ihre Freundin fragt ihn, ob er mitessen möchte?

Was? Nein, nein.

Ob er sich setzen möchte.

Ja ... gern.

Sie stellt ihm einen Stuhl hin, und er setzt sich, und während sie in der Küche verschwindet, führen vier der

Tischgenossen ihr diagonales Gespräch fort. Bea beugt sich für einen Moment aus der Runde zu ihm seitwärts herüber, sagt, kalt geworden, was?, und so was nennt sich Sommer, und dann wird sie in die diagonale Debatte verwickelt, und ihre Freundin bringt eine Keramikschüssel, eine dampfende Schlangengrube Spaghetti, und dann einen noch leicht brodelnden, pikant duftenden Topf mit Hackfleischsauce. Gläser klingeln, und Beas Freundin fragt ihn mit erhobenem Glas, ob er auch etwas trinken möchte.

Nein, nein; danke ... (Wo sollte er denn das abstellen?) Aber ob es einen Aschenbecher ...?

Sie deutet auf eine messingne Stele direkt neben ihm, und er fummelt seine Zigaretten aus der Brusttasche, doch steckt sie gleich wieder ein, denn jetzt wird da drüben gegessen, steckt sie wieder ein, Selbstschelte brummelnd, die Grimasse selbstironischen Lächelns ziehend, doch da ungehört und ungesehen, fummelt er die Zigaretten eben doch wieder heraus. Am Tisch konstatiert man gehörigen Appetit, wünscht sich guten, stößt Lustgrunzer aus, lobt die Köchin. Man unterhält sich angeregt längs und quer über den Tisch, gerade und diagonal; mal sind es drei Zweiergespräche, mal zwei Dreiergespräche, mal ein Zweier- und ein Vierergespräch; die Gesellschaft ist perfekt ausbalanciert, versteht sich taub, und es wird unprätentiös und herzhaft geschlemmt, und ab und zu, über einem Lachen oder Nippen, verirrt sich ein vor Sächlichkeit glänzender Blick in die Ecke. Auf den Staubfänger. Das Räuchermännchen. Das vor sich hin schimmelnde, nackte Arschgesicht.

Wie lange es dauerte, Helmer weiß es nicht mehr. Wie es sich aufgelöst haben mag? Wie schon? Was wird er anderes gesagt haben als »Ich geh' dann mal wieder« oder ähnliches? Er kann nur dankbar sein, daß sich kein Witzbold ein »Schon?« erlaubt hat. Das fünffache Tschüs wird ebenso fröhlich gewesen sein wie das Hallo.

Was er noch weiß, ist, daß Bea ihn zur Tür brachte. Daß sie ihn küßte und erst dabei merkte, daß er keinen Bart mehr hatte. Es fiel ihr wie Schuppen von den Augen, und mit einem stummen »Aaach« bettete sie ihre Stirn in die Hände, und als sie wieder auftauchte, waren ihre Wangen ebenso tiefrot wie ihr Lippenherz; sie lächelte dieses verschämte Lächeln mit geschlossenen Lippen – machte dieses Fröschchenfrätzchen, das er seit jeher so liebte (und in diesem Augenblick aus urtiefer Seele haßte) –; kurz, sie lächelte, als habe er sich nicht das Gesicht rasiert, sondern den Sack.

8

Wie ein Edward-Hopper-Modell saß er die ganze Nacht und noch die Sonntagnacht und die ganze folgende Woche in Bars herum, schleuste Genußgifte durch die Schleimhäute und schied sie halbwegs wieder aus. Am liebsten hätte er sich seinen Kopf lückenlos bandagiert wie eine Figur aus einem Gespenster-Comic, oder eine Ronald-Reagan-Maske aufgesetzt. Noch am selben Abend begann er einen bitteren Brief, doch verzettelte sich, bekam es nicht hin, ihre Verabredung – ihre seiner stündlich stimmiger werdenden Meinung nach hundertprozentig eindeutig bestanden habenden Verabredung – mit diamantener Härte des Beweismaterials und minutiös genug zu rekonstruieren, um ihre Unterwerfung zu erzwingen, und Wiedergutmachung.

Am nächsten Tag ein Brief von ihr. *Folgendes fand ich in einem Buch von Doris Lessing: »Liebe und Pflicht, und Verliebtsein und Nichtverliebtsein, und lieben und das richtige Verhalten, und man soll und man soll nicht, und man darf und man darf nicht. Es ist eine Krankheit.« Findste gut? Ich auch. Es war doch alles so einfach! Bis die Ansprüche kamen (das soll kein Vorwurf sein! Nur Fakt!). Na ja, ich gebe zu, daß es eigentlich einfach für mich war (ich war ja auch nicht so verliebt und fühlte mich trotzdem sehr, sehr wohl in Deiner Gesellschaft, und wenn man verliebt ist, macht man blöde Sachen. Oder?* Irgendwas stimmte da nicht. Und wenn es bloß das fehlende Schließen der Klammer war.

Blöde Sachen. Tja. Hatte er je eine so grandiose Demütigung erlebt? Und doch sollte sie keineswegs unübertroffen bleiben. Wochen später besuchen sie eine Vernissage in Bergedorf. Aus einer Position weinchenweise wiedererstarkten Lebemannfluidums heraus duldet er ihren Flirt mit einem Kulturjournalisten aus Hannover und begrüßt es sogar besinnungslos, als sie denselben auf einen Absacker in Helmers Wohnung einlädt. Ja, der Kerl läßt den Wagen stehen, weil er zwei Glas Wein getrunken hat; wer fährt, ist aber allemal Helmer. In der Brandstwiete kein Parkplatz. Er gibt ihr den Wohnungsschlüssel, läßt sie und ihren Bewerber bereits vorgehen, fährt einmal suchend um den Block und parkt schließlich, von urologischer Unruhe getrieben, vollkommen wahnsinnig zweite Reihe. Oben hocken die beiden auf Helmers Omasofa; er, vollkommen entspannt Arme und

Beine von sich streckend, unsichtbar eingeölt, zutiefst präpariert und hochmotiviert; sie, links rauchend, rechts trinkend, die Nylonfüße untergeschlagen, ihm rechtwinklig zugewandt, in, schräggelegten Kopfes, sinniger Betrachtung seiner ihr zur vollsten Verfügung stehenden Präsenz.

Helmer raucht, bis er kaum noch einen Ton rauskriegt, und nach anderthalb Stunden reckt er sich gähnend, kräht: »Ich geh schon mal vor«, und verzieht sich in den Alkoven. Wo er weiterraucht, bis es nicht mehr auszuhalten ist; eine halbe Schachtel. Mindestens. Dann verläßt er leise seine Wohnung, bemerkt mit Schrecken, daß er seinen zweite Reihe parkenden Käfer vollkommen vergessen hat – da steht er, überdimensional den Filmriß klebend –, und fährt zu Petra. Der Morgen graute, als sie ihn empfing.

Ihr Brief dazu trug, über die halbe Seite 1 gelettert, den Satz *Es tut mir leid!* Darunter ein kleines Selbstporträt mit Tränen (auf einem Auge). *Manche Fehler macht man aus irgendeinem tieferen Grund. Ich wollte Dir nicht weh tun – das mußt Du mir glauben – ich renn' hier heute rum wie Falschgeld.*

Sie schwor aber, allein im Alkoven geschlafen zu haben, und wiederum zwei Wochen später machte er ihr einen Heiratsantrag. Den sie ablehnte.

Im Herbst verliebte sie sich in ihren heutigen Mann.

Im Spätherbst war alles vorbei, vorbei wie ein Spuk. Alles vorbei, bis auf das, was gescheh'n war.

Unter den winterharten Stauden in Petras Gärtchen

blitzten im Licht der tiefstehenden Sonne noch ein, zwei Scherben wie Eisschollen.

Im März lud er Bea zu seiner Geburtstagsfeier aus.

Im darauffolgenden Sommer kam sie ihn überraschend am Samstagmorgen besuchen. Sie saß in ihrem blauen Kleid auf dem Sofa, Selters trinkend; er gegenüber, auf nüchternen Magen unablässig Portwein nippend (die einzige, vergessene Flasche Alkohol im Haus) und zuschauend, wie sie ihm beim Zuschauen zuschaute, sein Bild von ihr stetig überprüfend, indem sie den Faltenwurf ihres Kleides zurechtzupfte, und dies, und das, ein ganzes Potpourri von unscheinbar scheinenden Gesten, die nichts weniger waren, sondern gewiefte Kniffe. Sie fällte ihn mit Stumpf und Stiel, fällte ihn mit einem Schnipsen. Unverbindlich plaudernd, verarbeitete sie ihn zu Kleinholz. Auf dem Weg zum Ausgang warf sie, aus dem Handgelenk, seinen bottichschweren, gärenden Schädel in den dunklen, muffigen Alkoven. Ihr Brief lautete: *Lieber Helmi! Bitte laß mich weiter Deine Freundin sein. Ich hab' gemerkt, daß Du traurig bist. Bea. Zur Erinnerung an eine schöne, verrückte Zeit.*

All deine Liebe. All deine Liebe. All deine Liebe. All deine Liebe ...

All deine Liebe ist fort. Also sing ein einsames Lied von einem tiefen, traurigen Traum – es scheint, als wären sieben Pferde am Start.

Sie bekam ein zweites Kind.

Jahre bevor er Petra heiratete, schrieb er Bea zur zweiten Hochzeit ein Klaus-Mann-Zitat, das in etwa besagte, Heiraten sei der pathetische Versuch, eine Einsamkeit zu überwinden, von der wir ahnten, daß sie endgültig sei.

Noch bevor er ihr unbefangen gegenüberzutreten vermochte – vollends unbefangen für den Rest ihrer beider Leben –, traf er sie auf einer Feier. Es war das erste Mal seit ihrem Portweinmord sechs Jahre zuvor, daß er sie wiedersah.

»Aber die Zeit damals«, sagt sie, »die war für dich doch auch ganz schön ...«

»Das darf *ich* vielleicht sagen«, sagt er. »Aber nicht du.«

Und es war das erste Mal seit ihrer Begegnung im Sommer 1972, daß ihr Duft ihn nicht auf Tage hinaus in jauchzende Depression stürzte.

Ja, Jahre dauerte all das. Und dank Petra spürte er sie tatsächlich eines Tages, die Kraft der sieben Pferde.

*

Manchmal fällt ihm noch Beas blaues Kleid ein. Dieses blaue Kleid, das ... *so* blau nun auch wieder nicht war. (Nicht halb so blau wie oft Helmer.) Nur grad so blau wie die Liebe, aufs Gran genau. Kobaltblau.

Wenn Beelzebub flennt

Vagina Mae, Mann. Du kenns' Vagina Mae nich', Mann? Das Chick von Nigger Beelzebub? Voll cool, die Bitch, Alter. Die is' *so* cool, die Schlampe ...? Und wieder plusterte der Junge die dicken Backen noch auf, bis die Lippen auseinanderplatzten – mit einem tonlosen, doch vernehmlichen *Porr.*

Vernehmlich trotz des TV-Geplärrs. Ins Regal eingelassen war ein eddingbeschmiertes Schreibtischchen, von dem ein Kofferfernseher Werbung für Klingeltöne funkte. *Für Alex C. feat. Y-Ass und »Du hast den schönsten Arsch der Welt« sende M9! Für Polarkreis 18 mit »Allein allein« sende M10! Für Sido mit »Herz« sende M11!* Daneben ein PC, dessen Bildschirmschoner ein Ungeziefer zeigte, das den Betrachter mit roten Facettenaugen hypnotisierte und dank vieren seiner sechs Armbeine lautlos MG-Salven ins Nichts feuerte.

Beide Monitore im Nacken – die Kapuze am Sweatshirt war verdreht –, hockte der dicke Junge rittlings auf einem Klappstuhl. Eine bommellose schwarze Wollmütze faßte den Schädel ein, der unterhalb des Krempelrands gummiweich wirkte. Dem goldenen Damenbart nach zu urteilen, war der Junge vier- oder fünfzehn. Gestützt auf die Stuhllehne, hatte er in der Linken ein Handy, dessen Tasten Pieptöne entäußerten, während er es bediente – mit der Spitze eines ellenlangen Kampfmessers, das er zwischen Daumen und drei Fingern am gerillten Ledergriff lotrecht hielt. Unterhalb der Parierschelle die mächtige Klinge, dunkel beschichtet. Ihr Rücken war zur Hälfte sägegezahnt.

Obwohl die Tür offenstand und das Fenster gekippt war, roch die Kammer nach fettfleckigen Pizzakartons, die im Regal lagen, zwischen Comicstapeln und einem Haufen Aas von Plüschtieren, zwischen Plastikninjas und einem Wecker in Form eines Hahns – der permanent zu Boden zu stürzen drohte –; sie lagen auf dem abgewetzten Läufer neben dem Bettpfosten und auf der Fensterbank neben den Turnschuhen. Nach deren Fußbetten die Kammer ebenfalls roch, und sie roch nach dem Bett, auf dem der andere Junge hockte, dünn, dunkel; zehn, elf Jahre alt. Die Beine gestreckt, hielt er, dadurch irgendwie unbeugsam, den Kopf gesenkt. Den runden Rücken hatte er gegen die Wand gestützt.

Siiido! Bushiiido! höhnte der dicke Junge nach einem Blick auf die Tapete aus Postern hinter dem dünnen Jungen. Voll schwul, Mann; voll die Opfer, Mann. Hartz IV, Mann. *Wer* krass is, is Nigger *Beelz*ebub, Alter. Voll krass porno, Alter. Alter, *Beelz*ebub? Nigger Beelzebub is *so* krass gut, Alter ...?

Zwar behielt der dicke Junge den Luxus bei, Urteile im Frageton zu verkünden. Diesmal aber sparte er sich das Punktum des Respekts, das *Porr*.

Der andere Junge sagte nichts.

So krass gut ...? wiederholte der dicke Junge. Als er sich das *Porr* wiederum schenkte, wirkte das Nichtmehrvorhandensein bereits normal – als vermißte eh kein Mensch mehr je ein Amen in der Kirche. Kurz darauf hob er den Blick vom Handy, wohl um herauszufinden, weshalb sein Gegenüber so stumm blieb. Seine Pupillen glänzten vor Neugier. Die hellen Wimperstoppeln wieder abwärtsgestellt, sagte er: Heul doch, Mann, und stocherte weiter auf das Handy ein.

Mein Alter schlägt mich tot, sagte der dünne Junge.

Wieso das deeenn, sagte der dicke Junge und spielte mit Messer und Handy. Has' grad Beef mit dem? Hör auf, Mann; was *will* der denn mit dem Ding. Nich' mal Clips drauf, Mann. Kenns' den, wo so 'ne Schlampe sich von 'nem Pferd ficken läßt? Krass, Mann. *So* krass, Mann ...?

Der schlägt mich tot.

Ja Alter, sagte der dicke Junge, die Achseln hebend; sind wir Homies, Alter? Du kanns' nich' irgend 'n Typ zum Shooten mit nach Hause nehmen, Mann, irgend so 'n, so 'n Schimmelnigger wie mich, Mann.

Einen Moment war nur das befehlshafte Flehen aus dem Fernsehapparat zu hören, und das Piepsen der Handytastatur schien lauter als das Raunen und Rauschen der Straße elf Stock tief unter dem Fenster. Und dann, beginnend mit einem mechanischen Aufheulen, ein Brummen unweit der Kammerwand. Der dicke Junge schielte auf seinen linken Reebok, als könne er auf diese Weise besser hören; seine anschließende Frage verriet, daß er das Geräusch als den Betrieb des jahrzehntealten Fahrstuhls identifiziert hatte. Der Ruck des Stops kam aber von weiter unten.

Wo sind 'n deine Schwestern.

Achselzucken.

Und deine Junkiemutter?

Ist sie *nicht.* Arbeiten. Hat bald Feierabend.

Da krieg' ich aber Schiß, Mann. Vor Schlampen hab' ich Schiß, Mann. Vor Junkiefotzen hab' ich *so* krass Schiß, Alter ...? Doch er warf durch die offene Kammertür einen Blick nach der geschlossenen Wohnungstür, und dann noch einen, einen längeren; ja ließ den Blick schweifen durch den Korridor zwischen plunderüberwucherter Garderobe, niederem Schnapsflaschenwald und einer Industrielandschaft aus gelben Bierkisten.

Dann seufzte er selbstironisch, um die Beleidigung der Mutter als Kavaliersdelikt einordnen zu helfen – als Temperamentsentgleisung –, und senkte den Blick wieder aufs Handy. Null Spiele drauf, Mann. Was will er denn damit. Telefonieren? Er kicherte heiser.

Der schlägt mich tot.

Alki? fragte der dicke Junge, blitzschnell, als habe er nur auf einen Ton gewartet.

Der dünne Junge reckte das Kinn nach der Szenerie im Korridor und feixte.

Meiner auch, sagte der dicke Junge. *Mein* Alter ...? Mann, der is' *so* fertig, Alter? *Mein* Alter, der hat sich das Suchtzentrum weggesoffen, Mann. Der hat sich das Suchtzentrum im Gehirn weggesoffen, *weg*gesoffen, Alter, das Suchtzentrum weggesoffen; und jetz' brauch' meine Alte ihm bloß noch Leitungswasser einschenken, und denn wird der *da* hacke von. Echt. Fack. Echt, Alter.

Ach Quatsch.

Fack, *doch*, Mann! Der dicke Junge strahlte den dünnen Jungen an; anstatt zu lächeln, rülpste der allerdings, und daraufhin begann unversehens das Handy einen Blechmarsch zu spielen.

Diesmal lachten beide Jungen los, laut wie im Kino; und schließlich sagte der dicke Junge: Was'n das für'n Klingelton, Alter. Voll arm, Alter.

Der is' eben bekloppt, kicherte der dünne Junge.

Korken ruft an, las der dicke Junge vom Display ab; wer's das denn.

Seine Stammkneipe, sagte der dünne Junge.

Die da unten, Alter? Gleich da unten die?

Der dünne Junge nickte.

Der dicke Junge starrte auf das Handy in seiner Linken, in seiner Rechten ließ er das Kampfmesser pendeln. Die Melodie tönte gegen die aus dem Fernseher an – *hast mein Leben auf den Kopf gestellt / Du hast den schönsten Arsch der Welt* ... Lautlos ballerte das Insekt mit den roten Augen ins Nichts. Der dicke Junge zielte mit der Messerspitze auf eine bestimmte Taste. Dann auf eine zweite. Die Melodie brach ab, und es drang – da er offensichtlich auf Lautsprecher gestellt hatte – ein Geräuschbrei von kehligem Bramarbasieren und Schlagermusik aus dem Handy. Trotzdem führte er das Gerät ans linke Ohr. Mann, wer nervt 'n *jetz*', sprach der dicke Junge hinein; ich krieg' grad ein' geblasen, Mann. Dann starrte er, dickzüngig, lautlos lachend, den dünnen Jungen an und blinzelte ihm mit einem Auge zu.

Der dünne Junge starrte zurück, hingerissen, panisch.

Im Gegensatz zu den Hintergrundgeräuschen dicht an der Membrane, machte eine schmale Stimme: Hä?, und sprach dann, etwas rauher, verkrustet, schwerfällig: Scheise, wer bis' *du* 'enn.

Fack! zischte der dünne Junge. Das' mein Alter! wisperte er. Das' mein Alter selber, der sucht sein Handy!

Fack, der is' besoff'n, der hat blaugemacht! Er flog aus dem Bett, wie von einer Feder katapultiert, und war mit einem Satz am Fenster, riß es auf, beugte sich über Fensterbank und rostige Außenbrüstung und peilte seitlich in die Tiefe.

Das pendelnde Messer in der Rechten, das Handy in der Linken, hockte der dicke Junge da mit offenem Mund und dicker Zunge. Dann stieg er breitbeinig von dem Klappstuhl ab. Dabei stieß er mit dem Hintern an den Schreibtisch, so daß der Wecker aus dem Regal stürzte und beim Aufprall mit atemlosen Kikeriki-Refrains begann, klangtechnisch deprimierend. Erschrocken drehte der dünne Junge sich wieder ins Zimmer.

Scheise, gurgelte es aus dem Handylautsprecher; *du* bis'as?! knurrte es. Bis' *du*'as, du Spacken?

Nach einem brausenden Moment Geräuschkulisse – Korken da, hier Plastikgekräh und *M9-, M10-, M11-* Geschrei – brach die Verbindung ab.

Fack, zischte der dünne Junge, *fack*, winselte er und beugte sich erneut aus dem Fenster, um Ausschau zu halten. Kurz darauf zuckte er zurück. Käsig, gekrümmt kroch er aufs Bett, seine Miene nur mehr leer, während der Hahn krähte, geisterhaft hohl, wie geköpft.

Der dicke Junge sah, daß der dünne Junge den eingenässten Schritt anhand des Kopfkissens zu verbergen suchte, und als der dicke Junge handelte, spielte sich auch auf seinem Gesicht nicht viel ab. Zunächst legte er Messer und Handy zwischen Fernseher und PC-Monitor und trat auf den Hahn. Abrupt verstummte das Kleingetöse. Dann stellte er sich vor dem dünnen Jungen in Positur und, in den Knien federnd, mit Zeige-

und kleinen Fingern gestikulierend, begann zu rappen, unvermittelt, aber locker. *Paß bloß auuuuf, ich mach keine Kompromisse / denn wenn Beelzebub flennnnnt unk unk tscha / denn wenn Beelzebub flennnnnt unk unk tscha / denn wenn BEELzebub flennt Alter unk unk tscha / hat er Salzsäure in der Pisse unk unk tschaaaaa ...*

Ein paar tänzelnde Auslaufschritte, um wieder Tritt zu fassen; er horchte, ob der Fahrstuhl zu brummen anfing – was im selben Moment der Fall war –, und nahm das Handy an sich. Doch schon während er das tat, war es, als täte er es nur, um der nächsten Geste Gewicht zu verleihen: Er legte es wieder zurück. Und sah dem dünnen Jungen mitten ins Gesicht. Prompt soff dessen Iris ab, soff schier ab.

Der dicke Junge zog das linke Bein der Jogginghose hoch und schob sein Kampfmesser in das Holster, das um seinen Unterschenkel geschnallt war, der bleich war, aber dick wie ein Rugbyball; dann schoß er dem dünnen Jungen einen weiteren Blick in die nassen Augen, schoß so lautlos wie das rotäugige Insekt auf dem Monitor. Los, wir machen 'ne Fliege, Alter.

Der dünne Junge bewegte den Kopf.

Fack, wieso nich', Mann.

Der dünne Junge schwieg, und seine reglosen Augen troffen unentwegt.

Für seine Masse beinahe elegant, verschwand der dicke Junge durch den Korridor. Die Wohnungstür fiel ins Schloß. Einen Moment lauschte der dünne Junge dem Quietschen der Reeboks im Treppenhaus nach. Als ihm das Brummen des Fahrstuhls wieder zu Bewußtsein kam, sprang er wimmernd auf, stolperte zum Fenster, fegte

Turnschuhe und Pizzakartons zu Boden, hockte sich aufs Fensterbrett, einen Fuß auf dem Teppich, das andere Knie angezogen, und lehnte sich übers Fenstergeländer. Dann blickte er zur Wohnungstür, gaffte geradezu mit plötzlich dörren Augen. Als der Schlüssel im Schloß dengelte wie Sturmgeläut, starrte er unwillkürlich in die Tiefe, wo der dicke Junge in seinen Blickwinkel eintrat und, sodann rückwärts schreitend, heraufspähte. Von hier oben, in der perspektivischen Verkürzung, sah er zuverlässiger aus, der dicke Junge, und der dünne Junge wartete, bis sein neuer Freund da unten die Arme ausbreitete.

Schmetterling des Schreckens

I|ma|go *die*; –, ...gines [gine:s] {*lat.*}: 1. (Psychol.) im Unterbewußtsein existierendes [Ideal]-bild einer anderen Person der sozialen Umwelt. 2. (Biol.) fertig ausgebildetes, geschlechtsreifes Insekt. (...)

DUDEN, *Das Fremdwörterbuch*

Und natürlich sagt auch sie es schließlich: »Und nun?« Das ewige Buhuu.

Und, jede Wette: mit waidwunden Bambiaugen. Doch Büttner schaut nicht hin, sondern fährt fort, mit der Glut seiner Gauloise die Aschkrumen im Glasnapf zu zerstäuben, und läßt wiederum die linke Schulter zukken.

Wie oft in seinem Leben hat er schon so dagehockt, um ihn wegzuhocken, den fleischgewordenen Jammer auf dem Bistrostuhl vis-à-vis?

Oft. Allmählich lächerlich oft. (Im Durchschnitt, so rechnet ihm Röver später vor, alle zwei Komma sechs Jahre. Biggi. Geneviève. Steffi I. Dörte. Steffi II. Nelly. Uta. Chrissie. Lena Sophie. Und nun die da, Thea.) Stets läuft es auf diesen verklemmten, endlosen Moment hinaus.

Ein bißchen geschmeidiger gemacht hatte derlei Sitzungen bisher die Existenz der jeweiligen Nachfolgerin. Diesmal gibt es noch keine. Wie ein Blutsturz dieser Gedanke, gestoppt vom Adamsapfel. Rast da eine Panik heran? Es ist nur das betäubende Schäumen der Espressomaschine im Nacken; nichtsdestoweniger wie zur Rettung in letzter Sekunde flammt in Büttners Hirnkino doch noch die Imago einer Frau auf. Eine, die ihm seit seiner Jugend vertraut ist.

Sie? In einem Moment wie diesem? Andererseits: Anlässe, sich in sie zu verlieben, hat es genügend gegeben seit seiner Jugend. Etwa als sie, eben noch weinend, plötzlich rief: »Oh, ich liebe diesen Song!«, das Autoradio aufdrehte, ausstieg und unterm leichten Sommernachtsregen zu tanzen begann. *Sweet home Alabama / Where the skies are so blue / Sweet home Alabama / Lord, I'm coming home to you ...* Dieses kurze hellblaue Kleid mit den weißen Pünktchen, dessen Saum sie im Rhythmus schwenkte, so daß ihre Unterwäsche zwei-, dreimal aufleuchtete im Abblendlicht.

Oder als sie, allein im Ankleidezimmer, das kleine Schwarze an ihrer Gestalt herabgleiten ließ und, venusbloß, aus dem Haufen Seide stieg, erst die eine stilettobewehrte Ferse gesäßwärts schwingend und dann die andere, so lässig, als wünschte sie sich, spielerisch, Augenzeugen. Oder als sie, für diesmal dunkelhaarig und mit jenem hinreißenden russischen Akzent, den Briten da im Nachthemd besuchte und wortlos und entschlossen tat, was sie tat. Oder ganz früher, als sie mit kaltblütigem Schoß ihren Vergewaltiger empfing auf diesem fürchterlichen Boot, um ihren Gatten zu retten.

Unvergeßliche Momente, allesamt. Momente von Figuren, allerdings. Figuren wie Suzanne Stone und Alice Harford, Nadja und Rae. Wie Ada, wie Satine. Dienstag aber wird Büttner zu alt dafür, sich in Filmfiguren zu verknallen.

Vierzig. Einen Tag früher als Nicole Kidman, übrigens. Okay, sie in Honolulu geboren (an ebenjenem 20. Juni 1967), er in Bad Segeberg (eben am 19.); er Rechtshänder, sie Linkshänderin; sie gegen Erdbeeren allergisch, er gegen Kartoffeln –

Ah, Thea steht auf; gibt auf. Gott sei Dank. Die Zigaretten gehen zur Neige, und außerdem schließen die hier bald, und gemeinsamer Aufbruch hätte das Ende erfahrungsgemäß verhunzt. Er hält den Blick auf den Aschenbecher fixiert, nimmt aber wahr, wie sie, durchaus bedachtsam, den Riemen ihrer Handtasche vom Stuhlpfosten windet; tock, tock, zwei Schritte, und er spürt sie halb hinter, halb neben sich. Plötzlich ihre eiskalte Hand im Kragen (sofort verkrampft der Nacken, aus Angst vor einem Schlichtungsversuch), zugleich vernimmt Büttner ein Geräusch aus ihrer Gesichtsgegend, leise und irgendwie – unpassendes Déjà-vu – säuisch. Dann fällt ein Speichelbatzen in sein Glas, so daß ein Tropfen Rotwein heraus- und auf die Manschette hüpft. Und schlitzt ein Fingernagel eine weiche Stelle an seinem Hals.

Tock, tock, tock, tock, tock ... Abgang hinterrücks. Die Ankle boots von Jimmy Choo (sein Geschenk zum Zweijährigen) zerhacken die Kulisse aus Espressorauschen, baßlastigem TripHop und Latte-Geschwätz von den andern Tischchen. Vor ihm nur mehr ein Glasnapf mit *Ricard*-Aufdruck, dessen Boden mit pulverisierter

Asche bedeckt ist, am Rand in Reih und Glied exakt ein Dutzend gekrümmte, verkokelte Stummel; ein noch fast volles Glas Barolo, auf dem Theas Sputum schwimmt; ein leerer Bistrostuhl und ihr Wasserglas, halbleer. (Halbvoll, ha, ha?) Und jetzt das Gebimmel des Türglöckchens – Ansturm der Außenwelt mit Regenrauschen, der Migränemelodie einer Flex, Motorenstarts an grünender Ampel und dem Gezeter eines Kleinkinds, dessen Ton von einer Vespa kopiert und davongeschleppt wird – tock, tock, und wieder Gebimmel, TripHop, Lattegeschwätz: alles wie vorher, bis auf ein einziges, doch ungeheures Detail.

Büttner atmet auf. Nelly, Dörte, Uta und Chrissie sind noch einmal zurückgekehrt, selbst Lena Sophie. Thea wird nicht zurückkehren. Thea ist aus anderem Holz geschnitzt, demselben wie er.

Am Dienstagmorgen ein Kuvert im Körbchen unterm Briefkastenschlitz in der Wohnungstür, kein Absender, keine Adresse. Kommentarloser Inhalt: erstens ihre Kopie seines Wohnungsschlüssels, zweitens ein im Prinzip exquisites Stück für seine Filmplakate-Sammlung, lang ersehnt – Anmutung und Duft zufolge zweifellos das Original von 1968 –, leider sorgfältig zerrissen in ein reichliches Schock Fetzen; doch identifiziert Büttner es auf Anhieb an den Farben. Drei Schnipsel puzzelt er gleich hier auf den Dielen zusammen. *See BARBARELLA do her thing!* Tatsächlich.

Wie zum Teufel ist sie darangekommen?! Einen Teufel wird er tun, sie zu fragen. Vielleicht in ein, zwei Jahren. Spät dran, stopft er das Zeug in die Sakkotasche.

»Um die dreihundert Euro muß sie von ihrem BAföG dafür hingeblättert haben«, sagt er mittags am Kantinentisch. »Hab's vorhin gegoogelt. Okay, der Blutfleck auf'm Kragen und der Weinfleck ... okay, auch schon ganz schön unschön. Aber das hier«, er greift in die Sakkotasche und streckt ihm eine Handvoll hin, »das tut wirklich weh – Hut ab. Fast hätt' ich mich wieder in sie verliebt.«

»Du bist nicht ganz dicht«, spricht Röver und kratzt die letzten Spuren von Waldmeisterpudding und Vanillesauce zusammen. »Du bist bekloppt. Laß dich mal untersuchen.«

»Du meinst, ich bin *nicht* Napoleon?«

»Da stimmt was nicht mit dir«, sagt Röver, nach wie vor ernst, und tippt mit dem Stiel des Dessertlöffels je zweimal an Stirn und Brust. »Etliche Schrauben locker, samt Dübel.«

»*Waterloo*«, beginnt Büttner zu wimmern, »*ich gebe auf und ich komm' zu dir ... Waterloo, auch wenn ich dabei mein Herz verlier'...*«

»Gut«, sagt Röver. »Du hast heut Geburtstag ...«

»... runden Geburtstag. *Wow, wow, wow, wow, Waterloo ...*«

»... jaja, und deshalb halt' ich jetzt meine Klappe.« Röver schaut auf die Armbanduhr. »Ich muß los, sonst werd' ich heut abend nicht pünktlich fertig. Um sechs vor der Drehtür? Bis dann.« Als er nach dem Tablett greift und aufsteht, gelingt ihm ein Kumpanengrinsen, speckig genug, um den vorherigen Hauch von Pathos zu verwischen.

Büttner schaut ihm nach, wie er im angeborenen Cheftrab hinter der Wand verschwindet, in der das

Transportband fürs benutzte Geschirr läuft. Büttner bleibt eine weitere Zigarette lang. Die Arbeitslage erlaubt das, und auch nach anderthalb Jahren noch liebt er die Atmosphäre der Verlagskantine, sitzend auf schwarzem Kissen, zurückgelehnt in einem Korbmöbelform nachempfundenen Stuhl aus dickem, verchromtem Stahldraht. Der runde, flächige Tisch steht neben einem Bottich aus Aluminium mit erhabener Schraffur, von dem aus ein Ficus seine knotigen Extremitäten mit den grünen Blättchen nach der Decke streckt – eine Decke mit eingelassenen Leuchten, aber auch Lampen, die an langen Kabeln auf die Tische niederhängen. Direkt daneben der Lichthof (in der Mitte dralle Lüftungsrohre und Kabelschächte und herabhängende Lampen mit Spiralkabeln), Durchblicke bietend auf typische Flächen und Details der wundervoll vertrackten Gesamtarchitektur, die ihrem Hafenstandort die Reverenz erweist – mit mattgrauem Stahl und lichtdurchflutetem Glas, mit Bauten und Decks, mit Relingen und Bullaugen.

O ja, Büttner liebt es immer noch, in dieser aus Robust- und Gediegenheit komponierten Umgebung, inmitten eines wohltuend vielstimmigen, nie schallenden Geplauders – jederzeit kann man sich in Ruhe mit seinem Gegenüber unterhalten –, allein und rauchend die Frauen zu betrachten, so gut wie ausnahmslos attraktive Frauen. Stilvoll frisiert, gekleidet in gute Tuche und Stoffe mit reizvollen Schnitten, stöckeln, stiefeln, schweben sie mit Haltung und intelligenter, heiterer Miene im Lichthof über die Laufstege, die Büttner mit dem Zwinkern seiner Adleraugen zimmert, und schwärmen zu den furnierten, chromgeränderten Theken aus, von den Theken zu den Getränke- und Salat-, Obst- und Suppeninseln, von dort zu den Kassen, von den Kassen zu den Tischen. Eine Nonstop-Revue alltäglicher Sensationen. Das Portfolio des Verlagskonzerns beinhaltet etliche Frauentitel, und die Redakteurinnen hier halten sich selbst an das, was sie ihren Leserinnen nahelegen. Büttner ist Schlußredakteur bei *oskar*, und seine sieben Kolleginnen aus dem *Fashion & Beauty*-Ressort beispielsweise variieren ihren Look mit vaudevillehafter Lust und Kreativität – und derart hoher Frequenz, daß Büttner nicht selten Mühe hat, sie individuell wiederzuerkennen, wenn sie ihn auf den Gängen grüßen, blühende Augenweide eine wie die andere; nein, »die Beauties« wie auch die der vielen anderen Objekte des Konzerns wären die letzten, die's nicht mit Ringelnatz hielten (von Büttner zu schweigen): *Für die Mode, nicht dagegen / sei der Mensch!, weil sie keck ins Leben lacht, denn Mode lebt und Leben modelt / Und so haben beide Sinn.*

»Courtney Love«, sagt Büttner, »aber Courteney Cox Arquette. Hilary Duff und Hilary Swank, aber Hillary Clinton. Siehst du?« Er hat von Tann ein Memo mit Beispielen vorbereitet, und indem er sich über ihr Schulterblatt beugt, setzt er die Spitze des Kugelschreibers an die jeweilige Stelle.

»Ach so, ja, jetzt«, kichert von Tann und dreht ihm ihr Gesicht zu. Kußdistanz. Büttner weicht keinen Millimeter, aber sein Blick verschwimmt. Er braucht eine Brille.

Von Tann ist Rövers Nichte, und als sie beim Vorstellungstermin allzu vorwitzig einen Praktikantinnenwitz zum besten gegeben hatte, fuhr Röver ihr über den

Schnabel. »Hör mal, du Küken. Bei uns belästigt man sich sexuell nicht mal selbst. Wir sind hier nicht bei *GSDS*, ist das klar?«

Woraufhin von Tann, um ihr Gesicht zu wahren (»Hallo?«), auf »entweder DSDS oder GZSZ« verbesserte – »Deutschland sucht den Superstar oder Gute Zeiten, schlechte Zeiten«, schob sie halbwegs überflüssig nach (denn natürlich wußte Röver, als Ressortchef Unterhaltung bei *basta*, das selbst) –, und prompt die Anekdote anschloß, daß »Sat.1 oder Pro7 oder keine Ahnung« eine neue Daily Soap gedreht habe, die »beinahe *Alles nur aus Liebe*« getauft worden wäre. Das wußte Röver noch nicht und lachte, geistesgegenwärtig wie eh – und Büttner kannte die Pointe von der Feuilletonlektüre seiner Sonntagszeitung –, doch von Tann konnte nicht umhin, auch die zu obduzieren.

Ihr Duft ist hübscher als sie, denkt Büttner und tritt von ihrem Tisch zurück, sobald er das Gefühl hat, ihr lang genug standgehalten zu haben. »Und übrigens«, fragt sie, noch einen extratranigen Backfischblick über die Schulter werfend, »wer ist eigentlich David Furnish?«

»Das ist der Gatte von Elton John.«

»Der heißt Furnish?«

»Ja ...?«

»Möbel? Möchtest du ›Möbel‹ heißen?« Sie kichert. »Guten Tag. Mein Name ist Elton John, und das ist mein Möbel.«

»Okay ...?«, sagt Büttner mit geschniegeltem Lächeln und zaubert diesen Fältchenwurf auf seine Stirn, dieses filigrane Fries, von dem Steffi I einst behauptete, es sei das Kanji-Symbol für *Entblöße deine Vulva, rasch*! Nicht, daß von Tanns ihn allzu schlimm reizte, doch welcher Zauberer, der auf sich hält, bliebe nicht gern in Übung? »Für Möbel steht aber meist eher ›furniture‹!«

»Ach so, ja, schade«, kichert sie. Trotz ihrer nominellen Adligkeit, sie hat etwas Klein-Erna-artiges. Diese implantierte Kicherplatine ... pardon, die »geht gar nicht«, wie sie selbst es formulieren würde.

Er schaut auf seine Patek Philippe, die er Weihnachten 99 sich zu gönnen sich schuldig zu sein geglaubt hatte, bevor er in seiner Eigenschaft als Textchef in die Konkursmasse von *TVKino* einging. (Aus der, da beißt die Maus keinen Faden ab, wer ihn errettet hat? Der gute alte Röver.) »Okay ...?« sagt er, reckt sich die Schlacken des Nachmittags aus den Lymphen und schwenkt dabei, aus den (jawohl, noch immer) schmalen Hüften, einen Neunzig-Grad-Blick durch die regenmarmorierte Fensterstrecke (fünfte Etage) auf den graustichigen Hafen, auf das verzweigte System der bebauten Anlegepontons, scheinbar reglos ruhend in jenen kabbeligen Wassern, denen hier und da und dort Pfeiler aus verwittertem, verrußtem Stahl entwachsen, in unsichtbarem Grund verwurzelt; die Fahnen- und Schiffsmasten imitieren deren Vertikalität, doch gravitätisch bewegt anstatt starr. Am jenseitigen Ufer Kais mit einer Batterie von Kesseln so üppig, daß die Ausleger der Kräne in ihrer Nähe in obszönem Winkel aufragen. Büttner als *oskar*-Schlußredakteur und Rövers Protegé darf eine solche Panoramasicht genießen! Und der *basta*-Ressortchef lediglich Michel-Blick ... Eine stetig nagende Bringschuld. Was für ein trüber Sommertag, sein vierzigster Geburtstag. Egal.

»Vergiß deine Blumen nicht«, gluckst von Tann. Der Verlag läßt sich nie lumpen: zum Geburtstag Blumen samt Händedruck vom Chef.

»Laß ich bis morgen hier.«

»Na dann gaaanz viel Spaaaß«, kichert sie und schwojt auf ihrem Drehstuhl schon mal bildschirmwärts. Dieser Steiß ... au, er hat was von einem Dampferheck; schlimm. – Oder ...? Vielleicht ein Satinpeitschchen, Schampusbombe, *Ich taufe dich auf den Namen »Diesel«,* und dann ...

Schluß jetzt, raus jetzt. Was freut er sich doch auf sein Herrenbesäufnis, teuer, flamboyant, sexistisch – und, das walte Fidel, mit drei, vier Montecristos.

Und wirklich, schön wird's; Röver zieht alle Register. »Das Sublimationsecho des Urknalls«, beantwortet er Büttners Nachsinnen darüber, was ein Orgasmus wohl rein poetisch bedeuten möge. Als Büttner zum zweiten Mal im Lauf des Abends seine Prostata erwähnt, sagt Röver begütigend: »Wir wollen es die Hmtata nennen.« Und er sagt: »Ach, ›früher‹, früher war auch schon alles zu spät.«

Unterdessen sitzen sie noch im Turmhexagon. Aus zweiundsechzig Metern Höhe blicken sie auf ihre Burg, ihr Hamburg, wo es am spektakulärsten wirkt – aufs schwach gekräuselte Hafenwasser, auf Kräne und Pötte; auf St. Michaelis und St. Bismarck. Sie sitzen da und schwatzen und trinken Moscow Mules. Zwei Stunden später dunkelt es, die Zeiger des Michels rücken auf elf vor; die Schiffsaufbauten sind schwach erleuchtet, das Wasser reflektiert Industrielampen; unter dem dichtbewölkten schwarzgrauen Himmel die orangefarbenen und neonbleichen Sternhaufen der Lichter, Sternhaufen und Linien und Kurven und sonstige geometrischen Muster; die Werbemaske des »Königs der Löwen« da drüben flammt auf.

Und sie gehen die Wendeltreppe hinab, direkt an die Bar; der Klavierlack der Theke, die silbernen Kleiderhaken darunter, die schwarzen Lederpolster der Hocker, die indirekte Beleuchtung der Vitrine mit den edlen Bränden, die Etagere mit den Zitrusfrüchten, Bananen, Ananasgranaten, der Chromphallus des Zapfhahns ... und es ist wieder Röver, der ihrer Barfee (ihrer vor kessem Charme und schon so gut wie dubioser Sexyneß förmlich märchenhaften Barfee) zu vorgerückter Stunde ein ganzes Plastikköcherchen voll Zahnstochern aus dem betörenden Kreuz leiert, »zum Mikadospielen; nennen wir's Zikado«.

»Ich dachte, ihr seid zum Trinken und Flirten hier!«

»Trinken, Flirten, Zikadospielen.«

»Nur Frauen können drei Dinge gleichzeitig.«

»Aber es dauert dreimal so lang.«

»Kann auch schön sein.«

»Okay ...?«

So sitzen sie da und üben sich in Multitasking bis halb vier – sie, die »Schmierfinken mit Schwips und Kragen« (Röver, laut), und sie, die »schwanzgesteuerte Herrin der Lochschwäger« (Röver, leise). Die, als Büttner sie mit nach Hause nehmen möchte, das mindestens zu erwartende ›geschmeichelte Amüsement‹ dann aber doch mit perserkatzenhafter Arroganz heuchelt. »Letzte Bestellung, die Herrn.«

»Vodka«, sagt Röver.

»Wein«, sagt Büttner.

»Vodka.«

»Wahein!«

»Vodka. Nich' Wein. Jungs Wein nich'.«

Was Büttner dann »Amphorismus« nennt, und auf seinen prüfenden Blick hin ist die Barfee schlau genug, ihr Lächeln offenzulassen: Verstehe kein Wort, tue aber so. Oder: Verstehe kein Wort, ist mir aber auch egal. Oder: Verstehe jedes Wort, Wein, Amphore, Aphorismus und so – ist mir aber zu gestelzt, um darüber in schmachtendes Gelächter auszubrechen.

Oder, und diesen Verdacht wird Büttner, bei allem begründeten Selbstbewußtsein, in solchen Situationen nie so richtig los: Haut bloß endlich ab.

Angefangen aber hatte der Abend mit einem Gespräch von heiterer Ernsthaftigkeit, an das sich Büttner am nächsten Morgen bemerkenswerterweise als erstes erinnert. Obwohl sich der Neocortex bei jedem Herzschlag anhört wie eine Kupferpauke, und trotz der Brandschäden im Rachenraum – angesagt war »Rauchen, bis die Feuerwehr kommt« (Röver) –, versucht Büttner schon im wabernden Liderzwielicht, einzelne Passagen ihrer Unterhaltung zu memorieren. Sie hatten trotz der eher kühlen Temperatur auf der Holzbohlenterrasse von *Tenno Hans* gesessen; lehnten sich an die Chromreling und schauten direkt aufs Pflaster der Großen Elbstraße, auf die Bauzäune und nietneuen Stahl-und-Glas-Bauten der Hafenexpansion, während sie gebratenes Tuna-Sashimi mit Wasabi-Dressing und altem Balsamico aßen nebst

Tempura von Rockshrimps mit drei Saucen, gegrilltes Filet vom Loup de mer mit würzigem Tomatenconfit und Limonenbutter (Röver) sowie Gebratenes Sashimi vom Japanlachs mit Pesto und Sauerrahm nebst gebratenem Kabeljaufilet mit Kartoffelpüree Saltimbocca-Art mit zwei Saucen (Büttner). Sie hatten sich über die Unbill des Tages ausgetauscht und mit den schönen Jahren bei *TVKino* verglichen, und beim Nachtisch (Röver: Gebratenes Milchschokoladeneis; Büttner: Crème brûlée mit Roter Grütze) – zur Einstimmung auf die anschließende Buddies Night in der *Elben Bar* – hatte Röver gefordert: »Nenn mir deine Top drei der erotischsten weiblichen Hauptrollen im Kinofilm der letzten fünfundzwanzig Jahre. Und komm mir nicht mit Sharon Stone.«

Am Wein nippend, hatten sie sich eine Weile schweigend konzentriert, und Büttner begann. »Platz drei: Demi Moore in *Enthüllung*.«

»Ach du Schande! Dann schon eher Sharon St–«

»Nix da. Spitze. An einer Stelle sagt sie: Ich bin eine sexuell aggressive Frau oder so ähnlich, und verdammt noch eins, das zeigt sie aber so was von, daß einem jedesmal die Ohren wackeln! Schlimm! Egal. Wir werden sehen, was du so zu bieten hast. Platz zwei bei mir jedenfalls: Juliette Binoche in *Verhängnis*.«

»O ja. O ja. Wie sie da vor ihm davonkriecht ... Mann! Und eins?«

»Erst du drei und zwei.«

»Drei: Nicole Kidman in –«

»Du Arsch!« Denn die war bei Büttner natürlich auf eins, und Röver wußte das. Und lachte dreckig.

Und dann hatte Büttner Röver gestanden, daß ihm ihre Imago erschienen war, als er mit Thea Schluß gemacht hatte. Röver fand das »bedenklich«, knüpfte aber nicht an seine psychiatrische Unkerei in der Kantine an, sondern wich auf eine allgemeine Plauderei über Nic aus. Obwohl Büttner nun Offenheit für eine ausführlichere, selbst harte Diagnose signalisierte, ja geradezu Interesse daran.

Immerhin begleitet sie sein Dasein seit dreiundzwanzig Jahren. Erstmals war er ihr mit Geneviève begegnet, in *Le Gang de BMX* während der Sommerferien 1984 in einem nächtlichen Freiluftkino in Montpellier. Vor der Abreise hatte er sich zugunsten seiner Brief- und Schüleraustauschfreundin von Biggi getrennt, mit der er drei Jahre lang seine erste Lebensliebe geprobt hatte, und war bereits siebzehn, also eigentlich schon zu alt für ein solches Filmchen. Dennoch, die erste Begegnung war prägend, und später las er in einer Kidman-Biographie über Nics ersten Film, sie sei *mit ihrem etwas staksigen Gang und ihrem wilden Haarschopf das perfekte Wunschbild eines jeden Vierzehnjährigen: noch halb Kumpeltyp und schon halb romantische Versuchung.* Eines jeden Vierzehn- bis Siebzehnjährigen.

Erst fünf Jahre später sah er sie wieder, als Göttinger Student mit Steffi I in *Todesstille*, und seitdem merkte er auf, wenn er irgendwo etwas über sie las, und irgendwann kurz darauf muß es gewesen sein, da er zufällig entdeckte, daß sie fast auf den Tag genau gleichaltrig waren – jedenfalls wußte er es schon, als er, mit Dörte, in *Tage des Donners* ging; er erinnert sich, daß der anekdotische Gehalt dieser Information sie nicht besonders überzeugt hatte, ebensowenig wie Nic selbst und der ganze Film. Der ja auch ein Scheiß *ist.*

Tage des Donners mit Dörte, da war er dreiundzwanzig, genau wie Nic. Und spätestens seit seinem vierundzwanzigsten wird Büttner zu jedem Geburtstag wieder an Nic erinnert. Seit *Tage des Donners* war sie mit Tom Cruise zusammen, indessen er, Büttner, zusammen mit Steffi II sie in *Malice* besuchte und mit Nelly während seines Amerika-Semesters in *To Die For* – ja, in *To Die For* mit Nelly, so daß er die ein paar Tage später unter Einsatz all seines Charmes nötigte, das blaue, weißgepünktelte kurze Kleid anzuziehen, das er im Schaufenster eines Secondhandshops entdeckt und spontan gekauft hatte, und ebenso wie Nic zu *Sweet Home Alabama* zu tanzen. (Doch Nics IQ ist über 130, Nellys mit Glück zweistellig. Leider bekam er von ihrer permanenten Kaugummikauerei permanent Erektionen.) Und Nic war immer noch mit Tom Cruise zusammen, als Büttner mit Uta, seiner Doktormutter, sie in *Batman forever* sah und mit Chrissie, einer *TVKino*-Kollegin aus der Graphik, in *Eyes Wide Shut.*

Und mit Lena Sophie – ach, Lena Sophie! – in *Moulin Rouge*, in *The Others*, *Birthday Girl*, *Dogville*, in *The Hours*, *Der menschliche Makel* und *Cold Mountain.* Ja, als, nach ihrer Trennung von Cruise, Nics erfolgreichste Zeit begann, begann auch Büttners erfolgreichste – und glücklichste – Zeit. Er lernte Lena Sophie kennen, wurde zum Textchef befördert, und als Nic zusammen mit Julianne Moore und Meryl Streep auf der Berlinale 2003 zu Gast war, hätte er um ein Haar einen Interviewtermin mit ihr bekommen. Offene Türen hatte er eingerannt

beim Chef mit dem Vorschlag, Nic zum Aufmacher-
thema des übernächsten Heftes zu bestimmen. Zur Auffrischung sprach er tagelang nur Englisch – nicht nur im
Büro, selbst mit Lena Sophie. Er träumte in Englisch. Er
träumte, sie gäbe ihm einige ihrer Short Stories zu lesen;
sie schreibt ja Short Stories. Er träumte, sie stellte ihm
ihre Schwester Antonia vor und ihre beste Freundin
Naomi Watts. Er träumte, sie tanzte für ihn in ihrem
Moulin Rouge-Kostüm. Er träumte, sie habe ihm exklu-
siv das Geständnis gemacht, sie wäre gern kleiner und
hätte dafür lieber mehr Oberweite. Er träumte, daß er
nicht träumte. Er hatte die Pressedatenbank geplündert
und Artikel über Nic gelesen und Interviews mit ihr und
Kritiken ihrer Filme, bis ihm von der Druckerschwärze
schlecht wurde – unter anderem, daß sie einen Mann suche, der »tolerant, liebenswürdig und gütig« sein möge.
Zwei Tage lang, von frühmorgens bis tief in die Nacht,
hatte er sich zu Haus eingeigelt, Filmszenen nachge-
schaut und Fragen an sie entworfen. Irgendwer in Berlin
hatte dann Mist gebaut, und so blieb Büttner in Hamburg sitzen. Als die Absage unmißverständlich war, lief
er aufs Klo wie ein Mädchen. Er hatte sich eigens von
Kopf bis Fuß neu eingekleidet, sündteurer Zwirn, und
maßgeschneiderte Schuhe aus verbotenem Leder. Als
Lena Sophie ihn so sah, wurde sie ganz still und klein,
und tatsächlich hat's dann ja grad noch ein Vierteljahr
gedauert. Ach, Lena Sophie! Und anschließend ging
auch noch *TVKino* über die Wupper. Schlimme Zeit.

Mit Thea, dann, in *Birth* und *Die Dolmetscherin*, ja
sogar in *Fell*, obwohl Diane Arbus ihm seit jeher den
Buckel runterrutschen kann.

Vielleicht hat er die meisten seiner Frauen in den neuesten Kidman-Film deshalb mitgeschleppt, um zu sehen, wie sie reagieren; wie sie Nics Präsenz verkraften. Lena Sophie wäre die einzige gewesen, die auch nur eine Affäre mit Nic verstanden hätte. Büttner hatte immer (unbedeutende) Affären gehabt (außer bei Biggi), und Lena Sophie war die einzige, die nichts davon wissen wollte – und bei seinen Schwärmereien von Nic in *Dogville* und *Cold Mountain* selbstbewußt genug war zu erklären, klar wäre sie gegebenenfalls zu einer Ménage-à-trois bereit, mit Nic jederzeit.

Röver auch, »aber nur ohne dich, sondern mit Naomi Watts – und ohne Schamhaarperücke«, eine Anspielung auf die sechstägigen Dreharbeiten zu den Offiziersszenen in *Eyes Wide Shut*. Büttner kam sofort auf Nics atemberaubende Eröffnungsszene und machte darauf aufmerksam, mit welcher Lockerheit und Präzision zugleich sie den »irgendwie ja seltsamerweise fast loriothaften Dialog« in der *Baby did a bad bad thing*-Szene bringt. »Und ganz nebenbei mal klargestellt«, sagte Büttner, der über Schnitzler promoviert hat, »überhaupt, *Eyes Wide Shut*, es *ist* ein Meisterwerk, verflucht noch mal.«

Allein dieser tolle, die ganze Zeit durchgehaltene Kontrast zwischen dem Nachtblau hinter allen Fenstern und in den Straßen und der warmen, strahlenden, schützenden, festlichen Helligkeit in geschlossenen Räumen! Diese hyperempfindliche, geradezu surrealistisch gedehnte, aber nie *über*dehnte schlafwandlerische Langsamkeit in allen Handlungen; die ewigen Bemühungen der Charaktere, Umgangsformen zu wahren, während der roheste Sex aus allen Ecken feixt. Wie sich Sydney Pollack hemdsärmelig über das kollabierte, splitternackte Callgirl beugt! Wie ein Laie über einen Kolbenfresser! Und Sky du Mont! Nie wieder wird der in seiner Karriere einen solch phantastischen Auftritt haben! Und die Albernheit, mit der die angeschickerte Nic da mit ihm rummacht, eine Albernheit aus der Mädchenkoketteria von nebenan, das ist einfach großartig, ebenso wie die Hölzernheit, deren Cruise gescholten wurde, denn die ist natürlich die Hölzernheit der *Figur*, Menschenskind! (Einer von den Schlaumeiern von Kritikern hat ihm das allen Ernstes vorgeworfen. ›Cruise spielt hölzern.‹) Ach, die himmelschreiende Tragikomik der *conditio humana* ist in jeder einzelnen der hochintelligent inszenierten 153 Minuten mit Händen zu greifen, und das untern Tisch zu kehren, um das Vermächtnis eines Genies zu desavouieren, grenzt an kulturellen Raubbau!

»Und der Einsatz der Musik. Diese nervenzerfetzende Klaviernote bei der Maskenszene, so brutal dur, durer geht's nicht. Und –«

Sie sprachen über Nics phantastische Leistungen in diesen Interview-Close-ups von *To Die For*, und daß der Titel zu Shakespeares Zeiten eine Umschreibung für ›Orgasmus‹ gewesen sein soll, und daß die Romanvorlage für das Drehbuch übrigens von einer gewissen Joyce Maynard stamme, die als Achtzehnjährige die Geliebte von »Jerry Salinger« gewesen sei, »einem besessenen Homöopathen, übrigens, und BMW-Fahrer und achtundneunzigprozentigen Pädophilen«, der sich allen Ernstes mit Wilhelm Reichs Orgontherapie habe behandeln lassen, wie man in Maynards Memoiren nachlesen könne, die übrigens in *To Die For* selbst einen kurzen Auftritt habe als Anwältin von Nic beziehungsweise *Suzanne Stone*, und –

Sie sprachen über Nics spektakuläre Opernszene in *Birth*, dann über die ungeheuerliche Ehe mit dem »Sektenzwerg« (Röver) und schließlich über David Thomsons Biographieversuch über Nic, über den Büttner sich sehr geärgert hatte – allein wegen der Stelle: *Deneuve ist schöner als Nicole. Nein, seien Sie nicht albern, versuchen Sie nicht, das zu leugnen.* So sehr geärgert, daß er Bombart bequatschte, im Ressort *Kulte & Tumulte* einen extraplumpen kleinen Verriß unterbringen zu dürfen. »Und ja, er *ist* alt«, schrieb Büttner über Thomson, »und ja, er *ist* verknallt in Nic«, über dessen Machwerk, »und o ja, es *ist* lächerlich.«

Und doch, über diese eine, wie ungelenk auch immer formulierte oder übersetzte Passage im Einstiegskapitel war Büttner, das sagte er nur niemandem – geschweige Röver –, gestolpert:

Ich habe, davon bin ich mittlerweile überzeugt, gelernt, mich zu verlieben, indem ich Schauspieler und Schauspielerinnen auf der Leinwand sehe, und ich denke, das ist eine wenig zuträgliche Lektion. Sie führt sehr leicht zu Unzufriedenheit mit den Menschen oder Dingen, die wir um uns haben und mit denen wir verbunden sind. Ihre Anziehungskraft kann sich nicht mit der Verlockung des Unerreichbaren messen.

Natürlich ist eine solche Erkenntnis für einen Schüler kritischer Theorie ein alter Hut. Trotzdem fühlte sich Büttner ertappt, ertappt wie in einer Bauernfängerfalle.

Wann immer ihm jene Erkenntnis begegnet war – nie im Zusammenhang mit Nicole und sich selbst. Er war ja nicht blöd.

Nein, davon hatte Büttner Röver gegenüber nicht gesprochen. Ebensowenig hätte er sich je die Blöße gegeben zu gestehen, wie er eines späten Abends kurz vor Redaktionsschluß den Namen Keith Urbans, dessen Hochzeit mit Nic in fünf Tagen stattfinden wird, zu Keith Bourbon verballhornte. Und etliche Momente im Redaktionssystem stehenließ, um sich an der Gefahr zu ergötzen. Aber was für eine Gefahr war das schon. Der CvD sieht letztlich alles, und – gut, es wäre eine ganze Seite neu hergestellt worden, und es hätte ein Heidengeld gekostet, und Büttner hätte sich von Bombart mit astronomischer Sicherheit fragen lassen müssen, ob er noch alle Haare am Sack habe. Aber es wäre nicht mal eine Abmahnung wert gewesen.

Keith Urban, Keith Bourbon. Hin und wieder überlegt Büttner, eine CD des versoffenen Klampfenkaspers zu kaufen, tut's dann aber doch nicht – letztlich will er ja gar nicht wissen, ob der gut ist oder zu Recht ständig dulle.

Und wie um abzulenken von all diesen infantilen Geheimnissen, hatte Büttner sodann die Sprache auf Nics reale, aber geradezu poetische Idiokrasien gebracht: auf ihre Allergie gegen Erdbeeren – »Angriff der Killererdbeeren«, streute Röver ein, ein bißchen fad und deshalb auch nur gemurmelt –, und auf ihre Phobie gegen Schmetterlinge, an der sie seit ihrer Kindheit leide.

»Gegen Schmetterlinge?« wunderte sich Röver. »Das wußte ich gar nicht. Ist ja irgendwie süß.«

»Find ich auch. Schmetterlinge des Schreckens ...«
Ebenso matt, aber um mit Röver im Takt zu bleiben.
»Gegen Spinnen und so Chitingeziefer – bitte, versteh’
ich sofort. Aber Schmetterlinge? So zarte, hübsche Ge-
schöpfe!«

»Hm. Vielleicht grad deswegen. – Keine PR-Volte?«

»Nein. Nein, nein. Glaub ich nicht. Schmetterlinge
sind ihr, Zitat: unheimlich. Laut *imdb* leidet sie seit
ihrer Kindheit unter dem Alptraum, daß sie von der
Schule nach Hause kommt und auf dem Eingangstor
hockt die gewaltigste Falterimago, die sie je gesehen hat.
Angeblich hat sie sogar versucht, sich zu desensibilisie-
ren, in einem riesigen Schmetterlingskäfig im American
Museum of Natural History oder so ähnlich – vergeblich. Ist noch gar nicht so lange her.«

»Hm.« Röver setzte die verkniffene Stirn des intellek-
tuellen Detektivs auf. Büttner mochte das. Röver hatte
Literatur- und Kunstgeschichte studiert. Zwar nur M. A.,
taugte er aber manchmal durchaus – da war Büttner in
seiner Geschwisterlosigkeit neidlos, ja bedürftig – zu
Büttners Ichideal, und diesmal, fand er, war so ein Moment. »Es gibt da dieses Gemälde von William-Adolphe
Bouguereau«, sagte Röver. »Ende neunzehntes. *L’Amour
et Psyché*, und Psyche trägt Schmetterlingsflügel.«

»Amor, Amor ist geflügelt, klar. Aber Psyche auch?
*Schmetterlings*flügel?«

»Wenn ich mich recht erinnere, bedeutet das griechische Wort *psyche* eben auch Schmetterling!«

»Okay ...?«

»Und – hm, mal sehen.« Im Handumdrehn entwickelte Röver eine »weniger schon dezidiert psychopatho-

logisch, sondern vorerst nur metaphorisch zu gebrau-
chende Hypothese«. Zunächst erzählte er in groben Zü-
gen nach, wie Psyche ob ihrer Schönheit den Neid der
Venus erregt, die ihrem Sohn Amor befiehlt, Psyche in
einen schlechten Mann verliebt zu machen, aber dann
verliebt er sich selbst in sie, entführt sie in ein Schloß,
wo er ihr Nacht für Nacht beiwohnt, ohne daß sie ihn
erkennt, und weil sie sich so einsam fühlt, gewährt er ihr
Besuch von ihren Schwestern, die ihr, von Neid ver-
zehrt, einreden, ihr Gatte sei vielleicht ein Ungeheuer
und sie möge zu ihrem eigenen Seelenheil herausfinden,
wer er sei – was er ihr freilich verboten hat, und als sie es
dennoch tut, fühlt sich Amor betrogen und läßt Psyche
untröstlich zurück ...

»Nachtigall, ick hör' dir trapsen«, sagte Büttner.

»Nic wollte von Kindheit an Schauspielerin werden,
stimmt's?«

»Soviel man weiß, ja.«

»Jenseits des Gequatsches, sie sei eiskalt, von Ehrgeiz
zerfressen et cetera – soviel man aus seriösen Quellen
weiß, ist Nic ein patentes, trotz ihrer ätherischen Aura
robustes, warmherziges Aussie-Girl geblieben, richtig?«

»Unprätentiös und aufrichtig und zäh«, zitiert Büttner
nickend einen Kollegen. »Hast du mal auf YouTube gesehen, wie sie im Fernsehn interviewt wird, zu ihrer Rolle in *BMX Bandits* – hochaufgeschossene Sechzehnjähri-
ge, die sie ist, mit Wuschelhaar und frech und niedlich
grinsend?«

»Nein?«

»Da kannst du aufs entzückendste erkennen, wie sie
wirklich ist. Und ich glaube nicht, daß sie sich im In-

nersten zum Schlimmeren verändert hat.« Büttner hebt eine Augenbraue, was soviel besagt wie: Ich weiß, daß ich nichts weiß, aber glauben kann ich, was ich will.

»Siehste?« triumphiert Röver. »Das ist meine Hypothese: Ihre Phobie bewahrt sie davor.«

»Wovor.«

»Sich im Innersten zu verändern.«

»Okay ...?«

»Schmetterlinge gemahnen sie an die ständige Gefahr, in der ihre Psyche schwebt, solang sie ihren Wunschtraum einer Divaexistenz verfolgt – die Gefahr, Opfer menschlichen, ja göttlichen Neides zu werden. Die Nächsten und Liebsten zu verlieren, sollte sie Psyches Schicksal teilen. Und, ganz nebenbei: Nic soll ja ein enges Verhältnis zu ihrer Schwester haben.«

»Hat sie wohl, ja.«

»C. S. Lewis, du weißt, dieser Kumpel von Tolkien, hat den Stoff übrigens als Roman erzählt – aus der Perspektive einer der Schwestern. Als diese Schwester Psyche besucht, kann sie den Palast nicht sehen, in dem sich zu befinden Psyche behauptet. Die Götter verwehren es Psyches Schwester. Und in der Tat, das ist die Frage: Enthalten die Götter den Neidern etwas vor – oder gaukeln sie Psyche etwas vor? Das ist die Unsicherheit, und das ist die Furcht, die Nic im tiefsten Innern bewegen. Nur der flatterhafte Schmetterling weiß die Antwort –«

»– der Schmetterling des Schreckens! –« Klang in dem Zusammenhang gar nicht mehr so matt.

»– genau, und der schweigt.«

»Okay ...?«

Und dann sprachen sie noch ein Weilchen weiter über

die zweifellos außergewöhnlich talentierte Schauspielerin Nicole Kidman, und daß es nicht von ungefähr komme, wenn bereits zwei ihrer Charaktere *Grace* hießen.

Er ist doch noch wieder ein halbes Stündchen eingenickt; jetzt zeigt der Wecker mit rot pulsierendem Doppelpunkt 10:10 Uhr. Büttner hat Spätdienst. Noch fast vier Stunden Zeit, und nach der Dusche, die zwar den Blutkreislauf in Gang gebracht, aber die Kupferpauke um kein Dezibel beruhigt hat, legt er sich im Wohnzimmer auf die weiße Couch, mit dem Kopf unter den Farnwedeln. Auf dem blinkenden AB fünf Anrufe und ohne sie abzuhören, weiß er, welche: Queen Mum, Pa, Oma, Lena Sophie und Gitta Röver.

Er vermißt Thea – oder vielmehr eine theaartige Zugegenheit, der er ein bißchen seinen Kater vorknurren könnte. Schon nach vier Tagen vermißt er das Erlebnis, wenn dichtes Haar durch seine Finger gleitet. Den Anblick großer Augen und gewölbter Brauen. Vermißt, wie sich in den Mulden der Hände eine ideale Taille anfühlt. Vermißt den Anblick langer, souveräner Beine, die auf seiner momentanen Augenhöhe ihre Scherenschritte täten, um ihrer Besitzerin zu erlauben, die Vorhänge zuzuziehen, eine DVD in den Player zu schieben, ihm mit einem seinetwegen gern ironischen Gurren ein Glas Alka Seltzer nebst einem frisch gepreßten Orangensaft auf den Glastisch zu stellen und dann, mit einem Kuß auf Kredit, in die Uni zu verschwinden, ins Büro oder sonstwohin.

Die erste Zigarette schwallt wie ein Zimmerbrand auf seine Schleimhäute. Schmeckt, als wäre *sie* vierzig Jahre alt.

20. Juni 2007. Heut nun nullt auch Nic. Die Kidman wird vierzig.

Plötzlich steht er noch einmal auf, ohne genau zu wissen, was er will, balanciert dann aber doch seinen Schädel zur Videothek, die sich unter dem *Lolita*-Plakat von 1962 erstreckt (dieses Rot des Gestells der dunklen Brille mit den herzförmigen Gläsern; dieses Rot des Lollis zwischen ihren Lippen!), und zieht die DVDs von *Der menschliche Makel* und *Eyes Wide Shut* heraus. Er schiebt die erste ein und zappt bis zu den Extras; sie im Gespräch mit Philip Roth; so hübsch, wie sie ist – so *hübsch* (hier gefällt ihm ihre Frisur am besten, und in *Birthday Girl*) –, und wie sie zweimal mit den Brauen zuckt, um auf die verstohlene Dokumentationskamera aufmerksam zu machen, so daß der gewiefte alte Schürzenjäger aus Newark sich umdreht wie ertappt. Und außerdem schaut Büttner sich, wie immer, wenn diese DVD einliegt, auch noch die Szene an, wie sie für Anthony Hopkins tanzt.

Und dann schiebt er *Eyes Wide Shut* ein, wählt ebenfalls die Extras und schaut sich zum x-ten Mal das Interview an, das ein Journalist mit ihr im Four Seasons Hotel in Hollywood geführt hat, am 12. Juli 1999, von 12.14 bis 12.33 Uhr – rund vier Monate nach Kubricks Tod, einen Tag vor der amerikanischen Erstaufführung von *Eyes Wide Shut*. Sie ist zweiunddreißig Jahre alt. Die starre Kamera fixiert sie die ganze Zeit im Halbprofil. Obwohl angeblich Mittagszeit, ist es dunkel im Zimmer; der indirekt ausgeleuchtete Hintergrund projiziert eine bläuliche Aura auf Nics Frisur. Nic wirkt noch blasser als gewöhnlich, trägt ihr Haar in gezwirbelten Strängen aus feinsten Kupferfasern, die über Schultern fluten, welche von den kurzen Ärmeln einer chinesischen Bluse umhüllt werden, Seide wahrscheinlich, in dünnstem Rosa, mit roten und dunklen Blütenmustern und niedrigem, gespaltenem Stehkragen.

Wiewohl sie angespannter erscheint als in der Dokumentation zu *Der menschliche Makel*, ist sie sehr freundlich, sehr konzentriert; antwortet meist überaus spontan und verzapft doch kein Hundertstel von dem Gefasel, das ihr Nochgatte zum selben Thema von sich gegeben hat. Sie zeigt keine Angst, etwas preiszugeben, das sie nicht preisgeben will, verläßt sich einfach auf ihre Intelligenz. Koketterieuntiefen umschifft sie weiträumig. Manchmal erscheint sie besonders wachsam – ein unmittelbarer Anlaß ist nicht erkennbar –, und dann spannt die Haut zwischen ihren Brauen ein bißchen, und sie schluckt noch die Interpunktion ihres letzten Satzes hinunter, während ihr, aus dem Off neben der Kamera, schon die nächste Frage entgegenströmt, so daß sie mittenhinein noch dieses einsilbige Räuspern setzt, eine Nuance melodiöser, kräftiger als ein Fiepen. Was bedeutet es? Ich bin die ganze Zeit voll da? Oder ein abgeschwächtes Knurren, ein Warnglöckchen: Ich war noch nicht ganz fertig, aber nur zu?

Es muß nicht gegen den Interviewer gerichtet sein. Es kann sein, daß sie bloß all ihre Professionalität aufbieten muß, um diese wie auch immer geartete, wodurch auch immer verursachte innere Anspannung zu überwinden.

Und jetzt, noch eine Weile vor der dramatischsten Szene, die Büttner in seinem labilen Zustand heute vormit-

tag geradezu fürchtet – jetzt kommt erst mal seine Lieb-
lingsszene.

Der Typ fragt Nic, woran sie gedacht hat, damit sie
dieses Lachen im Schlaf so frappierend hat spielen können. Dieses lachende Erwachen aus jenem Alptraum, als
ihr Mann Bill (Cruise) um vier Uhr morgens von dieser
gefährlichen Orgie zurückkehrt und seine Frau (Nic),
die im Schlaf dieses Lachen lacht, vorfindet, dieses Lachen, mit dem sie schließlich erwacht. Es ist kein fried-
fertiges, wohlwollendes Lachen; es ist unschuldig und
ordinär zugleich, unschuldig und gemein. Es ist ein Lachen, das sie ihrem Mann im Traum ins Gesicht lacht,
während sie sich, im Traum, vor seinen Augen, von einer
ganzen »Rotte« (Röver) fremder Männer »ficken« läßt
(Originaltext! = »fuck«). Und jetzt fragt sie dieser Typ im
Four Seasons, woran sie gedacht hat, damit sie dieses
Lachen im Schlaf so frappierend hat spielen können.

Und sie reagiert hinreißend. Lächelt quasi ertappt –
elfenhaft schelmisch –, und doch vollkommen ohne
albernes Schuldgefühl. Vielleicht ist in diesem Lächeln
sogar etwas wie großzügige Anerkennung für die Chuz-
pe, sie so etwas zu fragen. Und dann sagt sie einmal
»Ahm...« und überlegt; denkt vielleicht tatsächlich an
das, an das sie gedacht hat, als sie dieses Lachen lachen
mußte, was ihr aber peinlich ist; ertappt sich folglich
vielleicht dabei, eine Lüge zu entwerfen, so daß sie wieder »Ahm...« sagt, diesmal aber einen halben Ton tiefer,
voller, wärmer, mit nun leicht geöffnetem Lächeln, so
daß ihre Zähne schmal aufblitzen – ein Lächeln, das auf
den nachdurstigen Büttner wirkt wie ein Oasenquell.
Und dann redet sie sich einfach heraus, und weil sie

doch bisher so sehr um Aufrichtigkeit bemüht schien, ist es geradezu rührend, wie nachlässig sie sich herausredet, indem sie sagt, sie habe »an vieles« gedacht, aber Stanley habe nie gewollt, daß man darüber spricht. Und dann verrät sie noch, aber mit ganz und gar unspektakulärer Haltung, daß sie dieses Lachen nicht gemocht habe, als sie den Film sah.

Wenn sie einatmet, während sie von Kubrick schwärmt, tut sie das mit bewußt verjüngter Kehle, um zu untermalen, welche Freude und Aufregung mit der Zusammenarbeit verbunden waren. Bei Wörtern, die besondere Bedeutung tragen, wippt ihre rechte Augenbraue, und in deren perfekten Schwung gerät für den Moment ein Bumerangknick. Ja, es ist die rechte Braue, und die wird von der linken Gehirnhälfte gesteuert, der emotionalen. Sie ist authentisch, denkt Büttner, und dieser Gedanke stürzt ihn unversehens in eine Fallgrube voller Zärtlichkeit, eine Grube so tief wie Reue oder Trauer. Und kurz darauf kommt auch schon der Moment, da der Typ sie nach ihrer ersten Reaktion auf Kubricks Tod fragt.

Ihre Miene rutscht nicht ab, verrückt kein Deut. Es ist nur so, als schimmerte plötzlich Blässe unter ihrer Blässe durch, und es ist, als schmölze ihr Blick. Sie reizt den Umstand keineswegs aus, daß die Frage ein bißchen unvermittelt kommt. Sie vertraut dem Interviewer oder vergibt ihm sofort oder läßt ihn als Person schlicht außer acht, stellt sich einfach der Frage, die da mit der stumpfen Seite auf sie einhaut. Und während sie von »shock« spricht und ihrer Ungläubigkeit und der Empfindung, es sei einfach falsch, und so weiter, schwillt der Wasserfilm auf ihren Augen, und sie kippt ihren Kopf nach hinten, verdreht den Blick und wedelt mit gespreizten Fingern vor ihrer Schläfe herum – eine weibliche Übersprungsgeste, die spontanen Unmut über ihre Emotionalität verrät, zugleich aber auch erwachsene Nachsicht damit; eine quasipragmatische Geste, die Ohnmacht angesichts der Gefahr zerlaufender Wimperntusche einräumt und die bereits je eine Dia- und Prognose stellt: Ist halb so schlimm. Ist gleich vorbei. Doch die Eskalation läßt sich nicht aufhalten, und mit einem halb ernsthaft unwilligen Stöhnen, einem Geräusch wie »Ouph!«, einem aber auch halbwegs schon wieder selbstironischen Akzent (*Ich blöde Gans*), dreht sie ihr Gesicht ins Profil, und als sie den Kopf so dreht, hat das fast etwas Jugendliches, jugendlich in dem Bemühen, das Pathos ihrer Reaktion zu verniedlichen. Sie schaut eine ganze Weile beiseite, den Kopf im Nacken und den Blick an die Decke gerichtet, damit die Tränensäckchen nicht überlaufen, schweigend und sich zum Weitermachen wappnend, indes der Interviewer sich entschuldigt. Und sie sagt: »No, it's okay«, und schnippt und wischt mit vier verschiedenen Fingerkuppen Tropfen aus einem kleinen Potpourri von dezenten Grimassen anmutiger Derangiertheit; und als der Interviewer ihr ein Taschentuch anbietet, sagt sie mit einem verlegenen Keuchen: »No, it's fine!«

Und in dem Moment, als der erdige australische Akzent ihren schönen Mund über den schönen Schneidezähnen wölbt – *it's faoin* –, in dem Moment packt Büttner, erstmals seit den unzähligen Malen, die er diese Szene schon gesehen hat, ein schlimmes Gefühl. Es kann eigentlich nichts anderes sein als hoffnungslose, sengende Liebe zu

Nicole Mary Kidman, der wirklichen Frau und Person. In dem Moment, diesem stechenden Moment entflammt Büttner, entbrennt so giftig und rasend, daß in seinem Thorax eine Salve von Extrasystolen und Leerschlägen lospoltert, die Panik in ihm auslöst. Wie bei jenen anaphylaktischen Schocks nach Kartoffelgenuß rappelt er sich hoch und keucht. Es ist der Schutzmechanismus seines Körpers. Indem sein Körper Schutzbedürfnis signalisiert, schützt er seine Seele vor dem unbändigen Wunsch, vor dem durstartigen Verlangen danach, *ihr* Schutz zu bieten – hinzugehen und sie zu umarmen, sie in die Arme zu schließen; ihre Tapferkeit mit seinem Schutz zu bestätigen und zu belohnen.

Er hat dann doch noch gut zwei Stunden auf dem Sofa gepennt und ziemlich wirres Zeug geträumt. An irgendwas mit dem Hintern von Tanns kann er sich erinnern, doch als er erwacht, knurrt er an Theas gedankliche Adresse: »Ich *kann* lieben, du blöde Kuh.«

Die Kupferpauke ist schwächer geworden, doch als er in den Bad-Spiegel das Kanji-Symbol zu projizieren probiert, lösen seine Schädelnerven erst Schwindel aus und dann einen bösen Würgreflex.

Er fühlt sich beschämt – unsicher, wie nach dem ersten Samenerguß.

Nichtsdestoweniger – im Büro trägt von Tann heut ein Sommerkleid, und das steht ihr sehr viel besser als die Jeans von Diesel. Warum sollte er den Kitzel der Neugier unterdrücken, ob sie wirklich so keck ist, wie sie tut? (Gibt es eigentlich ein Äquivalent zum Inzestverbot, was Nichten von besten Kumpels angeht ...?) Und Nicole

Kidman ist Schauspielerin, Herrgott; eine ganz hervor-
ragende Schauspielerin – Klassen besser als er.

Innen / Tag.

BÜTTNER: Steht dir sehr viel besser als die Jeans von
Diesel.

Der Schornsteinfeger

Als ich an jenem für griechische Verhältnisse gottlos kalten Januarabend die Stimme meines Vaters am Telefon hörte, wußte ich sofort, daß etwas passiert war. Jede Nuance seines Timbres ist mir von meinem eigenen vertraut, und so war es, als hörte ich mich selbst sprechen, und empfand das entsprechende Gefühl, noch bevor die schlimme Nachricht ausgesprochen war.

Ich weinte ein bißchen. Ich packte frierend und stockend einen Koffer, und während ich – dieser unausrottbaren abergläubischen Regung folgend, die mir von meinem Vater in die Wiege gelegt worden war – in der Erinnerung nach »Vorzeichen« suchte, wurde ich gewahr, daß ausgerechnet Anita die Todesbotin hatte spielen müssen ...

Nach ein paar Stunden Erschöpfungsschlaf setzte ich mich ins Auto, legte die vierhundert Kilometer von Kouphala nach Athen zurück (es war erst zwei Wochen her, daß ich den entgegengesetzten Weg genommen hatte, als ich vom Weihnachtsbesuch in meinem Heimatdorf zurückgekehrt war), und schon am Abend landete ich wieder in Hamburg-Fuhlsbüttel. Eine meiner beiden Schwestern holte mich ab, und wir fuhren etwa eine Stunde bis auf die Stader Geest.

»Kennt ihr den persönlich?« fragte ich meine Schwester. Ausgerechnet ein Polizist war es, der unseren Großvater totgefahren hatte. Wenigstens hatte Opa ordentlich einen sitzen gehabt, als ein Blechengel mit riesigen, blendenden Augen ihn holte. Er war siebenundachtzigeinhalb Jahre alt geworden.

Schnee lag nicht, aber der Boden war hart wie Granit, und der Wind stob so eisig über den Friedhof, daß meine Tränen sich wie feine Säure anfühlten. Mein Bart juckte. Kaum weniger fassungslos als unsere Urahnen aus der Steinzeit drängten wir uns am offenen Grab aneinander.

Von Zeit zu Zeit flammte mein Zorn auf den Bestattungsunternehmer auf, der Oma gebeten hatte, »frische Wäsche« für seine Arbeit bereitzulegen. Frische Wäsche, schnaubte ich – eine weiße Fahne in der arktischen Luft –, während tief unter der Wut die heißen Höllenquellen der Vergeblichkeit sprudelten.

Oma wurde von einer Kraft auf den Beinen gehalten, die mir Angst einjagte.

»Wie kann dat bloß angohn«, hatte sie, ich weiß nicht, wie oft, wiederholt, »geiht ut'n Huus und kümmt nich wedder.«

Über sechzig Jahre waren sie verheiratet gewesen. Meine Mutter stützte sie, ihre Mutter.

Als der Sarg in den Schacht hinuntergelassen wurde, sah ich meinen Vater an. Er hatte seinen Vater zuletzt von der Pritsche eines russischen Lkws winken gesehen. Um die Sieger über sein Alter zu täuschen, hatte sein Vater sich einen Bart wachsen lassen, der aber nicht die Farbe meines Bartes gehabt hatte. Mein Bart hat die Farbe vom Bart des Vaters der Mutter meines Vaters, mit der er von der Warthe bis hierher an die Unterelbe geflüchtet war. Er hatte seine Ursprungsfamilie verloren, Vater, Mutter und drei Geschwister, und nun auch noch seinen Ersatzvater, seinen Schwiegervater.

Einige Tage später floh ich wieder zurück nach Kouphala und versuchte, mich glücklich zu schätzen, daß ich Opa wenigstens zu Weihnachten noch gesehen hatte.

Wir haben nie viel miteinander geredet, mein Großvater und ich, immer nur ein paar Worte, die aber von verlegener Zuneigung erfüllt waren, vom unverbrüchlichen Drang, die Welten, die zwischen unseren Leben lagen, mit diesen wenigen Worten zu überbrücken, ohne nach unten zu schauen.

Allerdings ... Ich weiß nicht mehr, zu welcher Gelegenheit es war; ich weiß nur noch, daß ich Opa einmal gefragt habe, was er im Krieg gemacht hatte. Da war ich noch sehr viel jünger, und vermutlich war ich es mir schuldig, meine Zuneigung zu meinem Großvater vor einem inneren Tribunal zu überprüfen. Ich habe ihn selten so ernst gesehen wie in dem Moment, als er, auf hochdeutsch, antwortete, er habe niemals auf einen Menschen geschossen. Er habe immer danebengezielt. Ich hörte das, und ich stellte mir vor, wie er in einem Schützengraben lag, im Nacken den Kommandanten oder wie immer diese Leute sich nennen, und sich mit aller Kraft bemühte, unauffällig danebenzuschießen – er war Jäger und würde eines Tages Schützenkönig unseres friedlichen Dorfes werden –, und da wußte ich, daß er die Wahrheit sagte.

Opa hat niemals irgendeinen Menschen treffen wollen. Er war Maurer, er baute Häuser. Wenn ich sein Gesicht vor mir sehe, dann sehe ich – Güte. Ich sehe eine imaginäre Situation vor mir, in der irgend etwas Strittiges passiert, das mich oder jemand anderen aus meiner Familie betrifft, und Opa steht im Hintergrund, schweigt und grinst. Nein, kein Grinsen, Grinsen hat manchmal etwas Fratzenhaftes; aber es ist auch kein Lächeln, einem Lächeln wiederum fehlt meist die – Verwunderung. Fehlt die Verständnislosigkeit, die gelassene Verständnislosigkeit. Vielleicht war sogar etwas wie Genuß dabei, nicht wissen zu müssen, was sich jenseits des eigenen Horizonts abspielte. Und eben – Güte.

Herzensgut, ohne doof, melancholisch, verrückt oder krank zu sein. Und doch ein Mann. Ein Patriarch, mit dem sich zanken und schimpfen ließ, wie meine Mutter es manchmal tat. Der niemals rechthaberisch war und doch stur sein konnte. Der Oma manchmal zum Weinen brachte – »Wat brukst du 'n näiet Kläid, du büst doch ould!« –, aber so, daß ich ihn dafür bewunderte, wie er das ihm zustehende Pendant des Mitleids, das ich Oma in dem Moment entgegenbrachte, auf diese Weise im Keim erstickte. Immerhin war er zwei Jahre älter als Oma.

Zu Weihnachten hatten wir in der Stube gesessen. Ich war noch nicht ganz vierzig Jahre alt, frischgebackener Frührentner und nervös wie ein überzüchteter Pudel, ließ mir aber nichts anmerken. Ich hatte meine Eltern in den voraufgegangenen Jahren nicht allzuhäufig gesehen. Nach einer langen stationären Therapie im Fränkischen war ich für knapp zwei Monate in den Norden zurückgekehrt, da waren sie jedoch wieder einmal in Kanada herumgereist, und als *sie* zurückkehrten, war *ich* bereits ans Ionische Meer gezogen. Es waren die ersten familiären Weihnachten seit etlichen Jahren, und auch Anita würde noch kommen. Wir hatten uns vorgenommen, unsere gerade vollzogene Scheidung bekanntzugeben.

Oma und Opa saßen nebeneinander auf dem Sofa und schwiegen miteinander geradeaus. Im rechten Winkel dazu saß ich im Sessel. Drüben, um den Eßtisch herum, stichelten meine älteren Neffen auf die jüngeren ein, wobei sie Blicke auf die bunten Pakete unterm Weihnachtsbaum warfen. Mein Vater holte Getränke aus dem Keller, in der Küche verständigten sich meine Schwestern mit meiner Mutter unterm Gefauch der Dunstabzugshaube über grünkohllogistische Dinge, und ich versuchte, von meinem Großvater zu lernen. Er saß mit verschränkten Händen da und blickte geradeaus, durch die Wände des Hauses hindurch, das er sechs Jahrzehnte zuvor gebaut hatte. Ich versuchte, von ihm zu lernen, aber im Grunde blieb mir nicht viel mehr übrig, als durch die Haufen von Scheiße hindurchzublicken, die ich gebaut hatte.

Immerhin war es mir gelungen, das Rauchen und Trinken aufzugeben. Opa trank sein Leben lang gern Bier und Schnaps und vor allem seinen Rumgrog. Er hatte über vierzig Jahre lang Zigarren geraucht. Er war bereits auf Rente, als er es von einem Tag auf den anderen aufgab. Sein Aussehen veränderte sich dadurch. Mein ganzes Leben lang hatte ich ihn mit einer im Mund verschraubten Zigarre gekannt; die Zigarre war wie eine Art zweiter, qualmender Nase, und als sie aus seinem Gesicht verschwand, wirkte es zunächst wie verstümmelt. Es hat sehr lange gedauert, daß ich mich daran gewöhnt hatte. Er wirkte plötzlich verletzlicher, und die charakterliche Stärke, die diese Selbstbeschneidung voraussetzte, vermochte ich mir lediglich abstrakt zu vergegenwärtigen.

Ich erinnere mich, daß meine Schwestern und ich einmal festgestellt hatten, Opa werde mit fortgeschrittenem Alter zugänglicher, lustiger gegenüber uns Enkelkindern. Heute bin ich nicht mehr sicher, ob das stimmte. Jedenfalls erhöhten wir unsere diesbezügliche Aufmerksamkeit, und vielleicht zeitigte allein die unmerkliche Wechselwirkung feinster Signale das gewünschte Ergebnis.

Jedenfalls betrachte ich das Witzchen, das er machte, als Anita die Stube betrat, als sein Vermächtnis an uns.

Ich versuchte Bauchatmung, wie ich's in der Klinik gelernt hatte, und gleichzeitig, mich Opas Ruhe anzuverwandeln, da gab es in der Küche einen kleinen, freundlichen Aufruhr. Anita war von hinten hereingekommen, wie wir es früher gemeinsam zu tun pflegten. Weder Oma noch Opa erwachten aus der Versenkung, in die sie sich begeben hatten, nicht einmal, als die Urenkel die Tür zur Küche aufrissen, hinaustobten und sie wieder zuknallten.

Ich blieb sitzen.

Schließlich kam Anita in die Stube. Sie sah toll aus – gesund, schön –, und trug zu ihren schwarzen Haaren

Kleidung im urbanen Schwarz jener Jahre; Schwarz, das man in unserem Dorf, früher, nur in Trauer trug. »Hallo!« rief sie, und da fuhr Opa zusammen, ich weiß nicht, ob im Spaß, und sagte: »Hu! Wat is dat!? De Schoss'steinfeger?«

Erst nachdem meine Zeit am Ionischen Meer vorüber war, nachdem ich auch Hamburg erneut den Rücken gekehrt hatte – erst als ich wieder in dem Dorf lebte, in dem ich geboren bin –, über fünf Jahre nach seinem Tod also begann meine wahre Trauer um ihn, seltsam. Die meisten meiner Spaziergänge in die Wiesen, in den Wald, über die Felder, an den Mühlenteich, sie kreuzten den Friedhof. Ich stellte mich an sein Grab wie in einem blöden Film und weinte. Manchmal fing ich schon auf dem Weg dorthin an zu heulen. Ich sprach mit ihm; ich erzählte ihm, was für Scheiße ich im Leben gebaut hat- te und daß das nun hoffentlich bald einmal ein Ende hätte. Ich stellte ihm Fragen – und eine immer wieder: Ob er ein schönes Leben gehabt habe. Manchmal ver- zweifelte ich fast daran, daß er sie mir nicht beantworten konnte – ich sah nur sein gütiges Gesicht, schweigend, wenn auch nicht stumm –; manchmal mußte ich dar- über lachen, daß ich überhaupt nicht mehr aufhören konnte zu heulen. Hätte ich die Flüssigkeit auf Flaschen gezogen, ich hätte einem Verdurstenden das Leben da- mit retten können.

Es ging lange so, vielleicht über ein Jahr.

Opa hatte mir nie etwas verboten, er hatte mir nie etwas erlauben müssen. Er hatte mir nichts Besonderes beigebracht oder von mir verlangt. Er hatte mich nicht verstanden, und er hatte mich nichts gefragt. Er hatte mir später einmal hin und wieder zugesehen, wie ich die Zigarre rauchte, die er mir aus seinen Restbeständen angeboten hatte. Und so wurde mir eines Tages im Sommer klar, daß er der einzige Mensch gewesen war, den ich auf ganz und gar *reine* Art geliebt hatte.

Ich mußte mich setzen, ich sackte förmlich zusammen, und weinte mir die Augen aus dem Kopf. Ich weinte mich halb blind, ich weinte mich fast um den Verstand. Buchfinken und Meisen schwirrten zwischen den lau rauschenden Kronen der alten Buchen, Birken und Lärchen hin und her. Ich weinte eine Stunde lang, im Sitzen, bis mir der Hintern weh tat, versuchte aufzustehen und wegzugehen, aber es klappte noch nicht, also legte ich mich hin und weinte in den schattigen Boden.

Da, als ich zum letzten Mal um ihn weinte, war ich noch nicht einmal so alt, wie er war, als ich geboren wurde. Er wird wohl ein schönes Leben gehabt haben, wenn es ihm vergönnt war, von einem schönen Schornsteinfeger auf das Ende vorbereitet zu werden. »Hu! Wat is dat!?« wird sein letzter, groggetränkter Gedanke gewesen sein, als ein Blechengel mit riesigen, blendenden Augen ihn holte.

Ein Aalstrich auf Muschis Grab

Huck rief in der Sekunde an, als Leskow ihn anrufen wollte. Er klang ein bißchen verwaschen. Ausgerechnet, wenn Leskow mal *ihn* anrufen wollte, um mal *seine* Meinung zu einem kleinen Ärgernis einzuholen, das *Leskow* umtrieb.

Dennoch versuchte er gar nicht erst, das Ruder herumzureißen. »Gedankenübertragung! In dieser Sekunde wollt' *ich dich* anrufen! Wie geht's.«

»Besauf' mich grad.«

»Huch? Buddel Damenlikör geköpft?« Huck war der einzige Kerl, den Leskow kannte, der sich aus Alkohol wenig machte, lächerlich wenig.

»Gesine Huck hat mal wieder angerufen.«

Leskow riß sich so gewaltsam zusammen, daß ihm ein knochiges Husten entfuhr. »Ach du Scheiße«, sagte er dann heiser. »Was wollte *die* denn, die alte Hexe. Halt, das nehm' ich zurück. Was wollte *die* denn, die miese Schnalle.«

»Muschi ist gestorben.«

»Muschi? – Ach so. Aha? ... Tja. Beileid. Und?«

»Na ja ...«

»Und? *Und?*«

»Na ja. Und. Und da hab' ich mir die Muschi-Geschichte eben angehört.«

»Mann, Alter. Mann, Mann, Mann. Dann hast es auch nicht besser ver-«

»Die hat so geheult, ich dachte, ich muß ihr 'n Notarzt schicken.«

»Du?! *Du* mußt *ihr* –«

»Nun warte doch mal, im Ernst jetzt.« Huck wartete ab, ob Leskow wartete.

Und Leskow wartete.

Währenddessen lief, flackernd wie ein Neuronengewitter, vor seinem inneren Auge eine Reihe von Szenen ab. Gesine Huck samt ihrer Bengalkatze auf dem Hosenanzugschoß und identischem Gesichtsausdruck; daneben Huck, der Gesine Huck die Wirbelsäule entlangstreicht, während Gesine Huck Muschis Aalstrich entlangstreicht. Gesine Huck im Badeanzug am Strand der Cala Pi liegend; davor, mit Tauchermaske und triefendem Schnorchel, Huck, der ihr Steine und Muscheln zu Füßen legt, und ein Seepferdchen. Gesine Huck, die sich im ziemlich überfrachteten Kirchenschiff allen Ernstes das Scherzchen leistet, mit dem Jawort so lange zu zögern, bis die ganze Gemeinde zu raunen beginnt; daneben Huck, Leskows Kumpel, den Leskow seit Sandkistentagen kennt, besser vielleicht, als der sich selbst je kennen wird, und den *er* quasi *wirklich* liebt, jaja, *wahre Liebe gibt's nur unter Männern*, aber im Ernst: nicht nur er, Leskow, *alle* hier an Bord des Kirchenschiffs lieben ihn, ob männlich, weiblich oder sächlich – lieben Huck, dessen Wange blutrot blüht, als er sich der einzigen Ausnahme zuwendet und die küßt.

Leskow wartete, und Huck holte tiefbohrend Atem – und sagte aber dann, plötzlich nüchtern, als wäre während eines eigenen Neuronengewitters der Blitz der Erkenntnis eingeschlagen: »Hast ja recht.«

»Da kannst du aber ein bis zwei Eier drauf verwetten«, sagte Leskow. »Die miese Schnalle, die. Ausgerechnet dich ruft sie an?«

»Die kennt ja sonst keinen, das ist es ja.«

Leskow lachte in ein aufkeimendes Sodbrennen hinein. »Wie oft hättest du Muschi am liebsten in die Ostsee geschickt, mit den Ohren an 'nen Kratzbaum aus Beton getackert?« Nicht nur einmal hatte Huck gelitten wie ein Hund, weil seine frisch angetraute Gattin sich ihm ständig entwand, um Muschi zu streicheln oder ausgiebig mit ihr zu schmusen oder ihr Happi-happi mit einem Petersiliensträußchen zu garnieren oder ...

»Stimmt doch gar nicht.«

»Wär' aber gesünder gewesen, für dich. Davon abgesehen: Die ist krank, deine sogenannte Gattin. Hoffentlich endlich bald *Ex*-Gattin.«

»Ja, ja, ich hab' ihn ja schon angerufen, den Rechts-«

»Die ruft *dich* an, wenn ihr räudiges Viech verreckt? Ich reiher' hier gleich in Silkes Hydrokultur.« Kein Spruch. Leskows Magen wölbte sich tatsächlich.

Nach vierzehn Monaten Nähe, davon acht Monate Zusammenleben und drei Monate Ehe, wieder auf Distanz zu gehen, dafür brauchte es einen Grund, oder? Als einzigen hatte Gesine Huck zu nennen gewußt, daß Huck nicht das Schreiben der Weihnachtskarten hatte übernehmen wollen (und zwar, wie Leskow wußte, ja nur deshalb, weil er ihre Schrift hübscher fand). Das hatte Leskow direkt aus ihrem Mund erfahren. (»In meiner Eigenschaft als Trauzeuge muß ich auf einem Vieraugengespräch mit allen Beteiligten bestehen«, hatte er gesagt, und das hatte sie ihm, verspießert wie sie war, tatsächlich abgekauft.) Leskow war derart perplex gewesen, daß er diesen Quatsch als Symptom einer tiefergreifenden Verwirrung deutete. Daraufhin hatte er sich nur noch eben schnell, quasi der Form halber, bestätigen lassen, daß die eh bloß räumliche Trennung natürlich bloß auf Zeit ...

Als Leskow das dann Silke berichtet hatte, sagte die sofort: »Glaub doch nicht an den Weihnachtsmann. Die nimmt Reißaus, für immer. Die hat gedacht, nach der Hochzeit lösen sich alle ihre Probleme von selbst.«

Am anderen Ende der Stadt hörte Leskow Huck von seinem Likör oder was immer schlürfen. In der ungewohnten akustischen Nähe klang es kindisch. »Piß 'n Aalstrich auf Muschis Grab«, fauchte Leskow plötzlich auf, wie von einem Brandbeschleuniger getroffen.

»'n was?«

»Piß auf Muschis Grab! Scheiß drauf, verdammt noch mal!« Und es war zwar auch tröstlich, daß man fluchen konnte, vor allem aber schlimm – daß man nur fluchen konnte, wenn alles vorbei war. Wenn sich was anbahnte, konnte man sich nur mitfreuen.

»Aye aye, Sir«, sagte Huck – seufzend, diesmal aber auch nicht tiefer als etwa bei seiner Krankengymnastik. »Danke, Alter«, sagte Huck. »Und wieso wolltest *du mich* anrufen?«

Leskow stutzte, und zu seiner eigenen Heiterkeit – und Hucks nicht minder –, mit viel »Äh« und »Mensch, das gibt's doch nicht«, ergab er sich seiner Vergeßlichkeit. Es hatte etwas mit Silke zu tun, soviel wußte er noch (erwähnte es aber nicht); nur spürte er im Moment nichts mehr von dem Ärgernis, das ihn vor dem Telefonat noch umgetrieben hatte – vielmehr wäre er am liebsten sofort aufgesprungen, um über den Korridor ins Wohnzimmer zu eilen und durch die offenen Schiebetüren ins angrenzende, dunkle Nest zu hechten, aus dem Silkes Schnarchraspeln zu hören wäre.

Doch als er auflegte, spürte er die Dankbarkeit huckepack so stark, daß ihm schon von der Viertelschraube auf seinem Drehstuhl schwindelig wurde.

Der King Kong des Pingpongs

Wenn die Roßkastanien voller weißer Dolden stehen, neigt sich die Rückrunde dem Ende zu, und am Abend jener denkwürdigen Begegnung mit Rotation Charlottenburg verstopfte ein zimtartiger Brei verwelkter Blüten die Gosse vorm Schulhof, bestreut mit den letzten, frisch herabgeschneiten. Wie Blutstropfen leuchteten ihre Kelche. Drüberhin schlurfend, fiel Konopka seine erste gemeinsame Nacht mit Mausi ein. Bis heute hielt der zärtliche Kitzel in seinem Zwerchfell an. Immer war er ein Glückspilz gewesen.

Noch während er prüfte, ob ihn wieder diese gewisse Gemütslähmung befiele, befiel sie ihn auch schon. Sie kam anfallsweise, diese – diese Gemütslähmung. Schwachstromartiges Summen in Knien und Schultern kündigte Koliken von Mutlosigkeit an, die dann mit stundenlang andauernder Resignation und Lebensmüdigkeit gedämpft werden mußten. Fast reflexhaft trat sie auf, diese Gemütslähmung, nicht nur, aber oft gerade, wenn er sich freute; wenn er sich einfach über etwas freute, oder auf etwas.

Nicht jetzt, dachte er. Bloß nicht jetzt.

Er versuchte, bis in die Zehen zu atmen, wie es ihm Mausi beizubringen versucht hatte, und langte nach der Hand seines Jüngsten. »Mann, Papa!« Mikey wehrte ihn mit einem Rollen der linken Schulter ab. »Jeht's noch? Ick bin doch keen Beeby mehr!«

»Na, aber ick bin noch ›Papa‹, wa?« Konopka verpaßte ihm eine nicht allzu hornige Kopfnuß. Der steckte sie wortlos weg. Sein Sohn. In das Quietschen der Pforte hinein räusperte Konopka sich. »Denn woll'n wa ma.«

In einer Flucht mit dem gelben, quadratischen Schulgebäude, das halbrechts vor ihnen lag, zog sich das graue mit den Sporthallen hin. Unter der Esche vorm Eingang, die an den Rändern ihres Laubschirms noch troff vom Wasser des kürzlichen Wolkenbruchs – jetzt nieselte es nur mehr –, stand der Rest der Mannschaft und hob die Linke, zwei mit Rauchschnörkeln, eine ohne. Rechts trug jeder sein Sportgepäck. Konopka winkte ihnen entgegen.

»Der mit der blauen Tasche is' Youssef«, sagte er. »Der spielt Nummer eins bei uns. Dreie ist der Lange mit der Mütze, Klaus Jankowski heeßta, und Marcel kennste ja.«

»Dein Doppelpartner.« Mikey legte einen Zwischenspurt ein; er war den Schritten seines Vaters längst nicht so gewachsen wie in seinen Tagträumen. »Und ihr *müßt* heute jewinn'? Sieben sieben reicht nich'?«

»Nee, reicht nich'. Wenn wa in die erste Kreisklasse uffsteigen woll'n, brauch'n wa die beiden zwee Punkte.«

»Und? Wollta?«

»Is' der Papst katholisch?«

»Weeß *ick* doch nich'.«

»Wat weeßte *denn*?«

»Weeß ick *ooch* nich'.«

»Na, ehmd.«

Je näher sie Youssef kamen, desto zuversichtlicher wurde Konopka. Wo wäre die vierte Mannschaft der TSG

Schmetterling Prenzlauer Berg ohne die stets gelassene Miene Youssefs!

Dennoch zehrte der Wunsch an ihm, ewig so weiterzuplappern mit seinem Sohn; die mit ungeschlachten Graffiti verhunzte Holztüre *nicht* aufschließen zu müssen. Zu Anfang der Saison hatte dahinter noch jenes gewisse Etwas gewinkt, wie bescheiden glorreich auch immer, herausfordernd allemal – ein gewienertes Parkett für gebundene Aggression, für bedingungslosen Ehrgeiz zum Messen der Kräfte und Geschicklichkeit, Genuß der Reflexe, kameradschaftliches Mitfiebern, Anerkennung, Selbstbestätigung, und nach der Dusche angenehm grübeleifreie Ermattung. Und die Belohnung in Form von Faßbrause und Currywurst bei Maxe. Seit Wochen aber winkte – schräge, hämisch – etwas Fratzenhaftes, das den warmen Schweiß der Eigenmacht zu verhexen drohte in den kalten, befremdenden der Panik. Seit Wochen schien Konopkas heimische Halle von einem stofflosen, doch übermächtigen Feind bedroht.

Konopka hatte es zunächst nicht wahrhaben wollen, als Mausi erstmals von »Gemütslähmung« sprach. Nicht, daß der Ausdruck nicht paßte wie die Faust aufs Auge, aber weeß der Deibel, woher sie ihn hatte. Wahrscheinlich aus'm Lesezirkel. Und schon gar nicht hatte er akzeptieren wollen, daß sie das Symptom zurückführte auf den ersten Besuch seines Lebens beim Arbeitsamt oder, wie es jetzt hieß, im Job-Center, in Pankow. (Anfangs hatte er behauptet, es sei schon vorher aufgetreten, er habe es nur nicht erwähnt.)

Doch sie hatte recht, hundertprozentig recht.

So lang lag dieser Besuch noch gar nicht zurück, und

doch löste er sich in Konopkas Gedächtnis bereits auf. Ein stickiger, beigefarbener Korridor; ramponierte braune Fußleisten und Türrahmen; vereinzelt herumsitzende und -stehende Leute, schweigsam, feindselig ... Am schlimmsten verhielt es sich mit der Erinnerung an dieses karge Büro, an diesen noch erschütternd jungen Burschen auf der anderen Seite des Schreibtischs, seinen Sachbearbeiter (oder wie die jetzt genannt wurden – Arbeitsvermittler?). Konopka war nicht mehr in der Lage, sich seiner in Form eines Konterfeis zu entsinnen. Da war hauptsächlich Schwammigkeit, Genuschel, Geschwafel auf Behördenchinesisch – bis auf zwei markante Details: erstens eine schwere schwarze Brille, eine Brille mit einem Gestell von jener bedrohlichen Präzisionsaura, wie sie die Zielvorrichtung eines Scharfschützen besitzt. Und zweitens klebte am rechten Eckzahn des Kerls ein Schmuckknöpfchen aus gelbem Katzengold, in das Pünktchenaugen mit Halbkreismund graviert waren, groß genug, um es von der anderen Seite des Schreibtischs aus allemal als »Smiley« identifizieren zu können. Der Typ mußte also mindestens einmal gegrinst haben, damit das alberne Ding überhaupt zum Vorschein gekommen sein konnte, und das dürfte der Moment gewesen sein, da in Konopkas Kopf ein messerscharf umrissener Kugelblitz von mörderischer Wut einschlug. Es war, als habe Konopka einen Moment nicht aufgepaßt oder als habe er einen Moment geglaubt, sich verhört zu haben oder so, und als sei jener Smiley nun der Beweis für eine nichtsdestoweniger stattgehabte tödliche Verhöhnung und Demütigung, für eine entscheidende Vernichtungsdrohung, und als die Blendung durch den

Kugelblitz nachließ, war Konopka erleichtert zu sehen, daß er dem Typen den Schädel *nicht* vom Hals geschlagen hatte.

Derartige Gewaltphantasien waren Konopka bisher fremd gewesen.

Das war aber auch schon alles, was die Erinnerung an seinen Besuch im Job-Center hergab: ein stickiger Korridor, ein schwammiger Typ und dieser Kugelblitz von gleich wieder lähmender Aggression. Es war, als habe dieser Smiley Konopka hypnotisiert – ja als habe er, wie in irgendeinem Cyborg-Film, Konopkas Erinnerung gelöscht.

Nie würde er diesen Besuch wiederholen können, ohne von dieser Gemütslähmung heimgesucht zu werden. Den nächsten der künftig zweifellos regelmäßigen Besuche müßte Mausi übernehmen.

Jankowski trat seine Kippe aus. »Ave, King Kong«, sagte er.

»Die machen wa platt«, versetzte Konopka statt einer Antwort, »die Schalotten. Die machen wa so platt wie deine Kippe.«

Indessen sein Schlüssel den Zylinder drehte, prüfte Youssef mit Daumen und Zeigefinger den Bizeps Mikeys, der verlegen die Schulter rollte. Und Marcel, feixend, mit einem Scharren *seine* Kippe löschend, sagte: »Verstärkung mitgebracht?«

»Der da?« brummte Konopka. »Dit is' bloß 'n Maskottchen. Jab's bei Tschibo im Anjebot.«

Mikey grinste stolz.

Konopka zwinkerte. »Sein Topschpin is' alladings jetze schon nich' janz von schlechten Eltern, wa?«

Auch diese Art von Geplänkel, vor allem aber die unangekränkelte Entschlossenheit der Kameraden wirkte auf Konopka wie 'n Glas Sekt noch vorm Frühstück. Der lärmige, aus Tatendrang stets leicht hektische Ritus des Umkleidens tat sein Übriges.

Sie machten bereits ihre Dehnübungen in der Halle, als die Schalotten erst in die Umkleide gingen. Die waren von der Schönhauser Allee zu früh abgebogen und hatten sich in Nebenstraßen verfranzt. Mit zehn Minuten Verspätung begrüßte Konopka sie mit den üblichen Worten und haspelte die Namen seiner Mannschaft herunter – »an eins Youssef Amin, an zwei Dietmar Konopka« und so weiter, wie üblich, ohne großes Aufheben darum zu machen; man erinnerte sich von der Vorrunde her eh allenfalls an Gesichter und Spielstil. Schließlich sprach auch der Mannschaftsführer der Charlottenburger die übliche Entgegnung, freuen uns auf eine faire Begegnung, möge der Bessere gewinnen und so weiter, und zum Schluß: »Wir bedanken uns für die freundliche Aufnahme mit einem einfachen Sport frei!« Das letzte Wort im Chor aller Anwesenden.

Spiel 1, Platte I: erstes Doppel Prenzlberg gegen zweites Doppel Charlottenburg; Spiel 2, Platte II: zweites Doppel Prenzlberg gegen erstes Doppel Charlottenburg. Nicht nur Youssef/Jankowski gewannen es, sondern sogar Marcel/Konopka, die es in der Hinrunde, wie sie sich zu erinnern meinten, noch verloren hatten. Und nachdem nicht nur Youssef, wie eingerechnet, sein Einzel gegen die Nummer zwei gewann, sondern Konopka seines gegen die Eins außerplanmäßig auch – denkbar knapp in fünf jeweils ebenso knappen Sätzen, aber gewonnen −, führten sie unversehens mit vier zu null Punkten, so daß Mikey seinem Vater mit leuchtenden Augen zuflüsterte: »Dit Ding is' durch, wa?«

»Halt ja die Klappe«, raunzte Konopka raunend und rubbelte sich den schwarzbehaarten Gorillaschädel mit dem Handtuch trocken. Er pumpte wie ein Boxer. Sein Magen fühlte sich an, als hätte Mausi den Kartoffelsalat von heut mittag mit Tapetenkleister angemacht. »Dit is' noch lange nich' ›durch‹«, zischte er, »dit Ding!«

Peinlich berührt von seiner eigenen Naivität, zuckte Mikey zurück, stand auf und tat so, als studierte er die Poster an der übermannshohen Wandtäfelung aus Birkenbrettern. In Fotoserien mit entsprechenden Legenden demonstrierte Timo Boll Schlägerhaltung und Bewegungsablauf von Topspin, Block, Rückhandkonter und so weiter. Allzu lang vermochte Mikey sich von der erregenden Gegenwart jedoch nicht abzuwenden, und er hockte sich wieder auf seinen Platz schräg hinter dem hochkant gestellten, braun gepolsterten Turnkasten, der als Pult für die Tabelle diente, in die sein Vater die Ergebnisse eintrug. Am Ende würde der Charlottenburger Mannschaftsführer den Spielbericht abzeichnen. Auf der Bank links davon hatten die ihr Lager aufgeschlagen, rechts davon die Prenzlauer.

Obwohl man problemlos acht Tische hätte aufbauen können, waren es nur zwei, an denen nun der lange Jankowski gegen einen bleichen, dicklichen, jüngeren Mann in feuerwehrrotem Trainingsanzug zum Warmspielen antrat und Marcel gegen einen steinalten Schreber mit Sardellen-Teint.

»Dit is doch durch, dit Ding«, wisperte Mikey trotzig, autistisch vor sich hin. Kurzfristig gelangweilt, zählte er sechs Basketballkörbe, zwei Leiterwände und gegenüber sieben hohe Fenster, anhand weißer Sprossen gegliedert in je viermal fünf senkrechte Rechtecke. Von der himmelhohen Decke fiel durch zwei Reihen Lamellengitter Neonlicht auf die beiden grünen, netzgeteilten Tischtennistische, die ihre blassen, an den langen Kanten ausgefransten Schatten über ihr Gestänge mit vier Rollen und vier Beinen lotrecht auf den Boden warfen. Bisweilen quietschte es hysterisch unter jähen Ausfallschritten, Flüche und Triumphschreie hallten von der Weite wider, selbst diskretes Abklatschen. Das helle Klicken des hohlen Celluloidkügelchens auf den belegten, geleimten Spateln aus leichten Hölzern verschärfte sich beim Schmettern zu einem Peitschenhieb.

Jankowski führte mit zwei Sätzen und verlor zu drei. »So wat jehört verboten«, würgte er hervor, sportlich um Diskretion bemüht – eine Bank weiter stieg der Gegner zappelnd in seine feuerwehrrote Jogginghose. »Zum Kotzen, so ’n Jeplemper. Der macht nur kaputt. Dit is’ ’n Zerstörer. Der kuckt sich deine Schwächen und Stärken aus, und dann nimmt er das Tempo raus und macht dein Spiel kaputt. Selber kann der gar nüscht.«

Marcel führte eins null und verlor eins drei. »Tut mir leid«, schnaubte er, fassungslos vor der Bank auf der Stelle tretend. »Plötzlich ballert der jede von meinen Spezialangaben, der alte Sack; kapier ich nicht. Daß der alte Zausel noch so so viel druff hat, Mensch.«

»Der war in der Hinrunde schon gut«, meinte Jankowski.

»Jede von meinen Angaben ballert der plötzlich, und nach dem eins eins konnte ich außerdem meine Rückhand vergessen. Komplett vergessen. Eisen gekriegt. Tut mir leid.« Eisen kriegen, wußte Mikey, war die Umschreibung für Verkrampfung.

Youssef deklassierte die Nummer eins mit elf vier, elf fünf und elf vier, doch Konopka hatte gegen die Nummer zwei der Schalotten keine Chance. »Der zieht allet. Der zieht allet extrem. Der reißt allet, wat nich' niet- und nagelfest is', und zwar von so tief unterm Tüsch, det man's meist janich' sieht, und denn kannste unmöchlich antizipier'n, wo die einschlagen.«

»Und Kurzspiel?« fragte Jankowski.

»Haste doch jesehn! Denn ballata se mir erst recht wech, wa? Der liest deine Anjaben wie aus'm Bilderbuch. Der ballat allet. Der ballat allet wech, ballat der. Allet. – Siehste?« zischte er Mikey an.

Fünf drei.

Youssef brachte seine restlichen beiden Spiele durch – auch den Zerstörer schaltete er aus, kalt wie ein Auftragskiller –, doch die anderen versagten.

Aus der Erinnerung und aus dem Grad, wie gefühlsbeladen die Debatten der Prenzlauer waren, reimte Mikey sich zusammen, daß es sieben zu sechs für sie stand, folglich das letzte Spiel entscheiden mußte: Verlören sie, endete die Begegnung zwar unentschieden, doch zum Aufstieg in die nächste Liga hätten sie einen Punkt zu wenig. Papa *mußte* gewinnen.

Konopkas Gegner war die Nummer vier, der Zerstörer, der mehlwurmhaft wirkende Jüngling, der nach jedem

Spiel wieder seinen feuerwehrroten Trainingsanzug anzog, um nicht kalt zu werden. »Der is' neu, wa?« flüsterte Youssef. »Oder war der letzte Saison ooch schon
dabei?«

»Gloob ick schon«, raunte Konopka.

»Der is' neu«, widersprach Jankowski.

»Glaub' ich auch«, sagte Marcel.

Konopka zuckte die Schulter, sprühte noch einmal
Schaum auf die Beläge und rieb sie sorgfältig mit dem
Schwamm trocken, bis sowohl die rote Vorhand- als
auch die schwarze Rückhandseite glänzte, glatt wie ein
Schwert.

Im Sorbischen bezeichnet das Wort Konopka einen
Vogel, den Hänfling. Nichts war unangemessener für
Mikeys Vater. Seinen Spitznamen King Kong trug er
nicht von ungefähr, und wer den haarigen Hundertfünf-
zehnkiloklotz durch die Straßen schieben sah, hielte
nicht für möglich, daß er sich im Handumdrehn in
einen Torpedo zu verwandeln vermochte. Wenn Mikey
im Sommer, im Garten vor der Datsche, gegen ihn antrat, schien es ihm undenkbar, auch nur die winzigste
Lücke in jener Wand aus patriarchischer Präsenz zu
finden. Manchmal umlief der sogar die Rückhand, um
eine seiner Vorhandpeitschen zu setzen, und selbst wenn
man die mal zu blocken vermochte, weil man zufällig
richtig stand, war King Kong Konopka mit einem Rie-
sensatz wieder an und über der Platte, um seinen Flip so
fies anzusensen, daß der Konter unweigerlich ins Netz
ging. Einmal, das hatte Mikey mit eigenen Augen gesehen, hatte sein Vater einen Ball derart scharf angesägt,

daß der Drall ihn, nach dem Aufprall kurz hinterm Netz, wieder auf die eigene Seite zurückbog, unerreichbar für den langarmig haschenden Gegner.

Wie ein lumpiger, stümperhafter Stripper pellte der andere sich aus seinem signalroten Trainingsanzug, während Youssef, der ihn als einziger geschlagen hatte, Konopka sein Erfolgsgeheimnis verriet: »Jibt keins. Jeheimnis jibt's da keins. Du bist doppelt so stark wie er. Du mußt bloß *dein Spiel spiel'n,* vastehste? Laß dir bloß nich' *sein* Spiel aufzwingen.«

»Is' richtig«, hechelte der lange Jankowski. »Das war mein Fehler.«

»Absolut, absolut«, sagte Marcel. »Auf keinen Fall darf man sich auf dieses Pingpong einlassen. Und laß dich bloß nich' von seiner trägen Körpersprache provozier'n. Und wenn er 'ne halbe Stunde braucht, um sein'n Ball zu hol'n – du stehst einfach nur da wie 'ne Eiche und erwartest ihn grinsend, klar?«

»Der hatte keine Schangse gegen mich«, sagte Youssef. »Ick hab ihn dreimal einfach wegjeballert.« Konopka kannte Youssef lang genug, um zu wissen, daß der nie um des Prahlens willen prahlte – es war nichts als Aufmunterung: Konopka war entscheidend besser und nervenstärker als Marcel und der lange Jankowski und konnte an guten Tagen selbst Youssef schlagen.

»King Kong macht dit schon«, beruhigte Konopka alle Beteiligten – einschließlich seiner selbst –, tänzelte ein paarmal wie ein Schwergewichtsboxer, ließ sich noch mal von allen abklatschen, auch von seinem Sohn, und trat dann auf den bleichen Jüngling zu, der einen Kopf kleiner war und trotz seiner feisten Auswüchse an Hals und Taille einen guten halben Zentner weniger wiegen mochte als er. Ohne ihm in die Augen zu schauen, ergriff Konopka dessen Tantenhand und quetschte Fett und Knorpel bis auf die Knochen. Er erschrak vor seiner eigenen Unsportlichkeit, schielte aber erst zu ihm hinüber, als er auf dem Lappen neben der Platte seine Sohlen befeuchtete. Doch der andere hatte sich nichts anmerken lassen und Konopkas Floskel »Schönet Spiel« nuschelnd erwidert. Sein Trikot stank ätzend sauer nach Kauz.

Mit rhythmischem Vorhandzuspiel begannen sie sich warm zu machen.

Konopka konzentrierte sich auf sein kompromißloses Ziel: den Sieg in diesem, dem letzten, Spiel. Er hatte die beiden vorangegangenen Einzel verloren; seine Gewinne, inklusive Doppel, lagen also schon länger zurück – doch er verscheuchte den Gedanken; schon gar nicht erlaubte er sich, der verronnenen Vier-null-Führung nachzuweinen. Er spürte eine sanfte Müdigkeit in Knien und Lendenwirbelsäule, wenn er seinen Schwerpunkt absenkte, um beim Schupfen auf Ballhöhe zu bleiben – doch aus Erfahrung wußte er, daß im Kampf mehr als genug Adrenalin nachförderbar war, um das alte Kraftniveau wiederzuerlangen. Das wichtigste war, daß er bei jedem neuen Ball konzentriert blieb – nichts vertändelte, verschenkte; nie nachließ. Dann könnte das Ding in einer Viertelstunde durch sein. King Kong würde sich Wurst und Brause mal wieder verdient haben, und Mikey könnte in der Schule erzählen, wer der TSG Schmetterling Prenzlauer Berg IV den Aufstieg gesichert hatte.

Beim Einspielen mit der Rückhand patzte Konopka zwei-, dreimal, vermutlich, weil der andere die Diagonale mit Absicht zu steil spielte. Nun, mit solchen Tricks mochte der seine kleine Schwester verunsichern.

Die ersten beiden Sätze gewann Konopka zu fünf und zu sieben. Die Basis für die meisten Punkte legte er mit seinen Angaben; er verfügte über zwei, drei Varianten mit Vorhandspin, die, eine wie die andere, den Mehlwurm düpierten. Entweder sprangen sie ihm von der Rückhand wie Flöhe, oder er gab sie zu hoch zurück, so daß Konopka sie spitzwinklig in den Tisch nageln konnte. Darüber hinaus hatte er wenig Schwierigkeiten mit den durch und durch konventionellen Angaben seines Gegners, der im übrigen über einen einzigen Paradeschlag gebot: einen Rückhandflip, den er unorthodox, ja ungelenk, aber überraschend in Vorhandrichtung umzulenken vermochte. Es hatte kaum einen Ballwechsel gegeben, der mehr als vier Schlägerkontakte zählte.

»Wunderbar«, raunte Youssef, während Konopka an der Bank einen tiefen Schluck Wasser nahm; »und jetzt nicht einlullen lassen, denn is' dit Ding gleich durch.«

»Sei bloß vorsichtig!« zischte Jankowski. »Dit is' jenau wie bei mir! Ick hab ooch zwee null jeführt! Paß bloß uff, der kennt dich in- und auswendig jetze, und jetzt wird er anfangen, dit Spiel zu verschleppen! Jetzt fängt der mit dem Jeplemper an und bringt dich aus'm Rhythmus, und –«

Youssef sagte ruhig: »Mach ihn nicht verrückt, Mensch. Du brauchst bloß«, er drehte sich in Konopkas Blickfeld, »*dein Spiel* zu spielen. Bleib locker und spiel *dein* Spiel!«

Doch auch der Mehlwurm hatte sich beraten lassen – offenbar von, wie Konopka aus dem Augenwinkel beobachtet hatte, dem alten Schreber, der Konopkas Angaben am besten gekontert hatte. Jedenfalls war er nunmehr in der Lage zu blocken, und als Konopka von seiner ausgreifenden Angabenhaltung an die Platte springen mußte, um den Block zu flippen, spielte der Mehlwurm ihm sodann exakt auf den Wanst. Der zweite Punkt war eine Kopie des ersten. Null zwei nach eigenem Aufschlag, und Konopka war so überrascht, daß er die beiden Angaben des Mehlwurms vollkommen falsch las und ins Netz setzte, der vierte Punkt wiederum die Kopie des dritten.

Den Rest des Satzes verbrachte er mit Hadern: Weshalb verschleppte der Typ das Spiel nicht, wie von allen erwartet, sondern forcierte es? Und wenn seine, Konopkas, offensiven Angaben nichts mehr taugten, mußte er seine eher harmlos unterschnittenen Rückhandangaben spielen, die auf längere, sprich ermüdende Ballwechsel hinausliefen.

Und Konopka *war* schon müde, das ließ sich kaum leugnen. Anstatt sein Mehrgewicht wie sonst als psychologische Wucht einzusetzen, begann er, es insgeheim als selbstverschuldeten Nachteil zu empfinden. Er begann, Entschuldigungen für Mausi zu erfinden, was die Mayonnaise von heut mittag anging – wobei er, trotz der Schwere im Magen, groteskerweise gleichzeitig auf den Hungerast kam. Der Blutzuckerspiegel bedurfte dringend der Auffrischung. Warum hatte er in der Pause nicht den Schokoriegel eingenommen? Um seine strapazierte Ausdauer zu kompensieren, versuchte er, schnelle

Punkte zu erzwingen, und wider besseres Wissen kehrte er zu seinen alten Angaben zurück, die unweigerlich in Bauchschüssen endeten. Während Konopka sich, anstatt konzentriert zu bleiben, päpstlich zur Verantwortung zog, ging das Spiel unbarmherzig weiter. Beim Stand von fünf zu neun wachte er auf, verhaute geschockt eine Angabe und verlor schließlich mit acht zu elf.

»Macht nüscht«, sagte Youssef ruhig. Marcel und Jankowski blieben stumm. Konopka mahlte schnaufend den Schokoriegel, der so zäh war, daß seine Nackenmuskeln zu erlahmen drohten. »Macht gar nüscht, hörste? Haste dir halt 'ne Pause jegönnt. Hör zu. Du brauchst Jeduld jetze. Du mußt deine Punkte jetz' rausspielen. Du machst deine sicheren Rückhandangaben, und dann legst du ihn dir in aller Ruhe auf deine Vorhandpeitsche. Der kann nüscht.«

»Ick bin so kaputt«, schnaufte Konopka. »Ick bin so zittrich.«

»Quatsch«, sagte Youssef ruhig, und mit weit offenem Mund verfolgte Mikey, wie sein Vater sich das von dem hageren, jüngeren Mann gefallen ließ.

»Ick hasse den«, schnaufte Konopka grinsend. »Der jeht mir so wat von uff'n Keks, der Typ. Und der jibt keen Pieps von sich, egal, ob er 'n Punkt verliert oder jewinnt. Der – der jeht mir so wat von uff'n Keks!«

Für den vierten Satz beherzigte Konopka, was Youssef ihm nahegelegt hatte: Er machte sichere Rückhandangaben. Einfallslos, aber ungerührt schupfte der Mehlwurm jedoch alles, was Konopka ihm hinschupfte, wieder zurück, scheinbar ohne jede Absicht, einen Punkt zu gewinnen. Ein kindisches Du-bist-doof-nee-du-nee-du-Duell. Anfangs versuchte Konopka durchaus, sich den Mehlwurm auf seine Vorhandpeitsche zu legen. Doch der Mehlwurm schupfte stets auf Konopkas Rückhand zurück, und zwar stets vorsichtig genug, um den Ball mit größtmöglicher Wahrscheinlichkeit übers Netz zu bringen, doch forsch genug, daß Konopka keine Zeit hatte, seine Rückhand zu umlaufen. Punkte kamen erst nach jeweils einer kraftraubenden Ewigkeit zustande, und zwar durch Fehler, Netz- oder Kantenbälle. Der Mehlwurm ein geist- und seelenloser Schupfautomat, und je mehr ein scheinbar tief verschüttetes, mysteriöses Déjà-vu-Gefühl Konopka drängte, dem Mehlwurm in aller Ruhe etwas zu erklären – aber was, um Himmels willen? –, desto ärgerlicher wurde er. Nach dem fünf zu fünf legte er eine Handtuchpause ein, und dann ging er auf seinen Gegner zu und sagte: »Hör mal, Sportsfreund. Du weißt, daß et so wat wie Zeitspiel jibt?«

Der starrte ihn bloß wortlos an. Ja, ausdruckslos – ausdruckslos, doch seltsam. Als sei ein Muskel gelähmt, oder als fehlte etwas in seinem Gesicht.

»Schon mal jehört? Wenn een Satz nach zehn Minuten noch nich' zu Ende is' und eena von uns zwei beide noch nich' mindestens neun Punkte hat, wechselt der Uffschlach nach je'm Punkt. Und denne«, fuhr Konopka fort, weil ihn der fetthalsige Mann nach wie vor anstarrte, als erzählte er einen deplacierten Witz, »denne is' et so, dit ...« Konopka begann zu schwimmen. Wie war das noch: Hat der Gegner des Aufschlagenden dreizehnmal den Ball erfolgreich zurückgespielt, erhält *er* dann den Punkt? Oder vielmehr der Aufschlagende?

Konopka bemerkte aus dem Augenwinkel, wie der Mannschaftsführer der gegnerischen Bank aufstand und anscheinend herüberspähte. Plötzlich geriet er, Konopka, in den Ruch, das Spiel zu verzögern; plötzlich kam er sich wie einer dieser von ihm selbst verhaßten Erbsenzähler vor. Kreisklasse, mein Jott. Sie waren hier nicht in China oder so.

»Vajiß et.« Er machte weiter, und weil auch der Mehlwurm genau so weitermachte wie bisher, verlor Konopka kurz die Nerven und versuchte einen unterschnittenen Schupfball auf seiner ohnehin nicht gar so zuverlässigen Rückhand mit weichem Oberschnitt zu ziehen. Ging natürlich nicht. Er spürte, wie der Ärger in seinem Magen den Umfang eines Tischtennisballs überstieg, und noch im Bestreben, sich wieder zu beruhigen, verschlug er die zweite Angabe. Fünf zu sieben. Mehlwurms Knie, Kreuz und Hüften waren fünfzehn, zwanzig Jahre frischer als Konopkas. Er erweckte den Eindruck, er könne bis morgen früh so weiterschupfen. Und brachte den Zweipunktevorsprung ins Ziel. Zwei zwei nach Sätzen.

Zeit seines Lebens war Konopka keiner Verantwortung ausgewichen. Seine frühe Liebe zu Mausi und Mausis zu ihm ließen ihm gar keine Wahl – seit der Geburt der Zwillinge schon gar nicht –, und er wäre auch nie auf die Idee gekommen, es gäbe eine. Immer war er ein guter Vorarbeiter gewesen, dem selbst der eingefleischteste Faulpelz unter seinen Leuten Respekt zollte – aber welchen Konkursverwalter interessierte das schon –, und für ihn kam überhaupt nichts anderes in Frage, als die volle Schuld auf seine Schultern zu laden, sollten sie den Aufstieg in die Kreisklasse nicht schaffen. Wäre er, wie Mausi sagen würde, mehr Stier als Steinbock (oder mehr Widder oder Wombat oder wat, Konopka kannte sich mit dem Kram nicht aus), hätte er innerlich vielleicht auf Marcels und Jankowskis Versagen zurückgegriffen, um sich zu entlasten. Doch so war Konopka nun mal nicht gebaut, und noch lag es in seiner Hand allein, und deshalb trug die volle Verantwortung für den Aufstieg der IV. Mannschaft der TSG Schmetterling Prenzlauer Berg in die Kreisklasse er, Konopka, King Kong Konopka.

Auf der Bank, vor dem letzten Satz, machte Konopka keinerlei Anstalten zu erklären, was er mit seinem Gegner in der Handtuchpause nach dem fünf zu fünf zu besprechen gehabt hatte, und weder Youssef noch Marcel oder Jankowski fragten ihn danach. Weder Youssef noch Marcel oder Jankowski gaben überhaupt irgend etwas von sich außer Zauberformeln – »So, jetzt biste erholt, jetzt machste ihn platt«, »Spiel einfach nur dein Spiel, vastehste?«. Mit gemischten Gefühlen bemerkte Konopka, wie sein Sohn Blickkontakt zu seiner Miene hielt, ob besorgt oder voller unverbrüchlichem Vertrauen, konnte Konopka schwer einschätzen, denn immer, wenn er Mikeys Blick auffangen wollte, wandte der ihn verlegen ab oder tat so, als habe er ganz woanders hingeschaut. Sein Sohn.

Plötzlich dachte er an die Blütenschlacke im Rinnstein vor der Schule, unter den Kastanien, und an die frischen, wäscheweißen Blüten mit dem zarten Blutstropfen im Kelch, und es kam ihm vor, als veruntreute er das

Andenken seiner Hochzeitsnacht, als gäbe er sich seiner Ausgepumptheit und Rat- und Lustlosigkeit hin hinsichtlich des letzten, entscheidenden Satzes gegen diesen Mehlwurmmenschen – es kam ihm vor wie Verrat an Mausi, an seinen Kindern und sich selbst, doch erst als er diese Empfindung als lächerlich überzogen einstufte, fühlte er sich leicht genug, erfrischt und gewappnet, den letzten Satz zu spielen, und er kehrte, wie üblich noch vor dem provokant trägen Mehlwurm, an die Platte zurück. Er würde einfach nicht zulassen, daß ein solcher schwammiger, stutziger Typ ihn, King Kong Konopka, lächerlich machte vor den Augen seines Sohnes.

Am schwierigsten war es, die Konzentration aufrechtzuerhalten. Beim Seitenwechsel war er im Rückstand, fünf zu vier – ein Netzball –; und gleich darauf, aus Ärger nicht aufgepaßt, stand es sechs zu vier – einer von Mehlwurms gefälschten Rückhandflips –, und dann war Aufschlagwechsel, vier zu sechs, und er hatte sich bereits zu einer seiner Vorhand-Topspin-Angaben aufgestellt – weit hinter der Platte, diagonal zur Ecke –, eine unbewußte Zuflucht, um die zwei verlorenen Punkte sofort wieder zurückzugewinnen mit den einst erfolgreichsten Angaben, die er im Repertoire hatte. Doch gerade noch rechtzeitig erinnerte er sich daran, daß sein Gegner die zu blocken vermochte, womit wieder Bauchschuß drohte.

Natürlich wußte er das seit dem dritten Satz, doch in der dauernden Rage war es nicht einfach, kühlen Kopf zu bewahren; man vergaß so etwas sehr leicht, wenn man damit beschäftigt war, unablässig aus jeder Haarwurzel sickernde Rinnsale von klebrigem Schweiß aus der Stirn zu wischen, die Schmerzen in Knien und

Hüften und Lendenwirbelsäule zu verdrängen und die letzten Reserven von Muskelkraft in den Oberschenkeln zu mobilisieren, während unentwegt ein filzbezogener Schlegel in unbändigem Rhythmus von innen gegen die Rippen paukte. Und selbst wenn es einem noch rechtzeitig einfiel, flüsterte einem der Streß ein, den Vorgang abzubrechen und einen neuen zu starten sei aufwendiger als ihn durchzuziehen.

Dennoch gelang es Konopka, umzudisponieren. Und während er sich aus der schon vorgespannten Haltung wieder befreite, sah er, daß sein Gegner bereits zum Blocken an die Platte vorgerückt war, und gratulierte sich zu seiner Bedachtsamkeit. Aus einer Eingebung heraus wechselte er auf eine schnelle, ungeschnittene Angabe aus der Rückhand, wie er sie seit den ersten spielerischen Trainingsstunden mit Mikey nicht mehr angewendet hatte, und der Mehlwurm, mit einem Drall kalkulierend, der ausblieb, schupfte sie über die Tischkante hinaus. Humorlos produzierte Konopka eine Dublette – sechs zu sechs. Und dann zeigte plötzlich der Mehlwurm Nerven, verhaute eine Angabe und, um sie extra sicher zu spielen, brachte die nächste zu hoch. Konopka schlug sie tot wie eine Fliege, und indem er seinen Triumph hinausbrüllte, machte er seinem Spitznamen auch akustisch alle Ehre.

Er hörte den Jubel und die Anfeuerungsschreie von seiner Bank zwar, doch ließ er nur eine vorsichtige, vorläufige Erleichterung zu und das warme Zurückströmen von Gelassenheit und Zuversicht. Er hatte das Blatt gewendet, der Mehlwurm war entdämonisiert. Acht zu sechs bei eigenem Aufschlag. Wieder machte Konopka diesen simplen schnellen, ungiftigen aus der Hand – wenn der Jüngling geistesgegenwärtig war, beharrte er auf den sechzehn Zentimetern Wurfhöhe, die der Ball vorm Aufschlag vorschriftsmäßig erreichen mußte. Doch das war er nicht, geistesgegenwärtig; nicht mehr. Neun zu sechs. Auch den neuerlichen Lärm von der Bank nahm Konopka möglichst neutral auf.

Jetzt sieh ihm in die Augen, dachte er sich und sah seinem Gegner in die Augen, doch der zögerte, den Blick zu heben, und starrte, den Schläger in der Hand wie ein Beil, nur auf Konopkas Schläger, und da Konopka seinerseits zögerte, hob sein Gegner doch noch den Blick und – grinste. Grinste, weil er nicht wußte, was es da seitens Konopkas zu gaffen gab. Grinste, weil er zu unreif, zu dumm oder zu gemein war für eine angemessene Reaktion.

Und da erkannte Konopka endlich, wer er war, sein Gegner; erkannte selbst auf diese Entfernung, selbst über die vier- und fünffache Breite eines Behördenschreibtischs hinweg den schwarzgepünktelten gelben Fleck am Eckzahn. Und es fehlte tatsächlich etwas in dem Gesicht, die dicke schwarze Brille nämlich. Und wieder durchsengte jener Kugelblitz von Haß und Wut Konopkas Hirn und verglühte dann eben doch als schwachstromartiges Summen in Knien und Schultern; jenes Summen, das diese bösartigen Koliken der Mutlosigkeit ankündigte und folglich heillose Gemütslähmung, Ohnmacht.

Konopkas zweite Angabe war ein Fehlschlag. Der hochgeworfene Ball geriet in den Luftstrom, den das allzu vehemente Ausholen mit dem Schläger hervorgerufen hatte, und deshalb hatte Konopka ihn nicht richtig treffen können, und die Angabe ging ins Netz. Sieben neun. Von der Bank kam ein scharfes Zischen.

Aufschlag Smiley. Ein mißglückter Aufschlag. Ein versehentlicher Dropkick, der in so hohem Bogen angeeiert kam, daß Konopka ihn ins Aus flattern wähnte – und der doch die rechte Spitzkante der Platte touchierte, optisch deutlich, indem er die Flugbahn veränderte, selbst akustisch deutlich genug. King Kong zuckte nicht einmal. Der Mehlwurm hob entschuldigend die Hand. Konopka ignorierte ihn. Acht zu neun. Wieder ein Geräusch von der Mannschaft, undechiffrierbar.

Konopka schlurfte ein wenig umher, und stellte sich dann wieder auf. Flattrig im Handgelenk und derart schwach in den Knien, daß er sich kaum auf den Beinen halten zu können glaubte. Eigentlich brauchte er eine Auszeit, doch nun floß das schwarze Blut der Gleichgültigkeit.

Zweiter Aufschlag Smiley. Ein Sicherheitsball. Ohne Schnitt, ohne Mumm. Konopka blinzelte im falschen Moment, las ihn falsch. Schupfte ihn mit viel zuviel Kraft zurück, hinaus über die seitliche Kante. Neun zu neun. Totenstille auf der Bank. Bei lebendigem Leibe spürte Konopka die Ohnmacht lauern. Lauern wie eine längst verabreichte Vollnarkose.

Was ihn am meisten quälte, was ihn inmitten dieses Satansamoks der Handlungsunfähigkeit am allermeisten quälte, war der unwirkliche Gedanke, unter allen Umständen Mikey hier hinausschaffen zu müssen. Wenn er, Konopka, dieser alptraumhaften Heimsuchung schon nicht zu begegnen vermochte, dann wenigstens Mikey hier rauszuschaffen. Aber es ging ja nicht. Und wohin auch?

Aufschlag King Kong. Fehlschlag, ins Netz. Neun zu zehn (Matchball Smiley). Totenstille in der Halle. Aufschlag King Kong.

Buxtehude

Meinem Vater gewidmet. Und seinem Vater.

> *De Geschicht hett sick aber so todragen.*
> WILHELM SCHRÖDER, *Der Hase und der Igel,*
> nacherzählt von den BRÜDERN GRIMM

Immer noch tun dir die Beine weh. Mal dumpfe, mal
stechende Schmerzen –
*und ein Juckreiz, manchmal, zum Verrücktwerden. So-
lange ich im Gange bin, geht's. Aber kaum sitz' ich im
Sessel, tun mir die Beine weh.*
Seit du auf Rente bist, ungefähr.
Ungefähr, ja.

Du bist sehr gern im Gange, immer noch; fünfundsieb-
zig Jahre alt, bist du immer noch sehr gern im Gange.
Zimmerst und tischlerst, täglich. Doch wenn du davon
mal ausruhen möchtest, stellt sich Unruhe ein.
Manchmal möchtest du in Ruhe nachdenken, an lange vergangene Dinge denken. Und Menschen gedenken,
die dir einmal lieb und teuer waren und schon lange fort
sind. Zu selten hast du ihr Andenken pflegen können;
jetzt wär's an der Zeit –
*und die Muße dazu hätte ich, hätt' ich doch bloß auch die
Ruhe.*

Versuch's. Fang mit irgendwas an. Sagen wir, mit Eis-
blumen. Was für schöne es gab, farnartig gespreitet,
doch mit einer Menge Kristallblüten, einer Füllhorn-
schwemme ziselierter Kristallblüten, rauh und fein zugleich, dort an der Stubenscheibe ...

Haften sie drinnen oder draußen? Mal sehen. Wenn
du dich streckst, kannst du sie bestimmt mit dem fil-
zigen Fäustling berühren – nie und nimmer aber die
Nadelspitzen der scheingläsernen Möhren, die von der
Dachkante abwärts wachsen und in der Vorfrühlings-
sonne tröpfeln.

Oder?

Versuch's. Streck dich. Auch wenn – unter Mantel,
Pullover, Hemd, schafwollener Hose – dieser eine Knopf
am Saum des Leibchens aus seinem Knopfloch am langen Wollstrumpf zu rutschen droht. Und folglich der
ganze Strumpf.

Noch heute als alter Mann freu' ich mich, wenn Eis in der
Sonne tropft ...

Streck dich. Versuch's.

Was für ein Winter das war, der da grad zu Ende zu
gehen beginnt! Überhaupt, was für Winter davor und
danach.

Und was für ein Spektakel, wenn die Warthe stand.
»Die Warthe steht!« Wie lang hast du sie ersehnt, diese
magische Losung! Dann brauchst du bloß durchs ver-
harschte Gärtchen und die offene Pforte zu traben, über
den Pfad am Fuß des Deiches, den ihr hier Wall nennt,
den Wall hinauf, hinüber über den Wallweg und den

Wall wieder hinunter, keine Minute, und da ist sie, die Warthe, und tatsächlich, sie steht. Endlich steht sie.

Seit Wochen schon hast du nicht mehr mit dem alten Dossow hinausfahren können auf seinem ächzenden Holzkahn, um im Morgengrauen die Netze zu bergen; manchmal darfst du seinen Pfeifenkopf halten, und das ist so schön, so warm –

deswegen riech' ich noch heute so gerne Pfeifentabak.

Und seit Wochen schon sind auch keine Flößer mehr flußabwärts gefahren. Zu anderen Jahreszeiten fahren oftmals Flößer flußabwärts, lassen sich in der Strömung treiben auf den zusammengesteckten Baumstämmen, mit geschmiedeten Krampen zusammengesteckt zu Gestören, die auf diese Weise nicht nur transportiert werden, sondern gleichzeitig von Salzen und anderem Zeug reingewaschen, damit das Holz beim Trocknen nicht verzogen wird. Eine Klosetthütte tragen sie mit sich. Und wenn einer jener Flößer im zügigen Vorbeigleiten zu dir und den andern Jungs herüberruft: »Wie heißt denn euer Kuhdorf hier?«, ruft ihr zurück: »Buxtehude!«, und dann droht er mit seinem langen Floßhaken und schimpft: »Paßt uff, ihr Lausebengel, ick jeb' euch gleich ›Buxtehude‹ ...«

Denn ein Buxtehude, wie jeder weiß, gibt's nur im Märchen.

Die Warthe rast, die Zeit steht still.
Streck dich. Versuch's.

Und schließlich sind auch die Diesel verstummt; an den Duckdalben und Landungsbrücken flußauf-, flußabwärts vertäut all die Schiffe und Schuten, Prähme und Schleppkähne, ihre Decks und Bauchhöhlen staubig, doch leer, längst gelöscht Baustoffe und Schüttgut wie Kohle; und auch die kleine Fähre in eurem Dörfchen, die der alte Schulte an einer Kette eigenhändig ans andere Ufer hinüberzuziehen pflegt, liegt schon länger fest, dort drüben, am Landesteg von Költschen. Längst schon bringt der Strom nicht mehr das gutgeölte Tuckern der Dieselmotoren hervor – Musik in deinen Ohren, die dich so oft aus dem Federbett trieb beim ersten Erwachen. Vielmehr treiben nun riesige Schollen den Fluß hinunter –

und was da alles drauf war! Eine Puppe ... einmal sogar ein Hund, ein lebender Hund ...

Träge kreiselnd treiben die Schollen eilig, rundlich vom Reiben und Rammen und wund an den Seiten, so daß die Schilferungen sich zu stattlichen Kristallrändern auswachsen. Schwimmendes, drehendes Geschirr, die ganze Warthe eine irre Eistöpferei – ein Eiszirkus, den ihr für Mutproben nutzt. Ja, ihr springt auf ufernahe Schollen, hüpft von Scholle zu Scholle und Scholle für Scholle zurück ans Ufer, und weh' dem, der über die Kristallkante stolpert ...

Doch das war gestern und letzte Woche, und jetzt steht die Warthe. Tatsächlich, sie steht. Mit dem Pferdewagen nunmehr setzt der alte Schulte nach Költschen über, glättet Ecken und Kanten der eisigen Route mit der Schaufel und streut Sand drüberhin und setzt mit dem Pferdewagen über, die ganze Warthe eine einzige Brükke, und ihr schleift euch mit dem Stiefelprofil Rutschbahnen zurecht, und wenn du mit einer Beule am Kopf nach Haus kommst, seufzt Mutti: »Mensch Junge, dir hätt' ick doch in't erste Badewasser erseefen soll'n ...«

Nach einem solchen Tag ins Bett zu gehen, herrlich ... Meine Mutter wärmte die Zudecke gern am Ofen vor ...

Denn du bist der Kleinste, »hast ja jar nicht mehr sollen sein«, wie Mutti sagt. Ilse und Lotte sind vierzehn und dreizehn Jahre älter – arbeiten in Berlin, als Haushaltshilfen bei Filmleuten (Ilse bei Werner Eisbrenner, dem berühmten Komponisten) –, und Helmut ist elf Jahre älter und lernt Bauschlosser in Fichtwerder, wohnt noch bei euch, hat aber schon ein Fahrrad.

Streck dich. Versuch's. Versuch, an die tropfenden Spitzen der Eiszapfen heranzukommen ...!

Denn inzwischen steht die Warthe nicht mehr. Die Schmelze beginnt. Nun weckt dich jenes Gletscherkrachen, jenes urzeitliche Kalben, das von kilometerweit her bis an dein schlafwarmes Ohr dringt, von der Brücke vor Küstrin, wo all die großflächigen Trümmerplatten aus marmorhartem Warthewasser aufeinanderprallen, einander stauchen, eins über das andere schieben, schräg, ja aufrecht gegen die Betonpfeiler stemmen und wie Schleusentore die Unterströmung stauen. Papa muß da manchmal hin und sprengen, damit es kein Hochwasser gibt. Papa ist Wasserbauarbeiter.

Und hier, in eurem Dörfchen, klettert ihr, an der Biegung, in jenem starren Park aus riesigen Scherben herum und rutscht auf den schräggestellten herunter, bis daß die ganze Herrlichkeit davongeschmolzen sein wird.

So wie jetzt, Tropfen für Tropfen, der Eiszapfen da. Streck dich! Versuch's!

Und was für Sommer das waren ...

Im Frühjahr, schon vor der Schule, werdet ihr Maikäfer in Zigarrenkisten sammeln, ›Müller‹ gegen ›Schornsteinfeger‹ tauschen und umgekehrt.

Werdet Astgabeln aus den Weiden brechen, mit dem Fahrtenmesser zurechtschnitzen, die Zunge eines alten Schuhes mit Weckgummi an der Zwille festbinden, und dann wirst du dem ollen Lenz ein Stück vom Schneidezahn wegschießen, Mensch, det nenn' ick Vorhaltemaß, und anschließend wirst du immer, wenn er übern Wall gefahren kommt, Reißaus nehmen.

Und in der Schule werdet ihr kleine Flugzeuge aus Balsaholz bauen, *richtig schön geschnitzt*, werdet eingestrichenes Pergamentpapier auf die Spanten kleben – *mit Uhukleber, deswegen bin ich ja heute noch schnüffelsüchtig! ...* –, und die Luftschraube wird mit Gummiband gespannt, und dann gelöst, und dann schnurrt es los ...

Und Papas Motorrad *von Brennerbohr, grün war's, und unterm Gepäckträger hatte es so einen langgezogenen Blechkasten mit Werkzeug, eingewickelt in Lappen.*

Und Weitpinkeln. Und Doktor spielen mit Elfriede Deideidei.

Und wenn der Mohn reifen wird, werdet ihr nachmittags durch die Felder mit jenen langstieligen Pflanzen streifen, deren Kapselköpfe ihr öffnen und ausweiden werdet, die Ernte aus der Hand leckend. Und eines Morgens wird Mutti kommen und sagen: »Es jibt

Kriech, hamse jesacht«, und, als taugte die nackte Nachricht nicht allein zum bösen Omen, hinzufügen: »Und der Himmel im Osten war janz rot.«

Auf dem Plumpsklo ist es immer so gemütlich, dazusitzen und den ganzen Brummern zu lauschen, sie zu betrachten, jeder schillert anders.

Plumpsen. Fällt er in den Sumpf, macht der Reiter plumps. Plumpsen. Pieksen. Kullern. Purzeln. Du bist ein Kind, und es folgen spannende Zeiten.

Der Schlips mit dem geflochtenen Lederknoten, und das duftende Lederkoppel, und die Geländespiele, Planspiele mit Nahkampfübungen: ein Wollfaden am Knopf, und deiner ist immer als erster abgerissen; du bist eben der Kleinste. Macht trotzdem Spaß, auch wenn Papa den Kopf schüttelt und brummt: »Wat machste bloß den Blödsinn mit.« Und wenn eine Me 109 über der Warthe mit den Tragflächen wackelt, dann ist das der berühmte Nachtjäger Major Lent, der seinen Vater grüßt, den Pastor im Nachbardorf. Und einmal fliegt eine He 111 ganz tief übers Haus, so tief, daß du die deutschen Hoheitsabzeichen und das Hakenkreuz auf dem Seitenleitwerk genau erkennst – und den MG-Schützen in dem verglasten Rumpfbug! Und wenn Helmut auf Urlaub kommt, was für ein Stolz, welche Pracht, die herrliche Uniform! Und Gewehr mitgebracht, und mit'm Karabiner geschossen; er war Kradmelder in Rußland und hat sich später freiwillig zu den Fallschirmjägern an die Westfront gemeldet. Und den landverschickten Jungen aus Hannover habt ihr immer geärgert, weil er immer sagte: »Wir wollen 'ne lütje Bude bauen«, aus Ästen und Zweigen, Reet und Gras. ›Lütje Bude‹! Er meente ›kleene Bude‹, wa. Und was für ein atemberaubender Anblick, wenn am nächtlichen Himmel über Küstrin oder Frankfurt an der Oder riesige Trauben aus roten und grünen Leuchtkugeln abwärts schweben, »Weihnachtsbäume«, sagt Mutti, abgeworfen von den feindlichen »Pfadfindern«, die die Zielmarkierungen für die nachfolgenden Bomber setzen –

wie gern hab' ich das gesehn!

Und viel mehr hab' ich vom Krieg nicht mitgekriegt. Bis die endlosen Trecks mit Pferden und Planwagen und Handwagen auf dem Wall vorüberzogen, die Lastwagen waren ja alle für die glorreiche deutsche Wehrmacht konfisziert, und die Leute immer runterkamen und Wasser holten von unserer Pumpe und sagten, was macht ihr denn noch hier, wollt ihr nicht weg?, der Russe ist schon da und da.

Zwei Kühe habt ihr im Stall, zum Nebenerwerb, wie die meisten der hundertsechsundachtzig anderen Raumerswalder. Und eines Tages willst du, wie immer, mit Mutti zum Melken in den Stall, und da sagt sie: »Nee, laß mal, Junge, heut nicht.«

Denn da sind zwei Deserteure aus Ostfriesland versteckt, deren komisches ›Plattdütsch‹ du denn doch zu hören kriegst, als sie helfen, die alte Frau zu begraben. Die alte Frau, die eines Tages zwei, drei Leute aus dem Treck vom Wall herunterbringen, »die muß mal warm werden, die muß mal bei dir im Bette lijen«, und so kommt es; und als du am Morgen erwachst, läufst du

nach unten und sagst: »Weeßte wat, Mutti, die is' janz
kalt.« Und mit vier, fünf Mann, darunter die Ostfriesen,
habt ihr ein Loch ausgehoben und habt sie da reinge-
schmissen, bäuchlings, und der eine der Männer sagt:
»Die sagt jetzt auch, die ganze Welt kann sie am Arsch
lecken.«

*Und ich weiß noch ganz genau, wo sie liegt; da, wo's aus
der Hecke rausgeht, zum Wall hoch, da stand eine alte
Dreschmaschine, und da, wo der Motor umgefallen ist, da
liegt die alte Frau begraben.*

*

Büschdorf bei Halle a. d. Saale,
den 30. Dezember 1945

Mein lieber Bruder,
ich habe nicht gedacht, daß wir von Dir noch ein Le-
benszeichen hören werden. Im Januar kam bei uns der
Russe, aber wir sind nicht geflüchtet, aber, Helmut,
dann kamen auf der Warthe die großen Kriegsschiffe
mit ganz voll russischen Matrosen, wo uns angst und
bange wurde, und dann kamen die deutschen Flieger
tief über die Schiffe und schossen, daß es man so knallte. Und dann haben die Russen in Gerlachstal eine
Brücke über die Warthe gebaut, daß sie drüber konnten.
Aber da ging's erst los mit die deutschen Tiefflieger,
dann haben sich die Russen immer eingenebelt, dann
konnte man nirgends gucken. Nur das Maschinenge-
wehrfeuer hat man blitzen gesehen. Und dann sind die
Splitter einem um den Kopf gepfiffen, daß man ins

232

Haus gehen mußte. Ja, ja, lieber Helmut, das war schon ein Krachen. Die Brücke in Landsberg haben sie auch in die Luft gejagt, warum bloß? Vor die Russen sind wir nicht geflüchtet. Und dann am 5. Juni hat uns der Pole in einer Stunde rausgejagt. Und dann mußten wir laufen von unsere Heimat bis nach Berlin. Aber Küstrin ist mit den Erdboden gleich. Nun will ich schließen, tausend Küsse, Dein Bruder

Mein lieber guter Helmut!
Ja, mein Sohn, Deine Mutter lebt noch, und ich will es hoffen, daß ich noch so lange aushalte, bis wir uns wiedersehn, und noch, wenn Du hier bist, denn wer sollte Euch denn alles machen.

Helmut, wir sind Bettler. Wir sind doch in Raumerswalde geblieben, als der Kampf da tobte. Es ging ja alles zu schnell. Papa kam am 30. Januar von Landsberg abends zu Fuß, war hoher Schnee. Landsberg wurde geräumt, ich frug ihn: Und wo ist Ilse? Da sagte er: Ich konnte doch nicht mehr hin, die Brücke war gesprengt, die R. waren schon da, ging schon alles kopfüber. Wir hatten schon das Haus voll Landsberger Flüchtlinge, und unsere Ilse kam nicht, die ging zu Fuß mit fünf Mädels Richtung Berlin, anstatt zu uns zu kommen. Ein Vierteljahr habe ich nachts im Bett gesessen und um sie geweint. Es kamen von Warnick Flüchtlinge, die sie kannten, dem einen Mädel ihre Schwiegermutter, bei der waren sie eingekehrt, die sagte, Ilse ist von Russen in den Wald geführt und erschossen. Auf einmal kam sie an, einen Kinderwagen hatte sie sich organisiert, da hatte sie in Görlitz gearbeitet, auf einem Flugplatz, und nun konnte sie gehen, es waren Männer aus Derschau bei, mit denen ist sie gelaufen, in Költschen hatte sie ein Russe mit dem Kahn rübergesetzt. Papa ist Ende Februar vom Russen aus der Stube geholt – komm, komm, Raboti – und kam nicht mehr wieder, lebt er noch oder nicht, ich weiß nicht.

Lieber Helmut, und unsere liebe Lotte ist am 23. Mai an Diphteritis gestorben, sie war nur acht Tage krank, erst war es Scharlach so bunt am ganzen Körper. Wir haben sie noch nach Landsberg ins Krankenhaus gebracht. Kottkes Frieda, die Frau Trabandt, hat gefahren mit den Volksdeutschen ihr Gespann. Aber zwei Tage hat sie nur noch gelebt, es war zu spät, keine Hilfe mehr, der Hals war zu. Lieber Helmut, laß Lottchen ruhen, sie hat eine Heimat, und wir irren heimatlos umher in der Welt. Meine einzige Hoffnung bist Du nur noch, dann werden wir uns wieder eine Heimat schaffen, nicht wahr. Wenn bloß meine Gesundheit noch aushält. Wenn wir uns sehn, erzählen wir uns alles. Mein Sohn, halte auch aus, unternehme nichts, sei auch tausendmal gegrüßt und geküßt Deine Mutter

*

Ja, so war es gekommen, nachdem die alte Frau neben der alten Dreschmaschine begraben worden war. In nicht allzu weiter Ferne hörtest du die Schüsse der Panzer und sahst du brennende Häuser, und Tage später kam ein Lastwagen vom Wall herunter auf den Hof gepoltert, und als das Motorengeräusch erstarb, wurde die Tür aufgestoßen; ihr saßt zu dritt in der Stube, du, Mutti und Papa, der als Wasserbauarbeiter unabkömmlich war – er hatte sich einen Vollbart stehen lassen, um älter zu wirken.

Das erste, was du gesehen hast, war eine Uschanka, eine weiche graue Fellmütze mit blankem Stern aus roter Emaille, *Mensch, so 'ne schöne Pelzmütze!* Und dann erst die MP, Magazintrommel quer zur Maschine. »Hiitlerr kapuut! Uri, Uri!« Und ihr mußtet eure Uhren abgeben.

Und ich weiß gar nicht, ob wir noch 'n Hitlerbild an der Wand hatten, hatte ja jeder damals, aber ich weiß nicht, ob mein Vater in der Partei war, ich weiß nur noch, daß meine Mutter später immer sagte: Der war immer gegen Hitler, und doch ist er verschleppt worden.

Und dann haben sie deinen Vater, mitsamt den beiden Ostfriesen, auf den Lkw verladen, und Mutti hat geschrien, wie du sie noch nie hast schreien hören, und das war das letzte Mal, daß du deinen Vater je gesehen hast, aber das konntest du damals noch nicht wissen.

Monatelang lebtet ihr *unterm Russen, mit elf Jahren bin ich mit den Soldaten dann immer zum Plündern gefahren, das war herrlich ...! Zu uns Kindern waren die Russen lieb und nett. Ruck, zuck hab' ich ein bißchen Russisch gelernt. Idi suda, »komm hierher« ...*

Du durftest bei einem von ihnen auf dem Schoß sitzen und das riesige Lenkrad bedienen, und dann seid ihr auf all die verlassenen Höfe in der ganzen Gegend gefahren, habt Schinken und Würste erbeutet.

Ein anderer machte dir in null Komma nix aus 'nem Groschen 'nen Fingerring; er bohrte ihn mit der Bohrmaschine auf, steckte einen Stichel hinein und klopfte den Münzrand mit dem Hammer breit und breiter, bis er paßte.

Und mit wieder anderen durftet du und der Nachbarsjunge auf Militärschlauchbooten mit zum Fischen rausfahren; sie drückten jedem von euch eine Eierhandgranate in die Hand, und dann habt ihr den Zünderring abgerissen und *ras, dwa, tri* gezählt, und dann habt ihr sie fortgeschleudert, so weit ihr nur konntet, und dann gab's ein, zwei rumsende Wasserbeben, und dann brauchtet ihr nur noch mit dem Kescher einzusammeln, was da an der Oberfläche trieb – fünfzehnpfündige Hechte, ja all die fetten, bauchigen Brassen und langen, breitmäuligen Welse, die ihr mit euren Angelruten im Leben nicht zu fassen gekriegt hättet.

Und dann wurde Lotte so krank, und ihr habt ihr noch Urin zu trinken gegeben, weil das helfen soll, doch acht Tage später schließlich bettete man sie in einen roten russischen Soldatensarg. Auf einem Militärlastwagen wurde der zum Dorffriedhof gebracht. Zu Fuß seid ihr hinterher, Mutti und du. Die russischen Soldaten haben Lotte ein Holzkreuz gezimmert, und darunter begruben sie sie.

Wo Ilse ist, wußtet ihr nicht; wo Helmut ist, wußtet ihr auch nicht, und ob Papa noch lebte?

Und elf Tage später, in aller Frühe, stand ein polnischer Soldat vor der Tür und gab euch eine Stunde, um mit Sack und Pack zu verschwinden.

Von den Panzergefechten waren die Bäume der Wälder auf halber Höhe weggeschossen. Noch heute, wenn ich irgendwo Schneisen von Sturmschäden seh', erinnere ich mich an das Bild von damals.

Ich weiß nicht mehr, wie lang wir marschierten und wo wir schliefen.

Einmal am Straßenrand ein Wildschweinkopf, das weiß ich noch.

Und dann Berlin. Fürchterlich. Die Schuttberge. Die Planierraupen, die die Trümmer zusammenschoben; die Körperteile der Leichname, die daraus hervorragten, so daß Mutti mir die Augen zuhielt. Neulich erst, auf der Umgehungsstraße in Stade, der schwere Unfall, da hing ein Arm aus dem Führerhaus des Lkws, und sofort, nach über sechzig Jahren, mußte ich wieder an Berlin 1945 denken.

Zwei Nächte unter der Siegessäule. Und dann konnte Mutti nicht mehr und sagte, komm Junge, wir jehn in't Wasser, und sie wollte sich mit mir in 'nen Kanal stürzen, aber dann hab' ich so geschrien, daß sie davon abließ. Und irgendwann fanden wir dann Ilse, bei Werner Eisbrenner, und es gab Weißkohl zu essen, und ich mochte keinen Weißkohl, und Eisbrenner sagte: »Na Junge, wennde keinen Kohl magst, denn haste wohl noch nicht gehungert.«

Ende Juli vielleicht, Anfang August 45, sind wir zu Muttis Schwester nach Büschdorf bei Halle a. d. Saale. Und da müssen wir wohl ein gutes halbes Jahr gewesen sein, wenn man nach Muttis letztem Brief geht.

Und dann müssen wir wohl Nachricht von Helmut gekriegt haben, daß wir rüberkommen sollen, in die britische Besatzungszone; er war in englischer Gefangenschaft in der Lüneburger Heide und hatte eine Kontaktadresse in Stade an der Unterelbe. Wir fuhren bis zur Zonengrenze, und da wies uns ein Schleuser den Weg und sagte, da, da drüben ist Helmstedt, da müßt ihr runter. Und dann sind wir los, und dann peitschte ein Schuß, und jemand rief: »Stoj!«, und ein russischer Soldat kam auf uns zu. Und Mutti fing an zu weinen und radebrechte und zeigte auf mich und dann auf ein Foto von Helmut und sagte immer »Bruder, Bruder, Stade, Stade« und zeigte dann nach Helmstedt. Und dann sagte der junge Soldat: »Dawai, dawai«, und ließ uns laufen, und wir rutschten den Kohlenhang runter. Der war ganz jung. Das war ein ganz lieber junger Mann.

Im Lager waren wir nicht lang, wir wußten ja, wohin wir wollten. Und dann sind wir mit dem Zug Richtung Stade, wo Helmut uns abholen wollte. Und auf einem der letzten Bahnhöfe, bevor wir in Stade ankamen, sag' ich zu Mutti: »Kiek mal, Mutti, det gloobste nich«, und zeig' auf das Schild am Bahnsteig, und da steht ›Buxtehude‹ drauf, und ich dachte, das kann ja wohl nicht wahr sein.

Doch. Un dien Frou is all hier. Un ok diene Kinner – flink wie die Igel, zäh wie die Liebe und noch fremd wie die Heimat.

Ruh dich aus. Bleib im Gange, aber ruh dich aus.

Sehnsuchtsglühen

... zum Küssen bereit /
Zu kurz war ihr Kleid /
Caramba ...

HEINO, *In einer Bar in Mexiko*

Ort der Handlung:
Beeckdörp bei Stade / Nordniedersachsen

Zeit der Handlung:
17./18. Juni 1970

Personen der Handlung:

SEPP MAIER	Verschwörer
(alias Bodo Morten)	
STAN LIBUDA	Verschwörer
(alias Alfred Kolk)	
OVERATH	Verschwörer
(alias Dutschke Duttheney)	
SCHNELLINGER	Verschwörer
(alias Johannes Bartels)	
GERD MÜLLER	Verschwörer
(alias Beecken)	
UWE SEELER	Stotternder Verschwörer;
(alias Friedrichs)	später Held, noch später Verräter
KARIN KOLK	Stan Libudas Schwester
RACZEK	Stader Rocker

OVERATHS VATER	WM-Fan
(alias Duttheney)	
GERD MÜLLERS VATER	WM-Fan
(alias Hein Beecken)	
LIBUDAS VATER	WM-Fan
(alias Kolk)	
SEPP MAIERS VATER	WM-Fan
(alias Horst Morten)	

KÄTHE MORTEN	Mutter Sepp Maiers
MARGRET BARTELS	Mutter Schnellingers
BERTA FRIEDRICHS	Mutter Uwe Seelers
TINE DUTTHENEY	Mutter Overaths
ERNA BEECKEN	Mutter Gerd Müllers
HERTHA KOLK	Mutter Stan Libudas und Karins

»Piß...«, sagt Stan Libuda und setzt, mit den Armen balancierend, die rechte Ferse an die linke Pike.

»...pott«, sagt Overath und tut das gleiche, allerdings sicheren Standbeins.

»Piß...«, sagt Stan Libuda.

»...pott«, sagt Overath. Ihre blonden Ponys vertüdern sich ineinander. Zwischen die Spitzen ihrer Fußballschuhe paßt keine Quartettkarte mehr. »Piß«, sagt Stan Libuda und setzt seine Stollen auf Overaths Rist.

»Arschgesicht«, sagt Overath, zieht das Knie ruckartig an, stoppt jedoch rechtzeitig ab und bietet sein Kabinettstückchen dar: Er schließt die Augen – aber so, wie ein Kaiser beleidigte Leberwurst mimte, obwohl er den Narren mit einem Fingerschnippen aufknüpfen lassen könnte –, hebt die Nase mit einem vornehmen Dreh, streckt die Zunge heraus, zu einer Rinne gerollt, schießt mit dem satten Laut eines Luftgewehrs Qualster ab, hebt die Lider wieder und verfolgt die Flugbahn aus den Augenwinkeln, allerdings nie bis zum Aufprall, damit er schon handeln kann, während die andern noch staunen. Wegen der Kraft und Eleganz dieser Übung war Sepp Maier eine Zeitlang geradezu verknallt in Overath, ehrlich.

Diese Pißpott-Arie jedesmal, findet er, sagt es aber auch diesmal nicht, ist beknackt, saubeknackt. Gewählt wird sowieso immer in der gleichen Reihenfolge.

Overath winkt ihm mit dem Zeigefinger. »Morten – äh, Sepp Maier, mein' ich.« Er weiß, er wird nur deshalb immer als erster gewählt, weil außer ihm keiner das ganze Spiel im Tor bleiben will – nicht mal Uwe Seeler, obwohl der genauso 'ne Flasche ist wie er. Wer ihn, Sepp Maier, in der Mannschaft hat, muß keine Debatten darüber befürchten, wann man denn bitte schön selbst mal ins Tor wechselt, Arschgesicht.

»Schnellinger«, kommandiert Stan Libuda. Schnellinger und Uwe Seeler treten gleichzeitig vor. »Du bist Uwe Seeler, Arschgesicht«, sagt Schnellinger. »A-a-ach ja«, sagt Uwe Seeler und nimmt den Schritt zurück. Jedesmal das gleiche. Und dann hat er auch noch ein graues und ein grünes Auge, ehrlich. Wie kann man nur ein graues und ein grünes Auge haben.

»Gerd Müller«, sagt Overath, und während der zu ihm geht, geht Uwe Seeler zu Stan Libuda. »Dafür kriegen wir aber Raczek, wenn er kommt«, sagt Uwe Seeler. *Dafür*, ehrlich – sauunsportlich, mit seiner eigenen Schwäche zu wuchern. Na gut: Raczek aus Stade. Raczek, der

Rocker. Ruppt wie 'n Weltmeister. Schon sechzehn, ganz andere Liga. Kommt sowieso nicht. Bloß weil der anderthalbmal mitgespielt hat, hat Uwe Seeler Schiß, daß der jetzt immer mitspielt.

»Geschenkt«, sagt Sepp Maier. Auf diese Weise nimmt er Uwe Seeler den Wind aus den Segelohren. Und zweitens meint er es ehrlich, ehrlich. Denn wenn Raczek käme, käme wahrscheinlich auch Karin. Karin Kolk in der Mannschaft, das bedeutete zwar wieder Niederlage – aber was für eine! Als Torwart hat Sepp Maier Karin Kolk die ganze öde Spielzeit von ihrer Schokoladenseite gehabt. Sie trug Schnürschuhe zum Minirock, und dauernd gingen die Schnürbänder auf, und dann mußte sie die wieder zubinden, und dazu mußte sie sich runterbeugen, und das machte sie einmal sogar im Stehen und pflaumte ihn, ihr Rapunzelhaar hing ins Gras, kopfüber unter der Achsel hindurch an: »Mund zu! Milchzähne werden sauer!« Irre, ehrlich. Sauirre. Aber eher hätte er den Teufel getan, als ein Sterbenswörtchen zu verraten. Die würden ihn die ganze Zeit nur verarschen, die Arschgesichter.

Stan Libuda gewinnt die Seitenwahl, Overath den Anstoß. Sepp Maier trottet in sein rostiges Tor.

Gleich ein Fehler von Gerd Müller. Stan Libuda grätscht vor Overath in den Paß, klebt sich das runde Leder an den Schuh, dribbelt locker auf Sepp Maier zu – »Torwart rauuus!« schreit Gerd Müller, zu faul oder zu stolz nachzusetzen – und semmelt das Ding ins lange Eck. Witzlos, sich auch nur zu rühren. 0:1 in der ersten Minute. Da das Tor kein Netz hat, steht ein kleiner Ausflug ins Fichtenwäldchen an. Erdiger Geruch und

Nadelduft, kratzende Zweige, reißende Dornen. »Beeilung!« schreit Gerd Müller.

Abschlag Sepp Maier. Der klappt ganz gut. Grundsätzlich allerdings wird sein Körper nie begreifen, wie man einen runden, hüpfenden Gegenstand dazu zwingt, das zu tun, wovon man träumt: Als er ihn einmal unterm Aufschrei des ganzen Dorfes nur noch einzuspitzeln brauchte, hat er sich am Pfosten des Bücherregals sogar einen blutigen Zeh geholt und ist schreiend aufgewacht.

Daß man besser nicht mit Pike schießt, ist klar, aber wie man mit dem Spann zuhaut, ohne daß es einem das Standbein unterm Arsch wegreißt – das kapiert Sepp Maier nicht, ehrlich nicht. Oder wie man dribbelt. Libuda und Schnellinger, Overath und Gerd Müller dribbeln, als sei der Ball ein Yo-Yo am Schuh. Sepp Maier hält sich glimpflich *ohne* Ball auf den Beinen.

1:1 durch Schnellinger. Beim Konter kann Sepp Maier gegen Uwe Seeler klären, per Faustabwehr.

Sepp Maier liebt es nicht gerade, dieses harte, ungefüge Drecksding zu fangen oder auch nur wegzufausten. Na ja, immer noch besser als der Selbsthaß, den er im Feld empfindet, wenn Overath oder Schnellinger ihn überspielt, als sei er nicht lästiger als eine Eckfahne.

»Boodoo!« Mama. Ein Glück, Abendbrot. »Ich muß los!«

»Gut, Abpfiff«, ordnet Schnellinger an. »Und denk an Plan X!«

*

Wie Glühwürmchen haben die Zeiger der Armbanduhr phosphoresziert ...

Was ist das, was er bei dem Anblick manchmal empfindet? Es ist das gleiche Gefühl, das manchmal sein Bauchfell versengt, wenn er zusieht, wie sich die Rücklichter des Schienenbusses entfernen, während er die Riefen des Trafo-Reglers zwischen den Fingern spürt. Oder wenn ihn das magischblaue Äuglein hypnotisiert, das aus dem Tacho leuchtet, sobald Papa das Fernlicht einschaltet. Oder wenn eine Zigarette im Dunkeln orangefarben aufglüht.

Es ist warm und dunkel im Zimmer, so warm und dunkel, wie er sich das Innere seines Bauchs vorstellt. Sepp Maier schlägt das Federbett bis über die Knie zurück. Genau am Dreh- und Angelpunkt seiner Pyjamahose ist wieder *das*. Wenn ein Knoten etwas fühlen würde, dann wäre es *das*...

Allerdings ist es Zeit für Plan X. Er wird mitmachen, obwohl er saumüde ist. Nicht wegen der Weltmeisterschaft – was soll daran so doll sein –, aber immerhin kann er mal ausprobieren, wie die neongrünen Frotteesocken zwischen dem Saum der engen schwarzen Feinkordbeine und den Wilderlederschuhen im Dunkeln aussehen, seine besten Klamotten.

Er schaut noch einmal auf die leuchtenden Zeiger. Könnte man vorher noch schaffen. Sepp Maier langt unter die Matratze. Das Taschentuch ist allerdings kaum mehr zu gebrauchen. Verkrustet wie der Lappen, der am Morgen überm Rand des Kleistereimers gehangen hat.

Eines Tages wird dieses Taschentuch wieder im Schrank liegen, nicht nur sauber, sondern rein, gebügelt und gefaltet. Er braucht es nur so lange unter der Matratze lie-

genzulassen, bis es weg ist, und dann muß er ein-, zweimal aussetzen, und dann liegt es wieder im Schrank.

Würde auch mal wieder Zeit. Doch wird er einen Teufel tun und Mama das sagen. Er ist ja saufroh, daß die
Prozedur ohne Worte klappt, ehrlich. Auch wenn der
Schock vom ersten Mal immer noch tief sitzt. Oder gerade deswegen.

Sepp Maier schüttelt es ein wenig aus. Wird schon gehen. Er horcht in die Finsternis über ihm, wo Mama
wohl immer noch tapeziert – gerade verstellt sie die
Trittleiter –; im Radio läuft bestimmt immer noch das
plattdeutsche Hörspiel.

*

Er hat sich den Fußknöchel verknackst, als er übern
Zaun gestiegen ist. Gebückt humpelt er zum ersten von
Hein Beeckens vier Lloyd Alexander TS, die – grad
bricht die rauchgläserne Bewölkung auf – im Mondlicht
matt schimmern. Ist noch einigermaßen mild draußen.
Mit gefletschten Zähnen hält er sich den Oberschenkel,
obwohl der gar nichts abgekriegt hat, und lugt über das
Dach des Autos. Das Fenster des Wohnzimmers ein weißes, schwebendes Parallelogramm im Dunkel jenseits
des Zauns, die Trittleiter ein spitzer Winkel, aber wo
ist Mama? Hat sie etwa gehört, wie er aus dem Fenster
gesprungen ist, und guckt jetzt nach? Wird gleich auch
dort das Licht angehen? Jeder einzelne Schlag von Sepp
Maiers Herz hört sich an, als pralle ein Medizinball auf
den Hallenboden. Ah, jetzt balanciert sie mit einer Bahn
Tapete die Leiterstufen hinauf. Gott sei Dank, ehrlich.

Sollte Plan X auffliegen, könnte er die ersten zwei Wochen der Sommerferien vergessen, ehrlich – zumal, wenn der Jammerlappen so ausfällt, wie Schweinchen Schlau es in der Mathe-Stunde heut morgen angedroht hat.

Als das Streichholz zischt, flammt auch das Gefühl wieder auf. Das Fähnchen Schwefelgeruch, die knisternde Tabaksglut, der beizende Rauch, der Schwindel von der Dosis Gift und der Triumph, ihn allein durch Männlichkeit zu überwinden ...

Der grelle blinde Fleck im Blickfeld, den die Flamme hinterlassen hat, ist hartnäckig. Egal. Die Zigarette in der hohlen Hand, hinkt Sepp Maier rundrückig aus der Deckung der Lloyds über den Hof in den Nachtschatten der rauschenden Eichen. In Richtung Stadt knattert ein Auto, dem Klang nach wahrscheinlich der Käfer von Gerd Müllers großem Bruder. In Beeckens Wohnzimmer flackert es bläulich hinter den leuchtenden Volantgardinen, aus dem Fensterspalt dröhnen die Ätherstimme des Fernsehkommentators und der muskulöse Zungenschlag von vier Vätern – Gerd Müllers, Stan Libudas, Overaths und Sepp Maiers. Lautstärke: spitze, ehrlich. Die müssen grad über Jugendliche mosern, ehrlich.

Die bleichen Inseln des Hofes meidend, huscht er aus dem Schatten der Eiche in den Schatten des Mähdreschers und aus dem Schatten des Mähdreschers in den Schatten des Schuppens an Beeckens Haus. Papas Stentorstimme: »Nu bün ick mol gespannt!« Und deutlich sogar noch der leiser gesprochene Satz hinterher: »Häs' noch 'n Beer, Hein?« Rauch von Zigarren qualmt aus dem gekippten Fenster wie aus einem Herdofen, der nicht mehr zieht.

»Häs nich sehn, wie de Itakers gegen de Juden speelt hefft?« Overaths Vadder.

»Ick sech Erna glieks beschäid, Horst ... Stimmt, dat wör nich dull.« Hein, Gerd Müllers Vadder. »Null–null. Öber gegen Mexico hefft se veer–een –«

»Und wi gegen de Tommies, dat wör doch de Hettrick von Gerd Müller, stimmt doch, oder nich! Dree–null, oder nich!« Overaths Vadder.

Drei–*zwei*! hätte Sepp Maier am liebsten gerufen. Er kann sämtliche Ergebnisse des Viertelfinales aus dem Effeff: Deutschland–England 3:2 n.V., Uruguay–UdSSR 1:0 n.V., Italien–Mexiko 4:1, Brasilien–Peru 4:2. Er hat sich sogar die wichtigsten Ergebnisse aus den Vorrunden eingebimst, Deutschland–Marokko 2:1, Brasilien–CSSR 4:1, Bulgarien–Deutschland 2:5, Italien–Israel 0:0 und so weiter. Damit hat er auf dem Schulhof schon eine Elferpackung Stuyvesant gewonnen, einen Kakao und ein funkelndes Fuffzigpfennigstück.

Er zieht noch einmal an der Zigarette, zermalmt sie unterm Absatz des Schuhs; dann drückt er sich die Bretterwand entlang, die nach Holzschutzmittel stinkt – wenn jetzt jemand aus dem Fenster guckt, ist er geliefert –, schmiegt sich an die Backsteinflanke des Hauses, und vor Angst beinah quiekend kriecht er unter dem Fenster entlang – der Tenor von Overaths Vadder schneidet in die Ohrmembranen wie eine Polizeisirene –, huscht hinkend durch die Pforte, mit einem Gefühl, als sei ein Fadenkreuz in seinen Rücken tätowiert, hinüber über die Zufahrt, und klopft an die Tür zum ehemaligen Schweinestall – zweimal lang, zweimal kurz, zweimal lang.

»P-, Parole?« flüstert jemand durch den Türschlitz, neben der Pappe mit der Aufschrift *Jugentgruppe Beeck-dörp*. Uwe Seeler.

»Mach auf, du Arschgesicht«, flüstert Sepp Maier.

»Nnnndas ... das ist nicht die P-, hier Parole. U-u-u-und das ... hier Klopfzeichen war auch falsch. A-, a-, andersrum. Zweimal ... kurz, zweimal –«

»Mach *auf*«, zischt Sepp Maier; »du krichs' auf'e Fresse!« Der Riegel klackt, und das Quietschen der Tür hallt durchs halbe Dorf. »Mensch«, zischt Sepp Maier und blickt sich nach dem Fenster um, »die wollte Beecken doch ölen!«

Uwe Seelers Wangen glühen. »Keine ... hier Klarnamen, du A-a-a-, hier Arschgesicht!«

Eine Kerze auf der Kartoffelkiste, eine auf dem nackten Boden. Sitzgelegenheiten angeordnet in Krampenform: besudelte Matratzen in Sträflingsdessin die Wände entlang und eine Leiche von Sofa in Rotzgrün. Die Fenster mit Decken verhängt, mit Kissen, Säcken und Lumpen verstopft. Die Lautstärke des Fernsehers und die Kommentare von dort drüben, aus Beeckens Wohnzimmer, dringen in Moll, aber mühelos durch.

Es sind alle da, und ihre Schatten plustern über die kasperbunten Poster, mit denen die Wände tapeziert sind. Gerd Müller lugt durch eine ehemalige Rohrleitung in der Wand zu Beeckens Wohnzimmerfenster hinüber. Danach stopft er wieder den Riesenkorken hinein – geklaut aus dem Schullabor –, damit der Zigarettenrauch nicht nach außen quillt. Overath prüft sein Fußballquartett, das er überall mit sich herumschleppt – wie die bekloppte alte Fitschen ihr Gesangbuch –, und nuckelt hin und wieder an einer Sinalco. »Peace«, raunt Sepp Maier.

»Maul, Morten«, zischt Schnellinger. »Der hat kein' Ton, der Scheißkasten, und 'n Bild auch nich! Und dafür riskier' ich mein' Arsch! Mein Alter macht mich alle. Wenn *der* –«

»Hör auf zu flennen, Bartels, du Memme«, nuschelt Stan Libuda. »Das wird schon noch.« Er macht sich an der Antenne des Fernsehers zu schaffen – das mit dem Transport hat also geklappt. Mehr aber auch nicht, anscheinend. Schnellinger leuchtet ihm mit einer Taschenlampe.

»Keine … hier Klarnamen«, raunt Uwe Seeler, wie berauscht von dem magischen Begriff, und fingert an einer noch aalglatten, aber bereits geöffneten Zwanzigerpackung Stuyvesant herum. Seine Wangen glühen. »Vielleicht muß der g-g-g-, hier geerdet werden oder wat weiß ich.«

»Maul, Friedrichs«, nuschelt Stan Libuda und dreht an einem Drehschalter. In dem dichten, lautlosen Schneetreiben auf dem Bildschirm bewegen sich nun grob gerasterte schwarzweiße Schemen, verzerrt wie in einem Spiegelkabinett.

Das war's mit Plan X, ehrlich.

*

»Nu geiht los!« hat man kurz darauf Overaths Vadders Stimme dröhnen gehört, und vier Minuten später ein gemeinschaftliches Aufraunen; weitere vier Minuten später aber gelähmtes Schweigen – während das Tosen im Fernseher von drüben maximal anschwillt und der dramatische Tenor des Kommentators dagegen anklagt. Dann die Stimme von Overaths Vadder: »Dat gift dat doch gor nich! Dat dröf doch nich wohr sien! Wieso hett de Schulz dor denn nich –«

»Schulz?« Papas Stimme. »Dor har Beckenbauer ingriepen müßt! Beckenbauer, Beckenbauer har dor –«

Gerd Müllers Vadder: »Nu teuf man af. Dat güng jümmer so los, un noher ...«

»Nnnn-«, hat Uwe Seeler geraunt, »nnnhier, null–eins oder wat.« Im hiesigen Fernseher hat Ringelpiez im Schneetreiben geherrscht. Stan Libuda und Schnellinger haben längst aufgegeben und wie Lokomotiven rauchend auf gegenüberliegenden Matratzen gehockt. »Ich geh nach Hause«, hat Schnellinger drei-, viermal gesagt, ist aber sitzengeblieben. Overath hat gähnend sein Quartett durchgemischt. Und Sepp Maier hat Gerd Müllers Angriffe auf seinen Hosenlatz pariert. »EKG«, hat Gerd Müller geflüstert. »Nur 'n kleinen EKG!«

»Ek-, Ek-... hier, EKG?« hat Uwe Seeler geraunt, »was nnn... hier, was das denn!« Das weiß natürlich keiner von ihnen – außer Gerd Müller. »Eierkontrollgriff«, hat der geflüstert, und die ganze Mannschaft hat sich überhaupt nicht wieder eingekriegt, nur ein Schnalzen und Gnickern und Hecheln, so tonlos wie der Fernseher, und als sie, erhitzt bis in die Haarspitzen, fast ersticken, öffnet sich quietschend die Tür – Riegel vergessen, Arschgesicht! –, Gänsehaut auf Sepp Maiers Unterarmen, und jemand stolpert herein. Sepp Maier erkennt sie augenblicklich am bestürzend kurzen Glockenrock. Neben der Erinnerung an das Filmplakat zu *Schulmädchenreport*

3. Teil sein derzeitiger Lieblingsfetisch, dieser Rock. Eben noch, vorhin im Bett, hat er genau die Vision gehabt. *Rückwärts* tritt sie ein, den Hintern in den Raum gestreckt, um ihn von einer Kralle zu befreien, die starrt vor Siegel-, Reif- und Totenkopfringen. Ihr Gekicher, dann eine Wendung des Kopfs – ein Karussell goldener Strähnen –, und dann tönt Karin Kolk: »Was denn hier los!« Sie pustet einen Haarschnörkel aus dem Gesicht und streicht ihn hinters Ohr. Bei dieser Geste schlägt Sepp Maier jedesmal, aber auch jedesmal die Augen nieder.

»Psssst«, macht Stan Libuda. »Mach die Tür zu!«

»Was machst – wieso bist du nicht im Bett!? Weiß Mama, daß du hier bist? Mach mal die Tür zu, Raczek.« Raczek. Auch das noch, ehrlich.

»Sei doch ma' leise!« nuschelt Stan Libuda. »Weiß *Papa*, daß *du* hier bist?«

»Was'n hier los«, leiert Raczek und wankt in die Kerzenlichtsphäre. »Kinnergarten oder was.« Besoffen, auch das noch.

Karin schultert seinen linken Arm. Seine stümperhaft bemalte Jeanskutte über der Lederjacke ist an der Brust ausgebeult. In den hochgezogenen Mundwinkeln, an den Wurzeln seiner Frettchenzähne, steht je ein Gischtflöckchen. Er kann nicht mehr gerade gucken, und sein Kopf mit den schwarzen Nesselhaaren kegelt auf Karins rechter Schulter hin und her. »Aua. Paß doch auf«, sagt Karin. »Stück mal 'n Rück«, sagt sie zu Uwe Seeler.

Der schnellt von seinem Matratzenplatz wie von einem Katapult, schlägt einen Bogen um das Paar und verpflanzt sich nach gegenüber, zwischen Overath und Schnellinger gequetscht. Karin lädt Raczek zwischen Stan Libuda und Sepp Maier ab, und Raczek knallt mit dem Hinterkopf gegen die Wand, daß ihm der Putz über den Zickzack-Scheitel krümelt und Sepp Maier der Atem stockt.

»Aua«, sagt Raczek träge, grinst und nestelt in der Innenseite seiner Kutte. Sein Hals ist übersät von heiermanngroßen, schinkenfarbenen Flecken bis hoch ans Kinn. Was hat der denn da! Lepra oder was. Saubrutal, ehrlich. So was hat Sepp Maier noch nicht gesehen. Er guckt Gerd Müller an. Auch der gafft.

»Seid doch mal leise, Mensch«, sagt Stan Libuda und horcht, den Mund panisch geöffnet. Gerd Müller nimmt den Korken raus und peilt durchs Rohr. »Luft ist rein.«

»Raczek, Raczek«, flüstert Karin. »Scheisegal«, sagt Raczek und zerrt eine Pulle *Saurer Pit* aus der Kutte. Karins Lippen sind geschwellt, ihre Augen blitzen vor beinah keuscher Gier – Neugier –, aber der Bau ihrer Schenkel, die Textur der Haut spotten schon lange jeder Unschuld. Um Gottes willen, auch *ihr* Hals ... ehrlich, sind sie *beide* krank? Die sind doch nicht krank, so lebhaft, wie die sind. Karin Kolk jedenfalls. Sepp Maier merkt sein Herz in den empfindlichen Mulden unter den Ohren.

Karin schwingt die Hüften herum und läßt sich zwischen Raczek und Sepp Maier fallen. Der Ausläufer ihres sauwarmen Hinterns begräbt zwei seiner Finger unter sich, und nach dem Schock teilt sich Sepp Maiers Blut zwei Ziele: seinen Kopf und das Gegenteil.

Und dann ist das Spiel erst richtig losgegangen. »Grabowskiii!« tönt es von drüben aus dem Fernseher, und gleich darauf die Väter wie ein Rudel Hirsche: »Ouuu! *Tschunnnge*jungejungejunge ...« »Das waren gut und gerne fünfunddreißig Meter«, tönt der Kommentator, und Karin wispert mit leuchtenden Augen: »Ehrlich jetzt, seid ihr irre, oder was. Wenn das rauskommt.«

Stan Libuda schnieft. »Kommt ja nich raus.« Er schielt auf den Schundschwager zur Linken, der die Flasche ansetzt wie der Jäger sein Horn. Es gluckst. Der Kornfluß bildet ein umgedrehtes Psi – der Hauptarm mündet in Raczeks Maul, die Nebenarme rinnen, als entsprängen sie den schütteren Enden seines Schnäuzers, Kinn und Hals hinab in den violetten Magierkragen.

Karin ignoriert auch die zweite Warnung ihres Bruders und lehnt den Kopf mit leuchtenden Augen an Raczeks Schulter. Der Druck auf Sepp Maiers Finger läßt ein wenig nach, zu wenig, um sie herausziehen zu können. Zöge er sie heraus und Karin Kolk bemerkte es und verarschte ihn, dann könnte er sich nur noch aufhängen, ehrlich.

Raczek setzt den Flaschenboden auf seinem Hosenlatz ab, schrägen Pegels, bläst die Backen auf, selbst die Schlupflider scheinen sich zu blähen, und fängt sich gerade noch. Dann brabbelt er etwas wie »Boeing, Boeing«, rutscht in eine halbwegs stabile Position – Kopf auf der eigenen Schulter, die gestützt vom Ellenbogen – und sagt ab sofort gar nichts mehr. »Freistoß, jawoll«, tönt es von drüben. »Wer schießt? Bereit macht sich Löhr.«

»Ihr seid ja 'n paar Herzchen«, wispert Karin und richtet sich wieder auf, um Raczeks heikle Haltung nicht zu gefährden. Wenn Sepp Maiers Finger singen könnten, würden sie jetzt »Ich bin verliebt in die Liebe« anstimmen. Oder »Wunder gibt es immer wieder«. Oder »The Witch« von The Rattles.

Der *Saure Pit* entgleitet Raczeks zur Flosse erschlaffenden Hand, und Stan Libuda fängt die Pulle ab, prüft das Etikett, reibt über die Öffnung und setzt an. »Alfred«, wispert Karin. Stan Libuda schluckt, setzt die Flasche ab, schluckt aber weiter – anscheinend muß man das Zeug stopfen –, kriegt stiere Augen und flüstert: »Nich übel, ehrlich. Wie Si-«, er atmet tief, »-hinalco.«

»Ehrlich?« Overath schiebt sein Quartett in die Gesäßtasche, wo schon der silberne Stahlkamm steckt, erhebt sich und tappt hinüber, albern wie Charlie Chaplin.

»Ich geh' nach Hause«, flüstert Schnellinger.

»Was macht ihr hier eigentlich«, wispert Karin.

»Fußball gucken. Weltmeisterschaft, ehrlich. Deutschland–Italien. Halbfinale. Spannend, ehrlich«, hechelt Sepp Maier, »aber Fernseher geht nicht.« Zum ersten Mal guckt sie ihm mitten ins Gesicht. »Warum wirst du denn so rot! Du bist ja rot wie 'n Pavianarsch!« Die andern kriegen sich gar nicht wieder ein. Das leiseste Getöse der Welt, aber in Sepp Maiers Ohren dröhnt's, ehrlich. Ein stummer Orkan, ein Strudel, er kann sich aufhängen, ehrlich. Sie streicht ihm mit den heißen Fingerkuppen über die Wange, auch das noch. Gleichzeitig wird der Hitzedruck auf seiner Hand immer stärker. Mensch! Gleich wird sie platt sein wie das *Milky Way*, auf dem er mal eingeschlafen ist. Sepp Maier weicht grinsend und mit niedergeschlagenen Wimpern ein Stückchen zurück.

Gerd Müller, neben ihm, wagt nicht zu kichern. »Der ja auch«, wispert Sepp Maier und zeigt mit dem Finger auf ihn. »Quatsch«, zischt Gerd Müller und schaut im Dunkel seines Bobs dabei zu, wie sein Finger sich in einem strohigen Loch selbständig macht. »Was pulst *du* denn da«, wispert Karin. »Du bist ja 'n *ganz* Schlimmer.« Gerd Müller hört sofort auf damit.

»Aber jetzt! Jetzt wieder die Italiener – mit Boo-nin-*seg*-naaaa«, tönt es von drüben, und der Chor der Väter heult auf. »Minsch, *paß* doch op!« grölt Overaths Vadder. »Keen wör dat denn; Held, de Bleudmann?«

Overath wischt sich die Lippen. »Ehrlich«, flüstert er und reicht die Buddel Uwe Seeler. »Schmeckt dufte.«

»Nnnn«, summt Uwe Seeler. Er weiß nicht, wohin er gucken soll.

»Los, Arschgesicht.«

»Nnnn«, summt Uwe Seeler. »S-s-s-, hier selber A-a-a-, hier A-a-a-gn, -schgesicht. Gnnnn.«

»Du bist ja süß«, flüstert Karin. »Gehst du schon zur Schule?« Die andern kriegen sich überhaupt nicht wieder ein. Man hört nur ein Gehechel und Gegnicker, das Knatschen der Matratzen unterm Gewicht der trudelnden Jungenkörper, das Pfeifen des besinnungslosen Raczek, von drüben aus dem Fernseher das Geplapper des Kommentators über dem mexikanischen Stadiongejohl und hin und wieder schrill einen Triller – und das Gestöhne und Geschimpfe der Väter. Uwe Seeler steckt sein Köpfchen unter einen Flügel, und die anderen werden ein bißchen verlegen.

»Gib mir auch ma'n Schluck«, wispert Karin Kolk.

»Ich geh' nach Hause«, flüstert Schnellinger.

Drüben passiert etwas. » *Tschunge*jungejungejunge ...«
Das Ratschen von kleinen Gardinenrollen auf Schienen,
ein dumpfer Laut, dann kurz Stille und dann, in das
Nachfedern eines Fensterrahmens hinein, glasklare Aku-
stik: »Na, wenn dat man allet gout geiht...«, »Will noch
eener 'n Beer? ERNA!«, »Ick schnapp mol 'n beten frische Luft ...«

»Licht aus!« zischt Overath, und weil alle mit offenem
Mund dahocken, rappelt er sich selbst auf, bläst wie von
Sinnen auf die Flammen der Kerzen ein, und dann ist es
finsterer als in der Abstellkammer, in die Mama Sepp
Maier früher einmal gesperrt, als er vier Spaliere Gar-
tenerbsen geplündert hat. »Was s-s-s-, hier was s-s-s-
gnnn-, -oll'n der Quatsch!« zischt Uwe Seeler mit einem
fiependen Unterton und schnappt nach Luft. Der Satz
hätte ihm fast den Garaus gemacht.

»Pssssst!« zischt jemand, der Himmelsrichtung nach zu
urteilen Overath.

Draußen knirschen Schritte auf der Zufahrt. Aus dem
Fenster meckert Gerd Müllers Mudder: »Nee, ji supt jo
wat wech, dat is jo – hotzfidori noch mol. Und dat rögt
jo wie in'n Reukerstall, hier! Kann ick glieks wedder de
Gardin' waschen!« Geklirr von Flaschen.

»Denn häs' wat to doun! Kumms' nich' op dumme Ge-
dankens!«

»Finger wech«, kreischt Gerd Müllers Mudder.

»Lot mien Fru in Ruh!« tönt Gerd Müllers Vadder so
nah, als säße er unter ihnen. Zigarrengestank dringt
durch die Ritzen.

»Ach jo«, stöhnt Overaths Vadder ebenso nah. »Ick gleuf nich, dat unse dat noch schaff't«, ruft er, als stünde Gerd Müllers Vadder nicht neben ihm, sondern wäre in einen Brunnen gefallen.

»Teuf man af«, ruft Gerd Müllers Vadder, als wäre er tatsächlich in einen Brunnen gefallen.

Karin Kolk duftet nach Veilchen und Fusel, nach Rauch und Frau. Plötzlich merkt Sepp Maier, daß sie ihm auf den Hals atmet. Er hockt da, sein Nacken starr wie ein Holzscheit. Da, fünf heiße Tupfen im Nacken. Der Flaum dort, sein ganzes Deckhaar elektrisiert, wie manchmal im Winter, wenn er den blauen Wollpulli mit den Schneemännern drauf auszieht. Die Dunkelheit pulsiert blutrot gerastert. Auf dem rechten Ohr hört er, wie sie einatmet und dann schnaubt, auf dem linken Ohr hört er den Lärm des Fernsehers von drüben und Gerd Müllers Mudder mit Papa und Stan Libudas Vadder reden und wie die Schritte von Overaths Vadder und Gerd Müllers Vadder sich in Richtung des Lloyd-Fuhrparks entfernen, und im selben Moment spürt er einen ringförmigen Druck im rechten Schlüsselbeintal, und heiß, wund und naß wölbt sich die Haut der nagend saugenden Molluske entgegen.

Er schnauft leise und stoßweise, wie im Fieber, und obwohl es stockdunkel ist, gratuliert er sich zu dem Entschluß, die grünen Frotteesocken und die Feinkordhose und die Wildlederschuhe angezogen zu haben, wenn er die andere Scheißhose angehabt hätte, dann hätte er sich gleich aufhängen können, und als es kaum noch auszuhalten ist, hebt er die Linke und schaut dorthin, wo die Armbanduhr sein müßte, aber er sieht nur noch eine phosphoreszierende Linie. Entweder ist es Mitternacht, oder er hat einen blinden Fleck im Auge. Und als er die glühwürmchengrüne Linie im Finstern verschwinden läßt, merkt er, wie sein Halsfleisch noch einmal eingesogen wird, warme kleine Nasenböen auf seiner Haut, und dann leckt sie noch einmal die Wunde aus, es schmatzt so laut, daß er fast platzt, und da passiert es, irgendein Arschgesicht versucht, den Knoten zu lösen.

Na dufte, ehrlich, jetzt kann er auch die Unterhose unter seine Matratze klemmen. Ob Mama sich dann immer noch an ihr Schweigegelübde hält? Bei Klamotten ist sie empfindlich, ehrlich.

*

Als die Halbzeit vorüber gewesen ist und das Wohnzimmer drüben wieder komplett bemannt, hat Stan Libuda eine Kerze wieder angemacht, und Karin hat ihr Werk betrachtet, indem sie Sepp Maiers Kopf ein wenig zur Seite bog wie Doktor Curtius im letzten Winter, als er Mittelohrentzündung hatte. »Geil geworden«, hat sie geflüstert, und das war das erste Mal, daß er dieses Wort hörte. In den Gesichtern von Overath und Stan Libuda, die den besten Blick hatten, haben Schnellinger und Gerd Müller und Uwe Seeler gelesen, daß Fußball Kinderkram war, ehrlich.

Da steht Uwe Seeler auf und tappt ein paar Schritte, damit er besser gucken kann. Er steht da und gafft auf den gestreckten Hals von Sepp Maier, die rechte Hand zitternd in seiner eigenen Schlüsselbeinmulde; dann wirft er einen scheelen Blick auf Raczek, der leise und regelmäßig knurrt wie ein böser, aber betäubter Hund, und dann, Sepp Maier anfunkelnd mit Augen so groß wie die beiden größten Glasmarmeln in Sepp Maiers Schrank im Kinderzimmer – eine grau, eine grün –, flüstert er etwas, das ihm seine Fußballkameraden nie im Leben zugetraut hätten, ehrlich: »Sch-sch-sch-, hier, sch-sch-sch-; nnnnnnng-tück ma'n Rück.«

Und dann holt er tief Luft und pustet die Kerze wieder aus.

»Und –«, grölt der Fernsehkommentator, und die Väter von Overath und Gerd Müller, von Libuda und Sepp Maier machen »Ouuuuuu!!«, » *Tschunnnge* junge junge junge!« »Riesenchance für Seeleeeeeer!« grölt der Fernsehkommentator von drüben. Die Gläser klirren, Zigarrenrauch strömt ins Freie und verfliegt in der Luft, doch sein Aroma bleibt. Die Eichen rauschen, die Nacht ist nicht kalt – um die sechzehn Grad, leichter Wind, leicht bewölkt. Die vier Lloyd Alexander TS glänzen im Mondlicht, und Sepp Maiers Mutter kleistert die letzten fünf Bahnen ein und öffnet das Fenster. Bis hierher hört sie den Fernsehkommentator: »Overath?!! – Latteeee!!!«, und der Pegel der Erregung ebbt auch die nächste halbe Stunde nicht ab, bis er den vorläufigen Höhepunkt erreicht, als der Fernsehkommentator schreit: »Schnellinger gleicht auuuuus!« Die Männer schreien mit, minutenlang, als hätte jeder einzelne von ihnen im Lotto gewonnen und bräuchte bis an sein Lebensende keine Kartoffeln mehr zu roden und abends keine Eichenholzsplitter aus dem Handballen zu ziehen, keinen Mörtel mehr anzurühren und keine Eternitplatten zu zersägen –

schreien so ausdauernd, bis selbst Sepp Maiers Mutter sich einsam mitfreut. Als Gerd Müller das 2:1 erzielt, geht sie ins Bett, und beim 2:2 durch einen Fehler von Held schläft sie schon fast. Das 3:2 für Italien drei Minuten später erreicht sie nicht mehr, aber beim 3:3 durch Gerd Müller dringt noch einmal Geheul in den Wald ihres Schlafs, verhallt aber.

*

Daß die Bundesrepublik doch noch 3:4 verloren hat, erfährt sie erst am nächsten Morgen gegen sechs, beim Aufstehen, von ihrem Mann, der gerade aus dem Badezimmer geschlichen kommt und kopfüber ins Bett zurückfällt, wo er vor sich hin stinkt wie ein angekokelter Maischebottich, bis sie ihn eine Stunde später wach rüttelt. Sie weckt auch ihre Töchter und dann, allerdings mit ganz ungewohnter Mühe, ihren Sohn, der mit Schal geschlafen hat und behauptet, er sei erkältet. Er lehnt ihr Angebot ab, ihn zu untersuchen, desgleichen das Fieberthermometer, und geht zur Schule, sogar ohne den geringsten Versuch, sich von ihr krank schreiben zu lassen. Um halb acht sind alle aus dem Haus, und sie beginnt, das restliche Wohnzimmer zu tapezieren.

Mittags, bei Hanni im Laden, trifft sie Margret Bartels. »Moin, Käthe«, sagt die. »Na, hast du deinen Bengel auch schon vertrimmt?« Und dann berichtet Margret Bartels, daß *ihr* Bengel heut nacht mit Schal geschlafen und behauptet hat, er ist erkältet. Er ist aber trotzdem zur Schule, und zwei Stunden später hat's bei ihr an der Tür geklingelt, sie war grad am Bügeln. Berta Friedrichs hat da gestanden und erzählt, daß ihr Sohn kaum wach zu kriegen gewesen ist und überall am Hals Flecken gehabt hat. Ihr Sohn hat alles gestanden. Daraufhin sind sie beide zu Tine Duttheney und dann »alle Mann« zu Erna Beecken und haben sich den Jugendraum angeguckt, und da hat einer von diesen Stader Rockern dringelegen, der stank wie 'ne Brennerei.

Jetzt sind Berta Friedrichs, Tine Duttheney und Erna Beecken bei Hertha Kolk und wollen ihr mal was erzählen über ihr »kleines Flittchen«, wie Erna Beecken sich ausgedrückt hat. Ihr, Margret Bartels, ist das zu dumm. Und sie hat eigentlich bloß noch eben schnell einkaufen wollen und dann bei ihr, Käthe Morten, vorbeischauen. »War dein Göttergatte auch so besoffen?«

*

Am selben Tag, den 18. Juni 1970, warf Overath sein Fußballquartett in den Müll. (Was er vierunddreißig Jahre später bereut, als er entdeckt, daß es bei einer Internetauktion tausend Euro hätte erzielen können.) Und nie wieder seither gab er sein berüchtigtes Spuckkunststück zum besten.

Wenn Uwe Seeler in den Spiegel schaut, erinnert er sich bis heute an seinen Verrat – sein linker Schneidezahn ist seit dem 18. Juni 1970 ein bißchen abgeschrägt. Dabei *konnte* er gar nicht anders handeln: Seine Mutter wollte ihn zum Hautarzt schleppen, und sah erst davon ab, nachdem er sie aufgeklärt hatte.

Wenn Stan Libuda seine rechte Faust betrachtet, erinnert er sich bis heute, wie er seine Schwester rächte –

den Mittelhandknöchel ziert seit vierunddreißig Jahren eine bleiche Narbe. Und obwohl als einziger unbefleckt, wurde er am härtesten bestraft. Er mußte die ganzen Sommerferien auf dem Hof arbeiten.

Schnellinger hat seit vierunddreißig Jahren keinen Schluck dieses sausauren Zitronenkorns mehr getrunken, ehrlich, und wird das auch die nächsten vierunddreißig Jahre nicht tun (selbst Zitronendrops, -kuchen und -schokolade mied er jahrelang), und Gerd Müller hat sich betrunken mit dem Auto totgefahren, als er zweiundzwanzig war.

Karin Kolk heißt immer noch Karin Kolk, hat nie anders geheißen und wird wohl auch nie mehr anders heißen als für immer Karin Kolk, *die* Karin Kolk. Und Sepp Maier hat bis heute nie gern Fußball gespielt, Weltmeisterschaften aber seit dem 17. Juni 1970 stets sehr gern gesehen. Außerdem kennt er seit dem 18. Juni 1970 den Namen des Gefühls, das ihn angesichts im Dunkeln blau leuchtender Fernlichtanzeigen, glühender Rücklichter und wie Glühwürmchen phosphoreszierender Armbanduhrzeiger bis heute mitunter befällt: Es heißt Sehnsucht.

Krebs

Eine Orkanbö preschte durch die Platanenkrone, und die hinterherfegenden Strudel peitschten das ockerfarbene Laub zu einem irrsinnigen Flugtanz auf. Die noch gesteigerte Wucht des nächsten Stoßes riß den größten Teil des Rests mit sich, hinterließ den Baum fast nackt, nackt bis auf die rauhen Holzknochen, die wulstigen Knöchel, bis in die entlegensten, hin und her gepeitschten dünnen Knöchelchen fast nackt. Zwei Schläge, nur zwei Schläge.

Dorling betrachtete den spröden grauen Flor in seinem Kamm. Von seinen Rückenhaaren ausgehend löste sich ein Schaudern. Er drückte die Milchglas-Klappe ins Schloß; nun jaulten die Wände, fauchte leise der Heizlüfter. Dorling richtete den Blick auf das Zifferblatt im Radio. Der Doppelpunkt zwischen der 6 und der 17 blinkte. Seinen Pulsschlag fühlte Dorling nicht. 6:18. Dorling hob den mit dunkelbraunem Frottee bezogenen Toilettendeckel, ließ das Gewölle ins Becken niederschweben, drückte den Spülknopf und schloß den Deckel wieder. Neben den Stützstrümpfen seiner Frau auf der Waschmaschine stand ein medizinisches Plastikgefäß. Eine Skala, heller als die Becherwand, deren Färbung der des Badfensters ähnelte, bezeichnete die mögliche Füllmenge.

Dorling setzte sich auf die Gummistrümpfe und zog seine welke Vorhaut über die trockene Eichel zurück. Er versuchte, sich an die schöne Hure im Schwesternkittel zu erinnern, die ihm den Puls gefühlt und auf ihn eingegurrt, während sich sein Blut gesammelt hatte. Das war im Badischen gewesen, damals hatte er gut verdient. Immer wenn ihn eine seiner Reisen ins Badische geführt hatte, war er zu der schönen Hure gegangen. Sie mochte so alt gewesen sein, wie seine Töchter heute waren.

Das Heulen der Wände übertönte phasenweise das Fauchen des Heizlüfters, der Dorlings Schenkelhärchen zauste. 6:20. Dorling erhob sich von der Waschmaschine und machte den einen Schritt zum WC-Becken, hob den frotteebezogenen Deckel und setzte sich. Zwei Tropfen Urin lösten sich ins stehende Wasser. Der aufreizende Druck überm Damm hielt unvermindert an. Dorling erhob sich, öffnete die Fensterklappe und blickte in die kahle Krone der Platane, durch die der Sturm raste. Ein Sog entstand, und Dorlings Rückenhärchen stellten sich auf, ein Schauer floß über den Rücken wie ein Schwall Eiswasser und zog eine Lawine von sich brechenden Schauern nach sich, daß die Knie nachgaben; Dorling fiepte, und dann kam ein Knurren, ein Grollen von tief unten, aus der Höhle seines Bauchs. Eiswellen überrollten seinen Rücken, und er drehte sich weg vom Fenster, würgte, sog quiekend Atem durch die enge Gurgel und taumelte ins Schlafzimmer, in den noch nachtkalten Raum, kniete sich aufs Bett, in die Sphäre der Ausdünstungen von erwärmten Drüsen, und riß an den ein wenig feuchten Haaren seiner schlafenden Frau. Sie gab ein Schreckstöhnen von sich, und Dorling hielt ihr seinen Penis hin. »Hier! Da!« Ihre Arme steckten wie in einer Zwangsjacke unter dem Federbett, auf dem Dorling kniete, sie wimmerte, schwach vom Schock, die Wangenhaut oberhalb vom Nachthemdkragen gespannt wie ein Trommelfell, der Blick glänzend vor Panik. »Um acht muß ich da sein! Vielleicht hab ich ja Krebs!« Dorling riß rhythmisch an seinem weichen Penis, während sich unterm Schraubzug seines linken Fauststocks ein Büschel grauen Haars aus dem Kopf seiner Frau löste, und nun stieß sie einen schrillen Tierschrei aus, der Dorling augenblicklich blendete.

8:13. Die Schultern schmerzten vom starrkrampfhaften Heben der Hände. Dorlings Puls schlug doppelt so schnell, wie der Doppelpunkt blinkte. Neben den leeren Stützstrümpfen der leere medizische Plastikbecher. Mit erhobenen Händen stand Dorling am Badfenster. Der Sturm hatte nachgelassen. Dorlings Rücken juckte von Schweiß, doch die Hände sinken zu lassen war er nicht fähig. Wie der Lauf eines gehäuteten Hasen ragte sein Glied auf.

»Schwester«, flüsterte Dorling.

Okay Blues

zwo drei vier
I. Stufe Tonika

Dum. Ba*dum.* Ba*dum.* Ba*dum* ...

Dieser Rhythmus. Dieser sinnliche, tröstliche Rhythmus. Der Blues eben. Dies Schaukeln. Hinken. *Dum.*
Ba*dum.* Ba*dum.* Ba*dum* ... Dieses Wiegen. Dies Wiegen
mit betontem Schub ... was war das noch? Außer eben –
der Blues ...?

Halb war Kienast wieder wach. Doch noch hielt er die
Augen geschlossen. Um diesen zweiten Puls nicht zu stören, diesen Komplementärpuls, den Puls seiner Seele. Ja,
o ja, Mann, der Puls meiner Seele: das ist er, der Blues ...
Inwendig grinsend genoß er die schwülstige kleine An-
maßung.

Doch auch das Pulsierende war nicht, was er meinte.
An was ihn dieses Humpeln erinnerte, dieses Humpeln
auf der Stelle. Dieses Schaukeln, Hinken, Wiegen mit
betontem Schub. Der Blues eben. *Dum.* Ba*dum.* Ba*dum.*
Ba*dum* ... was war das noch? Und um besser in sich hineinhorchen zu können, nickte Kienast unauffällig auf
dum. Was war das bloß noch?

Jedenfalls war es nicht leicht, nicht mitzumachen, nicht
summend, brummend mitzumachen. Sondern stumm
und reglos dazusitzen, stumm und reglos zu lauschen.

Anstatt sich im Rhythmus zu wiegen, zu schaukeln. Womöglich zu hinken, zu humpeln.

Doch nun war Kienast ganz wieder wach. Vernahm wieder das Rauschen der Schienen. Wußte wieder, wo er war. Und beschloß, die Augen zu öffnen. Ja, öffnete mit Behagen und Neugier – wo sind wir inzwischen? – die Augen tatsächlich. Zwar hingen die Wolken, scheinschwangere Wolken in Maulwurfsgrau nach wie vor tief. Doch huschten nun bereits von Knicks geteilte grüne Weiden und braune Felder der norddeutschen Tiefebene vorbei.

Nach wie vor fand Kienast sich aufrecht in den dunklen Ledersitz gebettet. Platz sechsundneunzig, Fenster. Nach wie vor schräg gegenüber, Gangplatz, jene Fremde von brillantestem Blond. Übers Knie jenes Bein geschlagen. Vor dem Anblick welcher Hüfte Kienast ab Göttingen in den Schlaf geflüchtet war. O ja, Mann, geflüchtet in Schlaf und Blues, o ja ja ja *dum*. Ba*dum*. Ba*dum*. Ba*dum* ...

Und nun klingelte sein Mobiltelefon. Vielmehr gab es ein Klingeln bloß wieder. Ein Klingeln, wie es einst einer jener wuchtigen Apparate von sich zu geben pflegte. Einer jener Apparate in Orange, oder Moosgrün, oder Schlammbraun. Einst, Ende der siebziger Jahre, anhand eines eingebauten Glöckchens samt Klöppelchen. Im Menü seines Handys rangierte dieser Rufton unter der Bezeichnung *Nostalgia*. Und ja Mann, du bist sechsundfünfzig, oh ja sechsundfünfzig, oh ja ja ja *dum*. Ba*dum*. Ba*dum*. Ba*dum* ...

Er telefonierte nicht gern. Nicht mehr. Mit dem Handy schon gar nicht.

Doch konnte es wichtig sein. Und er hielt es ans Ohr. »Kienast.«

Dran war Frau Tobben. Das Seminar über Beschwerde-Management falle aus. Der von Kienast zu prüfende Leiter liege im Krankenhaus. Verkehrsunfall. Wenn er, Kienast, wolle, könne er das Wochenende folglich gern bei der Familie bleiben.

»Na, ich sitze natürlich längst im Zug.« Seine Uhr zeigte zwei Minuten vor zwei. »In einer halben Stunde bin ich in Hamburg.«

Habe sie bereits befürchtet. Und daher von vornherein die Mobilfunknummer gewählt. Tue ihr leid. Habe die Nachricht auch eben erst erhalten. Werde nun versuchen, die Teilnehmer zu erreichen.

Sie stimmte noch ein, zwei logistische Dinge mit ihm ab. Und wenn er wolle, könne er ja den nächsten Zug zurück nehmen. Oder sich zu Lasten der Verbandskasse einen schönen Tag in Hamburg machen und erst morgen früh zurückreisen. Abschließend äußerte sie erneut ihr Bedauern. Was Kienast jovial quittierte. Mit einem Gemisch aus Seufzen, Räuspern und Knurren.

Doch war es gefälscht. Was nur Kienast bemerkte, Kienast höchstselbst.

Außer ihm selbst hätte es kaum jemand jemals bemerkt. Nur noch Mareike. Vielleicht. Frau Tobben jedenfalls nicht. Um die Fälschung dieser seiner Unmutsäußerung erkennen zu können, hätte Frau Tobben neunundzwanzig Jahre mit ihm verheiratet sein müssen. Um den glucksenden Unterton herauszuhören. Dieses gleich wieder niedergeknebelte Ultraschalljauchzen, das unversehens aus seinem Solarplexus drang.

Kienast selbst war davon überrascht. So überrascht, daß er der Blondine einen jungenhaften Blick zuwarf. Ungefähr so, wie er sich ihrer Zeugenschaft vergewissert hätte, wäre soeben die Schaffnerin vorbeigelaufen – nackt.

Doch die Blondine blätterte in einer Modezeitschrift.

Dabei war sie schuld. Ihre Hüfte.

Zwar hätte sie rein algebraisch seine Tochter sein können. War sie aber nicht. Er hatte zwei Söhne. In ihrem Alter, okay. Doch war sie nicht seine Tochter. Sie war eine Fremde von brillantestem Blond, eine Fremde schräg gegenüber.

Okay, in letzter Zeit hatte er oft das Gefühl, derlei junge Dinger redeten lauter mit ihm als früher ...

Egal. Einen schönen Tag in Hamburg machen. Warum nicht gleich zwei, wie geplant? *Au schöne, au junge und grausame Frau au au au / Ich sagte: au schöne, au junge und grausame Frau au au au au au ...*

Ja, Kienast war selbst überrascht, mit welcher spitzbübischen Vehemenz ihm das gefiel. O ja, Mann. Überrascht warst du selbst, Mann, du, Oliver Kienast selbst, Mann, o ja.

Dum. Ba*dum.* Ba*dum.* Ba*dum ...*

ZWEI

zwo drei vier

IV. Stufe Subdominante

(Quick Change)

Und wie strahlte Hamburg! Strahlte und gab ihm recht,
recht in allem, was im einzelnen das auch immer sein
mochte! Wie auf höheres Gebot waren fast alle Wolken
verschwunden, und ein digitales Außenthermometer in
einer Uhrenstele gegenüber vom Bahnhof zeigte 22,8
Grad Celsius an – 22,8 Grad an einem 27. Oktober! –,
und am Taxistand entschied Kienast, sein Hotel zu Fuß
aufzusuchen; schon einmal, Jahre zuvor, hatte er das getan, ein dreiviertelstündiger Spaziergang mit rollendem
Köfferchen, zum Teil am Alsterufer entlang, und wahrhaftig, Mann – wie könntest du einen solchen geschenkten Tag besser beginnen als so?

Dum, ba *dum*, ba *dum*, ba *dum* ...

Allein all die Frauen auf dem Weg! Auch sie hatte das
Wetter überrumpelt, und anmutig trugen sie ihren
Mantel über der Elle; und es war der Modeherbst der
Silhouetten; die Frauen hatten enggeschneiderte Hosen
an und zeigten her ihre Gürtellinie, oder hatten enggeschneiderte, buntbedruckte Kleider an und drunter
dunkle oder farbige Strumpfhosen und zeigten her
ihre Sanduhrhüften, und alle, alle gestiefelt, so stolz
und adlig gestiefelt, und ihre edlen Mähnen, wie sie im
Takt des Stiefelns auf ihrem Rückgrat tanzten ...! Ama-
zonen! Große Augen, gewölbte Brauen, schöne Beweise
hohen Östrogenspiegels, jede Taille zwei Drittel vom
Hüft-, drei Viertel vom Brustumfang, goldener Schnitt

allenthalben, wahrhaftig, Mann, es flimmert dir vor den Augen!

Au schöne, au junge und grausame Frau au au au / ich weiß, meine Schläfen sind grau au au au au au / Ich sagte: au schöne, au junge und grausame Frau au au au au au / ich weiß, au ich weiß, meine Schläfen sind grau au au au au ...

Dum, ba*dum,* ba*dum,* ba*dum ...*

Und die Pracht des modernden Laubs auf den Wegen! Wie schön, es zu betrachten – und wie schmerzlich zugleich, als sei das Auge hoffnungslos unzulänglich, als sehne es sich, schmatzen und schlürfen zu dürfen, liebkosen zu können das schüttere Grün, geäderte Okker, wie Lampionlicht leuchtende Gelb, das Braun, das Rot und Weinschwarz! In jeder Krone waltete eine alte Frau Holle, und es flimmerte Kienast vor Augen vor lauter Kolorit, und seine Nüstern schnüffelten wie die eines Hundes, und wahrhaftig, all die wilden, welkenden Rabatten rohen Salats, sie verströmten kraftvolle Düfte – Gerüche –, Gerüche mit scharfen Noten, Noten von – Senf, zum Beispiel, von Senf, ja; ja von Rotspon; von – Vulven! Und inmitten all des Geraschels all die feucht glänzenden Kastanien in den grünstacheligen, berstenden Kapseln! All die Eicheln! Wie glücklich er war, als Junge, all diese Eicheln zu sammeln als Fracht für seine Güterwagen von Märklin (wie hießen die noch ...? *Rungenwagen ...*!).

O ja, all die Frauen ... All diese edlen, adligen Wesen, die jungen und aber auch alle andern, es waren viel mehr als früher, viel mehr attraktive als früher, da er selber jung gewesen war – natürlich, denn schließlich kamen viel mehr wahrzunehmen in Frage als früher, da er selber jung gewesen war! –; und o ja, es war der Modeherbst der Silhouetten, sie trugen enggeschnittene Hosen, die Frauen, und zeigten her ihre Taillen, oder enge, bunt-bedruckte Kleider und zeigten her ihre Sanduhrhüften, und alle, alle stiefelten so unvergänglich anmutig daher und doch auch dahin, und ihr edles, mähnenhaftes Haar, wie es tanzte auf ihrem Rückgrat ...!

Au schöne, au junge und grausame Frau au au au / ich weiß, meine Schläfen sind grau au au au au au / Ich sagte: au schöne, au junge und grausame Frau au au au au au / ich weiß, au ich weiß, meine Schläfen sind grau au au au au ...

Dum, ba*dum,* ba*dum,* ba*dum* ...

Drei
zwo drei vier
I. Stufe Tonika

Und da war es auch schon. Das kleine, inhabergeführte Hotel. Sein Hamburger Lieblingshotel. Kaum auf dem Zimmer aber, wurde er wieder müde ba*dum.* Hatte Schmerzen vom Wandern ba*dum,* in der Hüfte ba-*dum,* und im Knie, rechts, ba*dum.* Ba*dum.* Ba*dum.* Ba*dum* ...

Dicke blaue Vorhänge. Sperrte den strahlenden Nach-mittag aus. Streckte sich hin. Lang hin aufs blaudämm-rige Bett. Fühlte die Schmerzen vibrieren. Warf eine Sechshunderter ein.

Und das ihm, dem Bildungsreferenten im Bundesver-band selbständiger Physiotherapeuten.

Eines Tages war ihm aufgefallen, daß sein Gang etwas Hölzernes entwickelte. Etwas Zackiges. Wenn nicht Zuckendes. Einen Ansatz zum Humpeln, zum Kopfwackeln. Der eintritt, wenn intakte Gelenke defekte ausbalancieren. O ja, Mann, du gehst wie einer dieser beigefarbenen Seventysomethings. Einer, von denen du früher selber oft dachtest: Macht einen auf rüstig, wie putzig. O ja Mann, und du bist erst sechsundfünfzig, oh ja sechsundfünfzig, oh ja ja ja *dum*. Ba*dum*. Ba*dum*. Ba*dum* ...

Als er diesmal erwachte, war es schon zehn nach fünf. Die Schmerzen waren fort.

Hatte geträumt. Aber was?

Sollte er Mareike anrufen? Warum? Noch wußte er nicht, was er wollte. Was er ihr also sagen sollte. Griff dennoch schon mal nach dem Hörer. Wählte die Rezeption.

Er telefonierte nicht gern. Nicht mehr. Nicht mal mit Mareike, die er nun drei Jahrzehnte an seiner Seite wußte. Im Verbandsbüro mußte er oft viel zu viel telefonieren. So lernte er, es privat zu hassen. Man fiel sich ja heute dauernd ins Wort. Aus technischen Gründen. Man fiel sich viel öfter ins Wort als früher. Früher hörte man den Telefonpartner nur bei Gesprächen nach Übersee zeitversetzt. Heute, bei all der Netzverstrickung, selbst bei Ortsgesprächen. Man war längst fertig mit einem Satz. Und die Pause dehnte sich. Und unweigerlich fing man einen neuen an. Und in dem Moment quatschte der andere einem rein. Und hörte wieder auf. Und fing man selber wieder an. Und quatschte einem der andere wieder rein.

Das ewige Gestammel. Es machte Kienast nervös. Wütend. Zudem konnte man Pausen nicht mehr einsetzen, um etwas auszudrücken. Oder nur Falsches.

»Rezeption, Ina Yavouz. Herr Kienast! Was kann ich für Sie tun?«

»Tja«, sagte Kienast. »Äh. Hallo, Frau Yavouz. Eben wußt' ich's noch.«

»Okay-iii ...?«

Da war es wieder einmal. Dieses ominöse Okay. Dieses *Okay-iii ...?* Das Nuller-Okay, wie Kienast es nannte. Anfang der Nuller-Jahre war es ihm erstmalig aufgefallen. Zweitausendzwei oder -drei. Seither hatte es grassiert. Jahrelang. Hatte den Zenit schon wieder hinter sich. Doch hatte es Zeiten gegeben, da wähnte Kienast sich der einzige, der sich davor graulte.

Kienast graulte sich vor jeder modischen sprachlichen Wendung. Ja, er teilte die Welt. Trennte sie in *Nicht-wirklich*-Sager und Nicht-*Nicht-wirklich*-Sager. In *Hallo!?*- und Nicht-*Hallo!?*-Frager. In *Geht's-noch?*-Frager beziehungsweise *Geht-gar-nicht*-Antworter und Nicht-*Geht's-noch?*-Frager beziehungsweise Nicht-*Geht-gar-nicht*-Antworter.

Ja, Kienast graulte sich vor solchen Wendungen. Nicht, daß er ihre Verwender verachtete. Nur gegen Okay-Sager war Kienast empfindlich. Nicht nur in seiner Eigenschaft als studierter Psycholinguist. Sondern vor allem, weil O.K. mal sein Spitzname gewesen war. Auf dem Gymnasium. Wegen seiner Namensinitialen. Oliver Kienast. Damals fand er's schön, schön zu hören. Einmal hatte er jemand sagen hören: »O.K. ist okay.« Wärmte noch heut manchmal, die Erinnerung.

Doch *das* O.K. war vierzig Jahre alt. Damals deutschten die meisten den Klang zudem schüchtern ein. *Okeh.* Außer Snobs.

Das Nuller-Okay wurde von den meisten nicht eingedeutscht. Sondern original ausgesprochen. Angloamerikanisch. Und nicht nur angloamerikanisch ausgesprochen, sondern angloamerikanisch intoniert. Der Sprecher setzte die erste Silbe mit der tiefsten Note seiner Sprechmelodie. Die zweite zunächst mit der gleichen. Zog diese zum Abschluß jedoch in einem Bogen hoch zur höchsten Note seiner Sprechmelodie. Einem neckischen Aufwärtsschwung. Wie zu Ende eines Fragesatzes.

Und das Nuller-Okay besagte nicht, wie das frühere: »Einverstanden«. »Zugegeben«. »Kannst mich mal«. Es besagte: »Aha?« Und zwar ironisch.

Beispiel. Sprecher eins: »Die Erde ist eine Scheibe.«

Sprecher zwei: »Okay-iii ...?«

Oder oft skeptisch. Manchmal bloß: »Weiter? Ich höre?« In Kienasts Ohren hatte das Nuller-Okay etwas bestenfalls Kommunikationsseminarhaftes. Bestenfalls. Schlimmstenfalls aber, also realistischen Falls, an den virulenten Wurzeln etwas Giftiges. Tückisches. Lauerndes. Aggressiv *Global-player*-haftes. Arglistig menschelnd McKinseyhaftes. Bloß merkten es bloß die wenigsten. Bloß Kienast.

Denn der nahm es ja persönlich. Wegen seines einstigen Spitznamens. Weil das Nuller-Okay in Kienasts Ohren klang, als tätschele eine Pflegerin ihm die stoppeligen Wangen: »O.K.-iii ...?« Was in diesem Fall nichts anderes besagte als: »Kienast? Hallo?! Geht's noch?«

Und ging's noch? Nicht wirklich.

VIER
zwo drei vier
I. Stufe Tonika

Quatsch, Mann. Natürlich ging's noch. Sehr gut ging's noch. Besser denn je ging's, o ja Mann. All diese Ängste, früher. All die Verantwortung, Mann. All diese Wichtig- und Nichtigkeiten. Heute bist du zufrieden, Mann. Hätte alles gar nicht besser kommen können. Ja, glücklich bist du, mitunter. Wie vorhin im Zug. Schlicht dies Behagen, in ledernem Sitz auf Reisen zu sein. Zwei – längst erwachsene – Söhne gezeugt. Beruflich erfolgreich. Geldsorgen, wenn er ehrlich war, kaum. Liebe Gefährtin. All dieser, dachte Kienast, »50+«-Scheiß. O ja ja ja *dum.* Ba*dum.* Ba*dum.* Ba*dum* ...

Andererseits war im soeben vergangenen Sommer sein Schwiegervater gestorben. War bei Kienasts Besuch schon nicht mehr ansprechbar gewesen. Kleines Zimmer. Fenster weit offen. Die Nacht sehr warm. Die Atmung ein mörderischer Kampf. Das Einatmen nur ein kurzer Schnarcher. Das Ausatmen gepreßt, so daß der Bauch sich blähte wie ein Blasebalg. Manchmal schüttelte es ihn. Manchmal durchzuckte es ihn wie von einem Stromschlag. Auf der Pyjamabrust war ein Anker-Emblem gestickt. Es machte Kienast verrückt. Mareike setzte sich zu ihrem Vater. Hielt seine Hand. Eine Stunde lang. Dann ließ sie los. Und stand auf. Trank einen Schluck Wasser. Und sofort fing er an, ruhiger zu atmen. Atmete ruhiger und langsamer, und dann eine Pause. Und dann noch ein Atemzug. Eingeatmet. Ausgeatmet. Und noch einer. Eingeatmet. Ausgeatmet. Und noch einer. Eingeatmet. Ausgeatmet. Und dann starrt man und wartet atemlos und starrt und – – – o ja, er hat aufgehört. Für immer. Und dann atmet man weiter. *Dum.* Ba*dum.* Ba*dum.* Ba*dum* ...

Doch ihm, Kienast, ihm ging's noch sehr gut, verdammt. Sehr gut ging's noch, Mann. Besser denn je ging's, o ja ja ja *dum.* Ba*dum.* Ba*dum.* Ba*dum* ... All diese Ängste, früher, um Mareikes Liebe, um seine Söhne, um die Karriere ... All die Verantwortung. All diese Nichtigkeiten. Doch heut bist du zufrieden, Mann, o ja. Hast deinen Frieden gemacht mit der Welt. Ja, glücklich bist du, mitunter. Schlicht dies Behagen, da zu sein oder dort, Hauptsache, zu *sein* ...

Doch dieser Anker, wie eine fixe Idee, wie ein Wahn, wie ein Teufelszeichen drängte er sich immer wieder in Kienasts Bewußtsein. Dieses feine Stickwerk. Jeder einzelne Faden zu sehn. Ein Anker mit Öse und Kreuz und zwei Flunken samt Widerhaken. Ein schwarzer Anker auf braunem Grund war's gewesen, oder? Und blau dann der Pyjama.

Drängte sich dieser verdammte Anker in sein Bewußtsein, krümmte sich Kienast innerlich, vor Mitleid. Vor Demut. Verzweiflung. Begann wütende Schwüre gen Himmel zu schicken.

»Wenn es Ihnen einfällt, Herr Kienast«, sagte Frau Yavouz, »rufen Sie mich jederzeit wieder an!«

FÜNF
zwo drei vier
IV. Stufe Subdominante

Raus! Raus, Mann! Auf den Balkon, Mann! Und auf knallte Kienast den Hörer, und auf riß Kienast den Vorhang, und herein strahlte die Reflexion einer tiefen, messingnen Sonne! Und auf riß Kienast die Balkontür, und raus trat er auf die kleine Loge mit dem Geländer aus arabeskem Schmiedeeisen, und wau Mann, was für ein Wetter nach wie vor war!

Ja, was für warme, doch saubere, würzige Luft! Was für ein Licht! Der Balkon schaute aus dem dritten Stock auf die Nebenstraße hinab und hinaus auf eine Lindenallee, eine lichte, leuchtende Lindenallee. Eine der Kronen streckte ihre Äste fast bis an den Balkon aus, und wenn er Tarzan wäre, könnte er hineinhechten und einen Blick in das Nest in der Astgabel werfen; in ihrem urgeilen Sterbenswahn strahlten die holographischen Kronen, wo noch Sonne hinreichte; blendeten beinah, strahlten von Chlorophyll bis Gelb, gespeist vom messingnen Licht der Sonne, die von hier aus nicht mehr zu sehen war, nur als ihr Widerstrahlen von jenem cremefarbenen Hintergrund der neoklassizistischen Fassade gegenüber – und als ihre stechende Reflexion im gekippten Fenster unter jenem Architrav; und als eine selige Brise durch die Blätter ging, segelten schüttere Flecken von Grün und leuchtendem Gelb; segelten auf die Bürgersteige links und rechts, auf die farbigen Dächer der schräggeparkten Autos, auf das Kopfsteinpflaster; all das Laub, das dort lag – außer auf der vom Fahren gefegten Gasse –, so verschwenderisch ausgestreut wie zu einer Art von Fest, einer Art von kosmischer Hochzeit vielleicht – all der Flitter, all das Riesenkonfetti –; und ja, Mann, dich erregt all das Entblättern, das Ausschweifen um dich herum, und du spürst eine Art von Unruhe, wie du sie als junger Mann immer im Frühling gespürt hast! Goldener Herbst: Frühling des alternden Mannes! All der Flitter, all die Tupfer, die Dutzende von Pinseltupfern, die sich summieren, wenn du die Perspektive öffnest Mann, zu Hunderten summieren, ja, Hunderttausenden ...

 Sie nahm zu, die Unruhe; als Kienast da so stand und nach unten schaute, schien ihm die Bildhaftigkeit geradezu unerträglich, und es packte ihn sonderbare Spannung, als müsse jeden Moment etwas passieren, doch es passierte nichts, da draußen jedenfalls nicht, nur in seinem Innern, ein agiler innerer Zwerg bäumte sich auf in ihm, ein nackter, sehniger, vor Lebenswut drängelnder Zwerg; er konnte die Spannung nur lösen, indem er was tat; er bestellte einen Pott Kaffee bei Frau Yavouz; er räumte den Kofferinhalt in die Schränke; er baute seinen Reiselautsprecher auf und setzte den iPod aufs Dock und stellte Joan Armatrading ein, ja Mann, Joan Armatrading – dein Jahrgang, Mann!, und zieh dir rein, was für eine phantastische Platte sie gerade herausgebracht hat, *Into the Blues!* Spiel *Baby Blue Eyes*, drei Minuten und sechsundfünfzig Sekunden wunderbares Mandolinengeschrammel, und dazu die starke Stimme, und mittendrin plötzlich Mundharmonika wie vom andern Stern, verdammt noch mal ...!

Und nun saß Kienast auf dem kleinen Hotelbalkon, und das Wachstuch auf dem Tischchen war orange-gelb marmoriert, und der Klappsessel war grün, und der grüne Kaffeepott war orange-gelb gestreift, und wie chinesisches Lampionpapier strahlte das letzte Laub an den holographischen Kronen, von grün bis gelb erleuchtet, und verdammt noch mal, was bist du bloß aufgeregt, du törichter alter Roßknochen!

SECHS
zwo drei vier
IV. Stufe Subdominante

Und da fiel ihm der Traum wieder ein! Der Traum, den er während seiner Siesta geträumt hatte; zwar nicht die Handlung, sondern nur die Tatsache, daß er geträumt hatte – und die Art des Traums; es ging um all das Laub, um all die Frauen; es war einer von diesen Träumen, wie sie ihn schon sein ganzes Leben begleiteten und die er »Viel«-Träume nannte: ein Traum wie dieser Münzen-regnen-vom-Himmel-Traum mit acht oder neun, wie dieser Säcke-voll-Groschen-mit-scharfgeschliffenen-Rändern-vom-Pinkern mit zehn oder elf, ja wie dieser Traum mit Mitte Vierzig, als er eine Phase lang süchtig nach diesem Moorhuhn-Computerspiel gewesen war; da hatte er eines Nachts geträumt, wie aus dem oberen linken Bildschirmrand Fünfundzwanziger-Hühner quollen, Schwärme von Fünfundzwanziger-Hühnern in den comicblauen Himmel über der comicgrünen schottischen Landschaft quollen!

Und obwohl es schon spät am Tag war, bestellte Kienast noch einen Kaffee bei Frau Yavouz, und dann stellte er seinen Laptop aufs Balkontischchen, steckte seinen

Internet-Stick in die Schnittstelle und gab die Begriffe »Hamburg« und »Blues« bei Google ein, und als erstes erschien ein »Downtown Bluesclub«, gelegen im Stadtpark, den Kienast noch nie besucht hatte; im Hafen war er mehrfach gewesen, an Elbe und Alster, in Planten un Blomen – im Stadtpark noch nie; heute abend war dort keine Veranstaltung angezeigt, doch morgen, am Samstag, würden die »Blue Boys« spielen, wer immer das war; und dann löschte Kienast spaßeshalber den Begriff »Blues«, so daß im Suchfenster nur »Hamburg« übrigblieb, und es wurden Links angeboten wie »Hotels & Tourismus«, »Kultur & Tickets« oder »Erlebnis Hamburg«, und dann ergab eins das andere, ja schließlich – längst war es dunkel geworden und kühler – die Homepage von »XX Escort Hamburg«, und Kienasts innerer Zwerg übernahm die Kontrolle und klickte Celine, Michelle und Lisa!, Anja, Julia, Talia!, Nicole, Simone und Lara! All dies Niveau, all diese High-Class und all dieser Stil! All diese Kontaktfreude, Sinnlichkeit, Leidenschaft! All dieser Wille, all diese Wäsche! Ein Zwölf-Stunden-Private-Date (Overnight) nicht mehr als zwölfhundert Euro! Und leider nicht weniger ...

O ja Mann, Celine!, o Celine! Celine: braunes Haar, braune Augen (angeblich – sie sind mit dem Logo geblendet), einunddreißig, einsvierundsechzig, fünfundfünfzig, neunzig-sechzig-zweiundneunzig! Celine im engen, kurzen, über die rechte Hüfte gerafften Seidenkleid, mit strapsverknüpften Strümpfen, Strümpfen so dünn wie Nacht und Rauch! Nimm Platz, o Celine, auf meinem Schoß, o Celine, im Damensitz, o Celine, und dann *dum*, ba*dum*, ba*dum*, ba*dum* ...!

Au schöne, au junge und grausame Frau au au au / ich weiß, meine Schläfen sind grau au au au au au / Ich sagte: au schöne, au junge und grausame Frau au au au au au / ich weiß, au ich weiß, meine Schläfen sind grau au au au au ...

Und der Kaffee hatte tüchtig aufgeputscht, doch zum Essengehn verpaßte Kienast den Absprung, und zack war's halb zehn, und Kienast bestellte einen Teller Spaghetti mit Scampi bei Frau Yavouz und eine Flasche Chardonnay dazu, und es war kühler geworden, doch windstill, und er legte sich eine Wolldecke unter und streifte einen Pullover über und aß auf dem Balkon, im stillen Schein eines Windlichts, und intim klimperte das Besteck auf dem Geschirr in die Nacht; von den finsteren Blechdächern der Autos glänzte je eine Lichtbanane von der Bogenlampe, und die Fenster der umliegenden Wohnungen hinter Gezweig und Restlaub waren heimelig erleuchtet, und das eine oder andere Blatt rieselte immer noch.

Und damit gar nicht erst das Gefühl aufkäme, diesen geschenkten Tag verplempert, vertan, dieses Geschenk von einem Tag veruntreut zu haben; um das Gefühl von Freiheit und Abenteuer nicht missen zu müssen, und nur, um mal zu sehn, wie sich's anfühlte, tippte Kienast ins Buchungsformular ...

Terminwunsch: morgen/overnight;

Uhrzeit: 18 bis 6 Uhr;

Für welche Dame interessieren Sie sich? Für Celine!, ba*dum*, ba*dum* ...

Und nur um zu sehn, ob er ihn träfe, lenkte Kienast den Mauszeiger auf den Button SENDEN, und nur, um mal zu sehn, ob sein Finger zitterte, legte Kienast ihn auf die linke Maustaste, und es war halb elf, Mann, und er gähnte, obwohl der Kaffee ihn aufkratzte, und da vernahm er stolzen, scharrenden Stiefeltrab zweier Frauen, zweier ineinander eingehakter Frauen, die dort unten mit hellem, stolzem Lachen im Licht der Straßenlaterne um die Ecke des Hotels bogen, TOCKEDITOCK, TOCKEDITOCK, in einem Tempo, daß eine Schleppe aus gelben Blättern hinter ihnen herfegte, und als habe es nur dieses Anstoßes bedurft ... TOCKEDIKLICK!

SIEBEN
zwo drei vier
I. Stufe Tonika

*Dum. Ba*dum*. Ba*dum*. Ba*dum* ...*
Zu müde zum Lesen. Zum Schlafen zu aufgekratzt. Zappte noch stundenlang durch die Kanäle. Durch den Dreck der Kanäle.

Versuchte stündlich, einzuschlafen. Schlief ab etwa drei Uhr. In insgesamt vier Neunzig-Minuten-Blöcken. Jeder einzelne bezahlt mit WC-Besuch und erneutem Einschlafproblem. Stand um kurz vor zehn auf. Fühlte sich wie vermöbelt. Schleppte sich in den Frühstücksraum.

*Dum. Ba*dum*. Ba*dum*. Ba*dum* ...*
Kopfschmerz. Konnte er nicht mal mehr ein Fläschchen Traubensaft vertragen? Ach, Quatsch. Lag am Kaffee. An der Schlaflosigkeit. Und am ungefügen Kopfkissen. Im oberen Trapezmuskel pochte ein Knoten.

O ja Mann, du bist sechsundfünfzig, o ja sechsundfünfzig, o ja ja ja *dum*. Ba*dum*. Ba*dum*. Ba*dum* ...

Er frühstückte gern im Hotel. Traditionell zwei knusp-
rige Brötchen mit Schnittlauchrührei. Gebratenem
Speck. Und vier, fünf Hackbällchen mit Ketchup. So
auch heut morgen. Und bereute es. Schwer.

Schon die Treppe in den dritten Stock. O nein, Mann.
Das Herz. *Dum*. Ba*dum*. Ba*dum*. Ba*dum* ...

Und das Knie. Und die Hüfte.

Checkte die E-Mails. Keine Celine, Gott sei Dank.

Halb elf. Halbe Stunde ausruhn. Duschen, Koffer
packen, Abreisen. Hoffentlich sagte Celine noch ab.
Egal. Wenn nicht, dann eben er.

Zappte durch die Kanäle, durch den Dreck der Kanäle.

Elf Uhr fünf. Los jetzt. Aufstehn, duschen, Koffer
packen. Abreisen.

Zappte aber weiter. Nur fünf Minuten noch.

Elf Uhr acht. Ping-ping. Ping-ping. Eine SMS. *Hallo
Oliver! Ein bischen kurzfristig, aber ok. Rufen Sie mich zurück? Bis 12 h bitte! Celine*

O nein, Mann. Das Herz. Ba*dum*. Ba*dum*. Ba*dum* ...

Zappte durch die Kanäle, mit Ausnahme des Daumens
gelähmt.

Und blieb bei einem Zeichentrickfilm hängen. Popeye.
Popeyes Tätowierungen auf den aufgepumpten Unterarmen: Anker. O ja, Mann. Anker aus Strichen, doch
Anker. Anker wie auf dem Pyjama deines Schwieger-
vaters.

Dum. Ba*dum*. Ba*dum*. Ba*dum* ...

ACHT

zwo drei vier

I. Stufe Tonika

Ihre Stimme war schön. Doch. Authentisch. Ausdrucksweise: passabel. Doch, doch. Und wohlintoniert. Weder inzestuös noch schwül, noch zu masseusenhaft. Noch *zu* busineßlike. Noch zu plump vertraulich. Obwohl ... »Bis nachher, mein Lieber«? Mein Lieber? Kannten sie sich ruck, zuck so gut? Er sie wohl kaum. Sie ihn wohl sehr wohl.

Dum. Ba*dum.* Ba*dum.* Ba*dum ...*

Und hinkte und humpelte durch Hamburgs City, o ja Mann. Auf der Suche nach Parfüm, Mann. Von Dolce & Gabbana. Und einem Strauß weißer Rosen. Wie auf ihrer Website gewünscht. Präsente für die schöne Frau, o ja ja ja *dum.* Ba*dum.* Ba*dum.* Ba*dum ...*

War ein wenig neblig heut mittag. Passend zu seiner Stimmung.

Und humpelte durch Hamburgs City, o ja Mann. Menschen. Stimmenschwärme. Wimmelbilder. Straßenmusiker. Cafégestühl und -tischchen. All die teuren Tempel. Summende Türöffner. Schaufenster. Schaufenster. Sachen. Sachen. Fassaden aus Stahl und glasiertem Granit. In den weit offenen Foyers Ständer mit Sachen. Securitypersonal mit Ohrkabel. Die flachen Pfade gepflastert. Stolpersicher. In den Straßenschluchten hallte es wider. Vom Dieseln der Lieferwagen. Vom Dieseln der Taxis. Von Porschemotoren. Vom Bärenröcheln der sechs Zylinder in den gewachsten Geländewagen. Bewegen sich stockend vorwärts. Auf den Trottoirs überholen junge Mädchen mit Hand und Handy am Ohr. Alte Hanseatinnen mit Halstuch. Teuren Handtaschen. Schuhen. Gürteln. Unterhalb der Gürtellinie: die Köpfe der Bettler.

Und humpelte weiter durch Hamburgs City, o ja Mann. Unter den Leuchtschildern hindurch. BVLGARI. Unger. TOD'S. Max Mara. Escada. Gucci. Louis Vuitton. Hermès. Salvatore Ferragamo. Hermenegildo Zegna. Jil Sander. Und ja Mann, o ja Mann, o ja ja ja Palmers ba*dum*. Ba*dum*. Ba*dum* ...

Und Dolce & Gabbana. Light Blue. Kopfnote: Lemon, grüner Apfel, Glockenblume, Zeder. Herznote: Bambus, Jasmin, weiße Rose (sic!). Basisnote: Zeder, Amber, Moschus. Moschus, Mann, o ja Mann.

Zurück auf dem Zimmer, war er müde ba*dum*. Hatte Schmerzen vom Shoppen ba*dum*, in der Hüfte ba*dum*, und im Knie, rechts, ba*dum*. Ba*dum*. Ba*dum* ...

Dicke blaue Vorhänge. Sperrte das vernebelte Tageslicht aus. Streckte sich hin. Lang hin aufs graudämmrige Bett. Fühlte die Schmerzen vibrieren. Warf eine Sechshunderter ein. Stellte den Wecker auf halb fünf, und ja Mann, schlief ein, Mann, schlief umgehend ein, Mann, o ja.

NEUN
zwo drei vier
V. Stufe Dominante

Und dann schrillt der Wecker! Und schrammelt gleich darauf die Mandoline! Und singt dazu Joan Armatrading! Und das Strahlenbündel aus dem Duschkopf hat Saft und Kraft und bringt das Blut in Wallung, und dampfend vor Lust und Energie frottierst du dich in Stimmung, Mann, o ja Mann, in Wallung! Und was eine frische Rasur doch zu bewirken vermag! Und ein gutes Aftershave!

Und ja, reiß auf die Vorhänge! Und siehe da, wie Messing leuchtet nun doch noch der Tag, und grünlichgülden, genau wie am Vortag! Und gut, du hast Lampenfieber, ein bißchen, doch Appetit hast du auch! Und verdammt, für dein Alter bist du doch ganz passabel, und wenn dieses unsägliche, unmerkliche Hinken nicht wäre ...!

Und hinein in die Droschke! Und ab geht die Post, und als wärst du vierzig Jahre jünger, so pocht dein Dings, dein Kardiobums auf sein Recht! Welches Recht? Das Recht ... nun, zu pochen! Denn hier sitzt jetzt du im Garten der Trattoria Toni, und da hinten kommt sie, Mann, o ja Mann, das muß sie sein, verdammt! O Mann, was für ein edles, adliges Luder! Sie trägt hohe Stiefeletten und enge dunkle Jeans und eine hochgeschlossene, weite japanische Bluse aus himmelblauer Seide mit bunten Blumenmotiven, und während sie ihren Blick durch den Innenhofgarten schweifen läßt, über die Olivenbäumchen in Kübeln und den Springbrunnen, und der Oberkellner sie höflich begrüßt, wedelt sie lässig mit einem passenden Fächer, so daß ihre brünetten Strähnchen ein wenig wehen – o ja Mann, sie zeigt's dir von Anfang an, Mann, sie zeigt, was sie kann!

Au schöne, au junge und grausame Frau au au au / ich weiß, meine Schläfen sind grau au au au au / Ich sagte: au schöne, au junge und grausame Frau au au au au / ich weiß, au ich weiß, meine Schläfen sind grau au au au au au au / doch meine Augen wie die eines Säuglings so blau ja ja ja ja ja jaaa / und meine Seele noch kohlrabenschwarz wie mit neunzehn mein Haar ...

Und dann entdeckt sie die weißen Rosen, und aufstehn und lächeln und einen Stuhl zurechtrücken und im Hinblick auf die Bluse einen Sushi-Scherz machen und weiße Rosen überreichen samt Päckchen (samt Kuvert mit eintausendzwohundert Euro – die ihm Frau Yavouz auf seinen Scheck freundlicherweise auszahlte, ohne auch nur eine einzige Frage zu stellen)!

Und als Aperitif bestellt sie eine »Blaue Grotte« und erzählt, daß die Blaue Grotte in der Antike als *Nymphäum* genutzt wurde, und beim Antipasto mit Bruschette erzählt sie von der Toskana und von Ibiza, und sie erzählt von den raffiniert einfachen Rezepten ihrer Großmutter, aber ist Celine nicht französisch? Und sie nennt es lächelnd ein Pseudonym, keineswegs etwa ›Künstlername‹, woraufhin Kienast trotzdem einen gewissen fleischlichen Kitzel erlebt. Sie schauen sich beim Zuprosten in die Augen, und er erzählt, wie sein Jüngster mit acht Jahren einst dazu meinte: ›Ist ja eklig‹, und sie lacht zwar, aber Kienast merkt, daß sie die tiefere Ironie nicht zu ergründen vermag.

Und bei der Pasta erzählt sie, daß sie bei der Lufthansa »Ich sag mal Saftschubse« war. Sie sagt gern mal »Ich sag mal«, doch hört er nicht hin.

Und sie spricht wenigstens nicht lauter mit ihm wie so viele andere junge Dinger, doch es ist seltsam, sie fallen sich dauernd ins Wort, sie stammeln; sie stammeln – als telefonierten sie.

Und beim Dessert spürt er plötzlich ihre Zehen an

seinem linken Knöchel, schimpansinnenhaft gelenkige
Zehen, wie sie seinen linken Knöchel nachmodellieren,
und er meint, ihre Nylons durch die Baumwolle seiner
Strümpfe hindurch zu spüren, und schöpft wieder Hoffnung, daß sie unter den Jeans Strumpfhalter trägt, und
in einem hellseherischen Schnappschuß sieht er sie auf
seinem Becken hocken wie eine Hexe auf ihrem Besen
und meint bereits die kühlen Nylonknie in den Nestern
seiner Achseln zu spüren, und ihm wird heiß, und nach
dem Dessert legt sie eine Füßelpause ein, und ein bißchen zu hastig vielleicht entschuldigt er sich »für einen
Moment« und steht auf, und da sagt sie – o ja Mann, sie
sagt es, mit tiefstmöglichem Timbre, Mann, sagt sie:
»Okay-iii?« ...

ZEHN
zwo drei vier
IV. Stufe Subdominante

Und da hastetest du, ja da hastetest du, Mann, aufs Klo,
Mann, und schwitztest, ja schwitztetest wie ein Schwergewichtsboxer, und du brauchtest eine halbe Rolle
Klopapier, um deine Stirn halbwegs trockenzukriegen,
verdammt noch mal! Und dann stecktest du dem Oberkellner ein paar Scheine zu; leider müßtest du sofort
verschwinden, ein Notfall, und er äußerte sein tiefstes
Bedauern, was du jovial quittiertest, mit einem Gemisch
aus Seufzen, Räuspern und Knurren; doch war es gefälscht, was außer dir selbst kaum jemand jemals bemerkt hätte, nur noch Mareike, vielleicht; ja um die
Fälschung dieser deiner Unmutsäußerung erkennen zu

können, hätte der Oberkellner neunundzwanzig Jahre mit dir verheiratet sein müssen; um den glucksenden Unterton herauszuhören, dieses gleich wieder niedergeknebelte Ultraschalljauchzen, das unversehens aus deinem Solarplexus drang, das dich selbst überraschte; *au schöne, au junge, brutale Frau au au au ...*

Ja, du warst selbst überrascht, mit welcher spitzbübischen Vehemenz dir dein nonchalanter, sündteurer Abgang gefiel, Mann, o ja, Mann; überrascht warst du selbst, Mann, du, Oliver Kienast selbst, Mann, o ja.

*Dum. Ba*dum*. Ba*dum*. Ba*dum* ...*

Und dann liefst du davon, liefst auf der Straße davon, und dann fandst du ein Taxi und stiegst ruck, zuck ein, und dann sagtest du »Downtown Bluesclub«, und du erzähltest dem Fahrer von deinem ›Date‹; daß du dir vorkamst wie die Hälfte eines Moderatorenpärchens im Radio oder Fernsehen, dieses hübsche und hohle Geplapper, dieses leere Gehechel, dieses ... und dann merktest du, wie hohl und pompös das alles deinerseits tönte, hier im Taxi! Doch konntest du nicht aufhören und schimpftest über diese verlogene Romantik, diesen Gentleman-Scheiß, diesen Popanz; tausendzweihundert Euro, o.k., *plus* Zimmer, o.k., *plus* Dinner, o.k.; aber *plus* Parfüm?, *plus* weiße Rosen? Und wie warst du bloß auf »overnight« gekommen! Nur um zu beweisen, daß du Nichtschnarcher warst? Ich bin sechsundfünfzig, schöne Frau, junge und grausame Frau, o ja, sechsundfünfzig – doch schnarchen? O nein, dumme Frau, o nein nein nein *dum. Ba*dum*. Ba*dum*. Ba*dum* ...*

Und der Fahrer war längst verstummt, und du schämtest dich und gabst eklig viel Trinkgeld, und dann tanztest du die ganze Nacht im »Downtown Bluesclub« zum Blues der phantastischen »Blue Boys«, o ja Mann, o ja ja ja ja Mann, und mit pfeifenden, rauschenden Ohren, doch glücklich lagst du um ein Uhr im Bett – alt und allein, Gott sei Dank.

ELF
zwo drei vier
I. Stufe Tonika

Dum. Ba*dum.* Ba*dum.* Ba*dum* ...
Dieser Rhythmus. O Mann, dieser Rhythmus. Dieser sinnliche, tröstliche Rhythmus. Der Blues eben. Dies Schaukeln. Hinken. *Dum.* Ba*dum.* Ba*dum.* Ba*dum* ... Dieses Wiegen. Dies Wiegen mit betontem Schub ... was war das noch? Außer eben – der Blues ...?
Halb war Kienast wieder wach. Doch noch hielt er die Augen geschlossen. Um besser in sich hineinhorchen zu können. Und nickte auf *dum.* Was war das bloß noch?
Jedenfalls war es nicht leicht, nicht mitzumachen, nicht summend, brummend mitzumachen. Sondern stumm und reglos dazusitzen, stumm und reglos zu lauschen. Anstatt sich im Rhythmus zu wiegen, zu schaukeln. Womöglich zu hinken, zu humpeln.
Doch nun war Kienast ganz wieder wach. Vernahm wieder das Rauschen der Schienen. Wußte wieder, wo er war. Und beschloß, die Augen zu öffnen. Ja, öffnete mit Behagen und Neugier – wo sind wir inzwischen? – die Augen tatsächlich. Und diesmal war er allein im Abteil. Und also wiegte er sich, nickte im Takt und schaukelte vor und zurück, ba*dum.* Ba*dum.* Ba*dum* ...

Und da endlich fiel es ihm ein, was das war, was dieser Rhythmus doch war. Dieser sinnliche, tröstliche Rhythmus. Der Blues eben. Dies Schaukeln. Hinken. *Dum*. Ba*dum*. Ba*dum*. Dieses Wiegen. Dies Wiegen mit betontem Schub. Was der Blues doch eigentlich war. *Iactatio corporis*, Mann. Das war es: *iactatio corporis*.

O ja. Dieses motorische Symptom bei Hospitalismus. Und bei Autismus. Mit dem die Patienten sich beruhigen. Aber auch abstumpfen. Sich in Trance versetzen. Aber auch stimulieren. *Dum*. Ba*dum*. Ba*dum*.

Und nach wie vor fand Kienast sich aufrecht in den dunklen Ledersitz gebettet. Diesmal Platz *acht*undneunzig, Fenster.

Und nun klingelte sein Mobiltelefon. Vielmehr gab es ein Klingeln bloß wieder. Ein Klingeln, wie es einst einer jener wuchtigen Apparate von sich zu geben pflegte. Einer jener Apparate in Orange, oder Moosgrün, oder Schlammbraun. Einst, Ende der siebziger Jahre, anhand eines eingebauten Glöckchens samt Klöppelchen.

»Na, Liebling? Wie war's? Alles okeh?«

O ja, Frau; es ist alles okeh.

ZWÖLF
zwo drei vier
V. Stufe Dominante o. ä.
(Turnaround)

Die Arbeit des Autors am vorliegenden Buch wurde durch den Deutschen Literaturfonds e. V. gefördert. Der Autor bedankt sich sehr.

Für Anregungen, Expertenrat etc. außerdem bei Fabian Reinecke, Gerd Haffmans, Gudrun Hammer, Hansjörg Meyer, Hans Kantereit, Jan Jepsen, Dr. Jenny Splieth, Maik Brüggemeyer, Norbert Eberlein und Tilman Hübner. Und Vasili Polo. Sowie beim Bad Münstereifeler Kreis 08 und 09.

Ein Teil der Erzählungen erschien bereits in Anthologien u. a. Der Autor hatte sie aber von Anfang an in Hinblick auf dieses spezielle, mottogebundene Projekt geschrieben.

Das Zitat auf S. 170 in »Schmetterling des Schreckens« stammt aus »Nicole Kidman. Ein Porträt« von Michael Kohler, Bertz+Fischer 2004.

Sven Regener, *Meine Jahre mit Hamburg-Heiner. Logbücher*

Volle Kraft voraus:
Die Logbücher des Sven Regener

»Das lustigste Buch dieses Frühlings!«
Frankfurter Allgemeine Zeitung

»Nach den drei Lehmann-Büchern war zu befürchten, dass
uns diese Stimme verloren gegangen ist – jetzt ist sie wieder
da!«
3sat Kulturzeit

»Der Profi-Nörgler Hamburg-Heiner erscheint in dieser Form
des modernen Tagebuchromans als eine Art Hans Moser des
Internetzeitalters!«
Süddeutsche Zeitung

www.galiani.de

Wolfgang Herrndorf

Tschick

ISBN 978-3-87134-710-8

Lassen Sie sich von «Tschick» rühren, erheitern, glücklich machen

Mutter in der Entzugsklinik, Vater mit Assistentin auf Geschäfts-
reise: Maik Klingenberg wird die großen Ferien allein am Pool der
elterlichen Villa verbringen. Doch dann kreuzt Tschick auf. Mit seinem geklauten Wagen beginnt eine Reise ohne Karte und Kompass
durch die sommerglühende deutsche Provinz, unvergesslich wie die
Flussfahrt von Tom Sawyer und Huck Finn.

«Eine Geschichte, die man gar nicht oft genug erzählen kann,
lesen will ... existentiell, tröstlich, groß.»
Tobias Rüther, Frankfurter Allgemeine Sonntagszeitung

rowohlt
BERLIN

Underground
Legendäre Bücher bei rororo

Allen Ginsberg
Gedichte
rororo 23675

William S. Burroughs
Naked Lunch
Roman. rororo 25644

Ken Kesey
Einer flog über das Kuckucksnest
Roman. rororo 15061

J.D. Salinger
Der Fänger im Roggen
Roman. rororo 23539

Truman Capote
Kaltblütig
Roman. rororo 11176

Hubert Selby
Letzte Ausfahrt Brooklyn
Roman. rororo 11469

Kurt Vonnegut jr.
Schlachthof 5 oder Der Kinderkreuzzug
Roman. rororo 25313

John Dos Passos
Manhattan Transfer
Roman. rororo 14133

Henry Miller
Wendekreis des Krebses
Roman. rororo 14361

Thomas Pynchon
Die Enden der Parabel
Roman. rororo 13514

Malcolm Lowry
Unter dem Vulkan
Roman. rororo 13510

rororo 25644

Weitere Informationen in der Rowohlt Revue *oder unter* www.rororo.de

Tom Robbins bei rororo
«Der beste Schriftsteller der Welt.» (Thomas Pynchon)

Chop Suey
Ein Lesebuch
rororo 24295

Villa Incognito
Roman
rororo 23623

Völker dieser Welt, relaxt!
Roman
rororo 23546

Halbschlaf im Froschpyjama
Roman
rororo 22442

PanAroma
Jitterbug Perfume
rororo 15671

Ein Platz für Hot Dogs
Another Roadside Attraction
rororo 15429

Sissy - Schicksalsjahre einer Tramperin
«Even cowgirls get the blues»
rororo 15324

Salomes siebter Schleier
rororo 13497

Buntspecht
So was wie eine Liebesgeschichte
rororo 15148

B wie Bier
Ein Buch für große Kinder

rororo 25424

Weitere Informationen in der Rowohlt Revue *oder unter* www.rororo.de

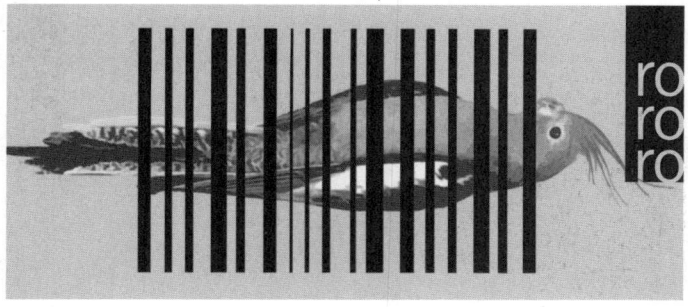